*L'Héritière des templiers*

\* \* \*

# LES APÔTRES
# DU NOUVEAU TEMPLE

D0543879

*L'Héritière des templiers*

1. LE FRÈRE CRAPAUD
2. LE CHEVALIER DE QUARANTEINE
3. LES APÔTRES DU NOUVEAU TEMPLE
4. LA COLOMBE CACHÉE
   *(à paraître en juin 2004)*

# RENAUD CHANTEFABLE

*L'Héritière des templiers*

\*\*\*

# LES APÔTRES
# DU NOUVEAU TEMPLE

ÉDITIONS DU ROCHER
Jean-Paul Bertrand

© Éditions du Rocher, 1999.

ISBN 2-266-13207-5

# 1

# LE GARDIEN

James referme bruyamment la porte de la chapelle, qui grince sur ses gonds mal graissés, et met en place le madrier qui sert d'espar. Avec un tel verrou, personne n'entrera ici. Il s'affaisse contre le battant, hors d'haleine. Comment savoir où il a échoué dans sa fuite sans but, tel un esquif ballotté au hasard des tempêtes dans l'océan de la forêt? Il a couru à l'aveuglette, durant plusieurs heures, talonné par son poursuivant. Un muret en ruine lui a soudain barré le chemin; il n'a eu aucune difficulté à le franchir, mais il a frémi en se retrouvant au milieu d'un cimetière abandonné, serré frileusement autour d'un petit oratoire octogonal.

À chaque tombe contre laquelle il butait, il croyait entendre protester les morts, et il s'est surpris plus d'une fois à s'excuser machinalement. La folie le guette, il en est conscient, dans le long tunnel au bout de sa peur. La chapelle était son dernier espoir, son dernier refuge, contre lui-même autant que contre celui qui le cherchait. Il s'est précipité vers la porte. Elle n'était pas fermée.

Ses yeux s'habituent peu à peu à la pénombre. Les fenêtres sont étroites, mais un rayon de lune diffuse une lueur blafarde. Comme c'est étrange… Autant le cimetière est manifestement déserté depuis des dizaines d'années, autant le sanctuaire semble entretenu. Les stalles de chêne sculptées de figures grotesques ont gardé des traces de passage et les statues des saints ont été repeintes récemment. Mais pourquoi leur a-t-on à toutes barré les yeux d'un trait noir, comme si elles ne devaient pas voir ce qui se trame dans l'édifice ? James a peur. Ce que les saints ne peuvent contempler de leurs yeux morts doit être bien terrible. Est-ce vraiment un asile sûr pour le fugitif qu'une église interdite à Dieu et à ses saints ?

Nulle messe n'y est manifestement célébrée. L'autel est couvert d'une épaisse couche de poussière, quand le dallage est impeccablement propre, et la présence divine ne se signale pas par la flamme éternelle. Dieu a déserté l'endroit et ses saints sont aveugles. Un désespoir presque sacré exsude de ces pierres séculaires. Quelles étranges cérémonies célèbre-t-on ici ? Le silence même en devient oppressant, comme s'il préludait à quelque rituel sacrilège.

James tressaille soudain : la croix templière a été inscrite sur les piliers, aux endroits où l'on peint traditionnellement les croix de consécration. Et ce n'est pas le souvenir d'une ancienne commanderie : la peinture rouge a été récemment rafraîchie. Il a entendu parler de certaines sectes qui tentent de ressusciter l'Ordre dissous dix-huit ans plus tôt. Certaines d'entre elles sont dangereuses, pratiquent, dit-on, des sacrifices humains, des messes noires sur le corps de femmes nues, des festins d'enfants comme les sorcières. Toutes les peurs dont on a entretenu sa jeunesse lui remontent à l'esprit. Est-ce vrai ? Est-ce faux ? Il s'en moquait jadis, mais ce n'est plus le lieu ni le moment de se le demander. Voici venu le temps de la peur. N'a-t-il échappé à un péril que pour tomber dans un piège pire encore ?

Il tend l'oreille. Tout semble calme. Il ne faut pas qu'il cède à la panique. Il a toujours eu le bon sens des travailleurs manuels. L'étrange atmosphère de ce lieu privé de la présence divine ne va pas lui faire croire ce dont il riait depuis toujours. Ici, en tout cas, il pourra goûter un peu de répit. Son cœur retrouve peu à peu une course normale. Est-il possible qu'il ait réussi à semer son poursuivant ?

Alors seulement, il prend la peine de détailler les lieux. Les longues et fines statues disposées autour de l'octogone ne portent pas trace de poussière ni de toile d'araignée. Le jeune homme ne distingue que les silhouettes colorées des apôtres, mais le profil de ces visages graves témoigne de la maîtrise de l'artiste qui les a sculptés. James apprécie en connaisseur. Voilà cinq ans qu'il manie le marteau taillant dans son village, à Kilwinning, en Écosse. Il sait qu'il lui faudra encore de longues années avant d'arriver à cette perfection technique. Si Dieu lui prête vie.

Dieu, ou ses jambes. C'est à elles qu'il a dû son salut aujourd'hui. Et il ne peut compter que sur ses mains pour le défendre, si l'on retrouve sa trace. Il s'arrête au bord du blasphème. Non, il a encore besoin de la miséricorde divine. Pour le sauver, s'il a raison ; pour lui pardonner, s'il a tort. Dans le cercle sévère des apôtres, il repère saint Jacques à son grand chapeau de pèlerin et au bourdon qui se découpent en ombres chinoises. Il a toujours eu une tendresse particulière pour le patron de sa confrérie. Il s'agenouille devant la statue, l'âme apaisée, le cœur calmé.

« Maître Jacques, qui veillez sur tous ceux qui sont en marche, et en particulier sur les tailleurs de pierre de Kilwinning, qui ont fait vœu de vous édifier autant d'églises qu'il y a de villes en Écosse, éclairez le plus jeune et le plus délaissé de vos enfants. J'ai agi selon ma conscience ; si j'ai eu tort, ne me laissez pas mourir dans le péché ; si j'ai eu raison, ne me laissez pas assassiner impunément. Maître Jacques, j'ai marché, votre bourdon à la main, votre signe sur le cœur. Maître Jacques, j'ai été pour vous un bon enfant ; soyez pour moi un bon père. Donnez-moi un signe et je saurai. »

Son regard est attiré par une médaille brillante, tombée au pied de la statue. Il la saisit machinalement, la fait reluire dans un rayon de lune, et étouffe un juron. L'avers montre deux chevaliers montant le même palefroi : le sceau des templiers. Sur le revers est représentée une croix templière dont le bras supérieur a été remplacé par une petite flamme. Il connaît ce signe. Il sait qu'il est lié au trésor que lui et ses frères recherchent depuis longtemps. Est-il possible que, sans le savoir, il soit arrivé au lieu secret dont on leur a parlé ?

Il se relève, fait le tour du petit oratoire. Nulle trace de crypte. Mais cela ne veut rien dire. Le trésor est bien gardé, et sa cachette secrète ne s'ouvrira que par le code dont sa confrérie a gardé mémoire. Un chevalier du Temple jadis l'a apporté de Paris à Kilwinning. Les tailleurs de pierre en sont les gardiens, donc les héritiers. Seul le maître connaît le mot qui ouvrira la crypte. Mais désormais, James est le seul à pouvoir le mener à cet endroit.

Si cela est, il est sauvé. Son poursuivant n'osera pas tuer le détenteur d'un tel secret. Et s'il parvient à contacter le dominicain qui s'intéresse également au trésor des templiers, il se mettra sous la protection de l'Inquisition, plus efficace que tout sauf-conduit royal. James revient à la statue, le sourire aux lèvres. Saint Jacques a entendu sa prière. Il lui a indiqué la solution. Il balbutie un mot de remerciement. Pour peu, il se prendrait pour l'Élu dont les légendes disent qu'il peut seul s'approcher sans risque du trésor.

« Que faites-vous ici ? »

James sursaute. Il n'a entendu entrer personne. La porte aurait gémi, la lumière lunaire aurait inondé l'oratoire. Existe-t-il une autre porte, dissimulée ? Cela expliquerait que les gonds du grand portail soient si mal entretenus, alors que l'intérieur est encore en service.

Mais dans ce cas, il n'est pas en sécurité ici ! Quelqu'un peut à tout moment l'assassiner par-derrière. Quelqu'un s'est peut-être déjà caché derrière les piliers ! James se retourne pour dévisager celui qui l'a interpellé d'une voix rude. Le guerrier qui lui fait face est d'une merveilleuse stature. Un regard farouche qui disparaît dans une face d'ombre, mangée par la barbe qui monte haut sur les pommettes, et par des sourcils broussailleux qui se confondent avec les cheveux en désordre. L'impression de puissance qu'il dégage n'est pas due à sa formidable musculature, mais à une sorte de rayonnement d'énergie qui semble émaner de tout son corps dans le halo blanchâtre de la lune.

Que lui veut cet homme ? D'où est-il sorti ? James se replie instinctivement vers la statue de saint Jacques, le visage suspicieux, la main déjà sur le pommeau de sa dague. Pourtant, l'inconnu ne semble pas menaçant. Il parle français, ce n'est pas son poursuivant. James rassemble les rudiments de cette langue qu'il a dû apprendre sur les chantiers de la cour de Londres, où les rois et les nobles se piquent de parler une langue plus raffinée que celle du peuple.

« Je… je suis poursuivi… Aidez-moi… J'invoque l'asile divin.

— Voilà longtemps que Dieu a déserté ce lieu. Aucun droit d'asile n'est plus attaché à cet autel. La seule protection que je peux t'assurer est celle de mon épée, si tu la mérites. Je ne peux tolérer qu'on vienne régler ses comptes chez moi. Tu es mon hôte, et je te dois assistance.

— Qui êtes-vous ?

— Le gardien du Temple. »

James remarque alors la croix rouge sur le bliaut déchiré de l'homme. Un ancien templier. Un de ces vieux soudards qui ont refusé de déposer les armes et de se soumettre au pape après la dissolution de l'Ordre. La plupart se sont soumis à d'autres règles, se sont faits moines ou ont rejoint les chevaliers Teutoniques. Mais quelques irréductibles, on le lui a appris, ont préféré la vie errante des proscrits, s'inventant des missions sacrées auxquelles ils finissaient par croire.

Quelle chimère poursuit celui-ci ? De quoi s'est-il décrété le gardien ? Peut-être… Bien sûr : du trésor qui serait conservé dans cette chapelle ! Dans ce cas, il ne faut surtout pas qu'il connaisse la mission de James en France. Les tailleurs de pierre sont là pour récupérer le trésor qu'ils disent avoir reçu en héritage de maître Jacques. Un jour ou l'autre, il leur faudra affronter le gardien. Tous ensemble, peut-être viendront-ils à bout de ce colosse farouche. Mais tout seul…

« Je me suis réfugié dans la chapelle. Je la croyais consacrée. Messire, j'ai besoin de votre aide. Des assassins me poursuivent.

— Si cela est, elle vous est acquise, quelle que soit la raison pour laquelle ils veulent vous tuer. J'ai fait vœu de mettre mon épée au service du plus faible, quel que soit son camp, quel que soit son crime.

— Je vous jure…

— Ne jurez pas. C'est déjà un crime. Personne ne touchera à vous tant que vous resterez dans cette chapelle. Mais au matin, vous devrez la quitter. Mon pouvoir ne s'étend que sur les forces nocturnes.

— Je vous remercie, messire.

— Je n'ai que faire de vos remerciements. Ce n'est pas pour vous que je le fais. Plût à Dieu que ce combat soit le dernier et que soit enfin levée la malédiction que j'ai attirée sur moi.

— Que voulez-vous dire ?

— Vous n'avez pas besoin de le savoir, jeune homme. Je vous offre mon aide en échange de vos prières. Aucun saint ne veut plus entendre les miennes. Je vous ai surpris devant la statue de saint Jacques…

— C'est le patron de ma corporation. Je suis écossais, et tailleur de pierre. Votre ordre a toujours protégé les artisans, et nous avons accueilli d'anciens templiers dans notre village, à Kilwinning, voici près de vingt ans.

— Alors priez aujourd'hui pour le templier maudit de Montebise. Saint Jacques vous écoutera peut-être, s'il refuse de m'entendre. Vous veillerez toute la nuit au pied de sa statue, et moi devant la porte.

— Messire, ne me laissez pas !

— Ne craignez rien. Personne n'entrera. »

Et le mystérieux templier est reparti par une porte basse, derrière l'autel, si bien dissimulée entre deux statues que James ne l'avait pas remarquée en faisant le tour de son asile. Le jeune tailleur de pierre se rassure. L'énergie qui rayonne du templier découragerait le diable en personne s'il lui prenait fantaisie de venir arracher sa proie à la chapelle. Mais s'il a bien compris, le chevalier fait partie de la mesnie satanique. Qu'importe ? Dieu ou diable, saint Jacques ou chevalier maudit, l'important est que le jeune ouvrier soit protégé cette nuit contre son poursuivant.

Oui, il priera pour l'âme de son protecteur, tout à l'heure. Pour l'instant, il sent surtout la fatigue de la course, et le contrecoup de la peur qui le fait trembler rétrospectivement de tous ses membres. À moins que ce ne soit le froid, l'humidité de ce petit oratoire perdu au milieu des forêts. Il s'accroupit aux pieds de saint Jacques, les bras serrés autour des jambes.

Une main soudain se plaque sur sa bouche, tandis qu'un bras solide lui enserre le cou. James a beau se débattre, il sait qu'il n'échappera pas à la poigne de fer dont il a déjà éprouvé la puissance. On l'a retrouvé. Les couinements désespérés qui sortent de sa gorge bâillonnée, à moitié étranglée, ne parviendront pas au gardien posté devant la porte. Par où est entré son agresseur ? Un murmure à son oreille le renseigne.

« Ingénieuse, cette porte secrète derrière l'autel. Vrai, je ne l'aurais jamais trouvée si le templier ne m'avait montré le chemin. Je suis entré derrière lui et je me suis caché derrière la statue. Mon petit James, si tu veux prier pour l'âme de ton protecteur, tu pourras bientôt le faire sans intermédiaire auprès du Seigneur. »

Le gémissement est de plus en plus faible dans la gorge broyée par un bras vigoureux. James a juste le temps de penser que c'est vraiment idiot, il n'a même pas eu la possibilité de troquer sa vie contre le précieux renseignement qu'il est désormais le seul à détenir : ils sont à deux pas du trésor, dans la chapelle que les Écossais sont venus chercher en France. Leur mission grâce à lui est achevée, et personne ne le saura. Personne… jamais… ne pourra… Et il rend son âme sur cet ultime regret, sans même penser à la recommander à Dieu.

L'inconnu se relève péniblement, la main sur les reins. Ce maudit traître l'a fait courir des heures à travers la forêt avant de se laisser étrangler dans sa retraite. James avait l'avantage de l'âge sur son poursuivant, et l'humidité des sous-bois a rouillé les articulations de l'assassin. Mais c'est un homme robuste, et la nécessité de rejoindre son chantier avant l'aube décuple ses forces.

Il saisit le cadavre à bras-le-corps et le pose sur son épaule, comme s'il s'agissait d'un sac un peu lourd. Et paisiblement, sachant la petite porte du fond bien gardée, il fait glisser l'espar qui condamne le grand portail et sort par-devant. En l'entrebâillant lentement, pouce à pouce, il parvient à faire tourner les gonds sans protestation. Il les remercie doublement : c'est leur chant séculaire, tout à l'heure, qui l'a guidé vers la chapelle quand il avait perdu la trace de James dans la forêt. À présent, ils ne le trahiront pas. Les tailleurs de pierre ont des connivences secrètes avec les églises. Elles leur parlent et leur obéissent.

La lune complice se cache derrière un nuage pour le laisser traverser le cimetière et regagner sans éveiller les soupçons du templier l'épaisseur des bois. Elle revient aussitôt glisser un œil curieux dans la nef déserte.

L'oratoire lui est rendu jusqu'à la fin de la nuit. Entre les plis des statues, elle s'amuse à dénicher, çà et là, quelques médailles oubliées où danse encore une flamme sur une croix templière. Puis elle se lasse de ce petit jeu et reprend sa course solitaire dans le ciel.

À l'aube, le templier de Montebise rentre fourbu de sa garde. Il n'a pas eu à combattre, mais il espère que la prière de son hôte lui vaudra quelques années de purgatoire en moins. En découvrant le portail occidental ouvert, il comprend soudain que le diable lui a joué un nouveau tour. L'assassin a réussi à pénétrer dans le sanctuaire. Seule une complicité diabolique a pu le faire traverser les murs. Et le jeune homme est mort avant d'avoir pu intercéder auprès de saint Jacques.

Aucune prière n'est montée au ciel cette nuit. Aucun espoir, jamais, ne lui sera laissé d'échapper à l'étrange malédiction qu'il s'est attirée voici plus de vingt ans en touchant au trésor interdit. Et voilà qu'aujourd'hui un autre crime s'ajoute au vieux. Il a laissé mourir le fugitif qui s'était mis sous sa protection. Il jette un cri inhumain à travers la chapelle.

« Je te retrouverai, hurle-t-il à l'adresse de l'agresseur qui a fui le combat. Je te forcerai bien à te battre. Et à me tuer, si tu le peux. »


De mémoire de dominicain habitué à arpenter à pied les routes de France et de Navarre, mars n'aura jamais été aussi pluvieux. Surtout pour un frère de vingt ans, qui n'est pas encore aguerri à braver le petit crachin tenace, pire encore que les brusques giboulées qui attendent au moins que l'on soit sec pour attaquer à nouveau.

Mais frère Andréas a le caractère aussi trempé que son grand manteau noir. Il s'est mis en marche dès qu'il a appris qu'un jeune tailleur de pierre a été retrouvé assassiné, la gorge tranchée et le cœur arraché entre les lèvres. Voilà de longues années qu'il étudie les meurtres rituels, et les inquisiteurs ont recours à sa jeune expérience. Au château de Bosquentin, en Normandie, où il logeait encore, il a aussitôt pris son bâton, sans se soucier du ciel ni du bourbier qui confondait souvent champs et chemin.

Quelques jours plus tard, il était à Paris. Le temps de se présenter au prieur de la rue Saint-Jacques, où siège son ordre, et de troquer ses vêtements crottés par le voyage contre une robe impeccablement blanche et un manteau sec, et en route pour le Louvre. Le Grand Inquisiteur, qui l'a convoqué, l'y attend avec les conseillers du roi intéressés par cette affaire.

« Voilà un meurtre qui remue bien du beau monde », se dit-il en traversant le pont aux Meuniers pour rejoindre la rive droite. Mais il en connaît la raison. La précédente affaire de ce genre, qui l'avait amené à Bosquentin, impliquait la haute société dans tout le royaume, et avait permis de démembrer une secte dangereuse dirigée par un conseiller du roi ! Le trône même avait été menacé par un complot habilement orchestré. Manifestement, on craignait à Paris que certains membres aient tenté de reconstituer l'Ordre dissous.

Pourtant, d'après les renseignements que le dominicain a déjà obtenus au sein de son ordre, rien de tel n'est à craindre. Le cadavre a été retrouvé auprès d'un chantier de tailleurs de pierre écossais qui n'avaient sans doute rien à voir avec la secte française dissoute. Il s'agit d'ailleurs d'un ouvrier qu'il a lui-même connu en

Écosse, l'année dernière, quand il enquêtait sur les meurtres rituels dans les sociétés néo-templières. Le jeune homme, à son arrivée en France, avait même tenté d'entrer en contact avec lui. Il ne faut pas chercher plus loin : sans doute même est-ce pour cela qu'il est mort. Les renseignements qu'il devait communiquer à frère Andréas ont dû être considérés comme une trahison.

L'année dernière, déjà, les tailleurs de pierre de Kilwinning qui lui avaient fait des confidences avaient été inquiétés par leurs frères, et le maître de leur confrérie, qui s'était montré le plus prolixe, s'était suicidé après leur rencontre. La révélation et la mort étaient synonymes en Écosse.

La rue Saint-Germain-l'Auxerrois, dans laquelle il s'est engagé tout en remuant ses souvenirs, est décidément encombrée. Il aurait mieux fait de longer la Seine par le quai de la Saulnerie. Mais il craignait de souiller sa belle robe blanche et son manteau noir aux alentours de l'abreuvoir Popin, qui transforme le quai en bourbier. Il se glisse péniblement le long d'un chariot bloqué en tâchant de ne pas entendre les jurons qu'échangent les charretiers. S'il voulait faire du zèle, certains sont proches du blasphème, on a percé des langues pour moins que cela.

Frère Andréas a passé toute son enfance à Cologne. Il a l'impression qu'en Rhénanie les jurons sont moins colorés, comme si la rudesse de la langue suffisait à faire passer la colère. La réputation des Parisiens en la matière ne lui semble pas usurpée. Il se signe, à tout hasard. Voilà pour Dieu.

Quand il a enfin dépassé l'hôtel de Bourbon, il manque lui-même lâcher un de ces vigoureux vocables qu'il dénonçait tout à l'heure. Il avait oublié qu'il lui faudrait contourner l'enceinte de Philippe-Auguste jusqu'à la porte aux Aveugles. Quelle manie ont les Français d'agrandir les villes en conservant les anciens remparts ! Le Louvre n'est plus aujourd'hui une forteresse défensive, malgré l'aspect austère qu'il a conservé depuis le roi Philippe, mais une demeure aménagée pour recevoir les archives et le trésor royal, et où une partie de l'administration du royaume a établi ses fonctions et ses appartements. Les fossés sont moins nécessaires qu'il y a cent ans.

Lorsqu'on a introduit le jeune dominicain auprès du cardinal Godefroy, le vieux conseiller du roi, celui-ci l'a reconnu et l'a accueilli avec sympathie. Rien qu'en ayant traversé Paris depuis les Jacobins, Andréas est aussi mouillé par le crachin qu'à son arrivée de Normandie.

« Prenez la peine de vous sécher au coin de ce feu, frère Andréas. Vous savez que, même dans votre ordre, on a depuis longtemps renoncé au vœu de voyager à pied.

— Mon maître m'a appris le respect du moindre de mes vœux.

— Frère Henri était intransigeant. Je l'ai bien connu dans ma jeunesse, vous savez. Dieu ait son âme. Mais ce qui était bon pour son époque ne l'est pas pour la nôtre. Surtout lorsqu'on compte exercer ses talents au Saint-Office, qui a besoin d'agir avec promptitude… et un minimum de discrétion. Je sais pourquoi vous êtes venu me voir. Le Grand Inquisiteur m'a dit qu'il vous a confié l'instruction d'une affaire qui nous préoccupe fort.

— C'est en effet un dossier qui regarde l'Inquisition plus que le Conseil du roi. Mais il est hélas naturel qu'il passe par Paris avant d'atteindre Bosquentin.

— Bosquentin vous a d'ailleurs précédé à Paris. Le jour même de votre départ, mon neveu Thibaut rentrait de Terre sainte. Voilà qui vous étonne ?

— Thibaut ? Je ne le connais pas, vous le savez. Il était déjà parti lorsque je suis arrivé en France. Mais d'après tout ce qu'on m'en a dit, je m'attendais effectivement à ce qu'il cache en Palestine l'échec de sa mission. Car il n'a pas trouvé le trésor des templiers, n'est-ce pas ? Ne prenez pas la peine de me répondre. Il n'est pas en Terre sainte.

— Si Thibaut avait pu cacher sa honte au centre de la terre, croyez qu'il y serait déjà. Mais c'est un jeune homme veule. Il a préféré la cacher à Bosquentin, persuadé qu'on ne le chercherait pas dans un château perdu si loin de la cour. J'avais prévu tout cela : comme vous le savez, j'ai conservé à Paris le meilleur appât pour ramener mon agneau au bercail.

— La belle Marie… Hélas, on l'a bien regrettée à Bosquentin ! »

C'est par Marie, effectivement, qu'Andréas a entendu parler de Thibaut. L'héritière de Bosquentin est follement éprise du neveu du cardinal. À travers les propos outranciers de la jeune fille, le dominicain a compris que c'était un jeune étourdi plus habile à composer des vers galants qu'à dénouer des intrigues politiques, quoiqu'il ait voulu entrer au Parlement, et qui connaît mieux le métier des armes que son psautier. Le parfait représentant de la jeunesse mondaine, plus soucieuse des apparences que de l'approfondissement spirituel. Comment un tel homme a-t-il pu séduire Marie, si fine et si pondérée ? Et comment a-t-il pu être mêlé au trésor des templiers ?

Lorsque Thibaut est parti à Jérusalem, deux ans plus tôt, dans l'espoir de ramener ce trésor, l'oncle cardinal s'est bien douté qu'en cas d'échec il n'oserait reparaître à Paris. Évincé du Parlement pour une mauvaise plaisanterie, le jeune étourdi avait juré de rentrer la tête haute, et les poches remplies de l'or du Temple. Le conseiller du roi n'a qu'une confiance toute relative en son neveu. Mais il tient à le récupérer : l'échec même a ses leçons, et le vieux cardinal est le seul à pouvoir les tirer. Ah ! s'il avait l'âge encore de parcourir le monde pour une si noble quête ! Il appartient encore à la partie montante de sa famille, celle qui mêle la vigueur du corps, la justesse du raisonnement et la fidélité aux causes sacrées. Avec Thibaut, elle amorce déjà la pente descendante.

Le rusé cardinal a alors imaginé un stratagème pour ramener son neveu au Louvre. Il s'est arrangé pour y attirer Marie de Bosquentin, dont Thibaut est toujours amoureux, et l'a gardée auprès de lui jusqu'à ce que le jeune galant cherche à la rejoindre. Ce qui n'a pas manqué de se produire. Aussitôt que Thibaut, la tête basse, a débarqué au château de son amie, il a compris qu'il ne pourrait échapper à la colère de son oncle. Il est reparti vers Paris, mais à cheval, et il a annoncé au cardinal Godefroy l'arrivée du dominicain, parti la veille à pied !

« Voilà qui va simplifier ma démarche, répond celui-ci, sans se laisser démonter par l'ironie de son interlocuteur. Vous vous doutez bien de son objet. Marie doit m'accompagner à Coulommiers, où le meurtre a été commis.

— En quoi sa présence vous aidera-t-elle à le résoudre ?

— Vous savez comme moi que ce meurtre est lié au trésor du Temple. Marie en est la seule héritière légitime. Et elle seule peut sans danger approcher la terrible relique qu'il contient.

— Vous ne savez pas tout, frère Andréas. Lorsque j'ai parlé d'échec de la mission confiée à Thibaut, vous avez cru qu'il n'avait pas trouvé le trésor. C'est hélas bien pire. Le trésor a été trouvé, et aussitôt perdu.

— C'est impossible ! Que voulez-vous dire ?

— Mon neveu a retrouvé le trésor à Quaranteine, dans une ancienne commanderie templière. Il a ouvert la crypte et a découvert la relique que je cherchais. Mais cet imbécile l'a laissée se briser sur le sol. Il n'aura pas assez d'une vie pour expier ce sacrilège.

— À Quaranteine, en Terre sainte ? Mais ce n'est pas possible… Le trésor ne peut être là-bas…

— Et où serait-il, selon vous ?

— Je suis sûr, Éminence, je gagerais mon âme qu'il est à Coulommiers, ou dans les environs.

— Cela n'a pas de sens ! Si près de nous sans que nous le sachions ? Expliquez-vous.

— J'ai d'abord besoin de savoir ce que votre neveu a trouvé, et comment il a ouvert la crypte.

— Cela sera simple. »

Le cardinal a fait mander son neveu et la jeune fille qui lui a servi d'otage pour le ramener au bercail. Les jeunes gens se sont retrouvés hier pour la première fois depuis deux ans, et les épreuves ont mûri leur amour. Une séparation, parfois, peut souder à jamais deux cœurs qu'un lien bien artificiel avait assemblés. Si Marie, jeune et sans expérience, avait accueilli le beau chevalier avec toute l'innocence de ses vingt ans, le galant Thibaut n'avait vu dans l'aventure qu'une conquête de plus ajoutée à un tableau de chasse déjà bien garni à Paris. Pourtant, en Terre sainte, c'est le visage de Marie qui revenait sans cesse à son esprit, et non celui des Parisiennes plus riches, plus belles ou plus savantes qu'il avait glanées durant sa vie mondaine. C'est là qu'il a mesuré la profondeur de son amour.

Mais Thibaut est marqué désormais par un double échec. Par sa faute, une relique insigne est perdue pour l'humanité, et jamais son oncle ne le lui pardonnera. Et plus grave, sans doute, à ses yeux : il porte à tout jamais le remords d'avoir trompé Marie. Il n'a pas encore eu le courage d'avouer à la jeune fille que la sensualité de l'Orient a eu raison de ses promesses. Elle l'a accueilli avec une telle fougue, un tel bonheur rayonnant de tout son corps qu'il n'a pas eu la force de briser le rêve qu'elle a nourri durant son absence.

Est-ce vraiment sa faute, au jeune homme parti découvrir le monde avant de se connaître ? Il est si facile de résister à la tentation quand on est enfermé dans le château de son oncle, en Normandie, puis à Paris dans la prison dorée du Louvre. Que peut-elle savoir, Marie, de la douceur incroyable des châteaux du Sud, les nuits d'été, quand les vêtements légers comme des ailes d'ange semblent dénuder les corps par leurs caresses soyeuses ? Que sait-elle des parfums capiteux dont l'air se charge à la moindre brise ? N'est-ce pas la faute du chemin, si l'on revient de voyage l'âme empoussiérée ?

Il sait qu'il ne pourra cacher longtemps l'existence de Fénice à la dame de ses pensées. Mais la joie du retour doit être sans mélange. Grâce à cette expérience, d'ailleurs, il a réussi à faire la différence entre le piège des sens et les doux lacs d'amour. C'est son cœur et son âme qui le retiennent auprès de la demoiselle de Bosquentin. Ses sens seuls sont restés captifs à Quarantène.

L'oncle cardinal monte désormais une garde sévère autour des deux jeunes gens. Leur amour compromet les projets d'alliance qu'il nourrit pour son neveu. Marie lui a été bien utile pour faire revenir Thibaut à Paris ; aujourd'hui, trop proche de son amoureux, elle devient encombrante, et il faut éviter à tout prix qu'ils ne soient tentés par un mariage clandestin. Aussi le vieil homme n'est-il pas mécontent de la démarche du dominicain. Bien sûr, il lui confiera la jeune fille pour l'éloigner de son galant. Et, pendant ce temps, il pourra reprendre ses négociations avec les puissantes familles auxquelles il souhaite allier la sienne. Quand Marie reviendra à Paris, elle trouvera son soupirant dûment enchaîné par les liens du mariage.

Les jeunes gens sont arrivés séparément. Monseigneur Godefroy n'entend pas qu'ils communiquent ensemble, et une duègne à la mine patibulaire sert en permanence de chaperon à la jeune fille. Celle-ci est heureuse de revoir le jeune dominicain avec lequel elle avait sympathisé à Bosquentin. C'est un parfum de Normandie qui entre avec lui dans le château sévère où elle est cloîtrée.

Thibaut a vu le sourire que son amie a échangé avec le jeune prêcheur, et il sent la jalousie poindre en son cœur. Serait-il plus amoureux encore qu'il ne le pensait de la petite Normande ? La jalousie est une découverte pour lui : les demoiselles de la cour, qui appartiennent à tous et à chacun, ne lui en avaient pas donné l'habitude.

Qui est ce jeune dominicain qui semble si familier avec Marie ? Thibaut ne connaît pas frère Andréas, arrivé à Bosquentin après son départ. Malgré la large tonsure qui ne laisse qu'une mince couronne de cheveux roux, il ne manque pas de charme avec ces taches de son qui font paraître plus blanche encore sa peau laiteuse. Le chevalier se renfrogne et répond d'un grognement aux présentations de son oncle. D'autant qu'il va devoir relater devant ce freluquet, peut-être ce rival, le plus cuisant échec de sa vie. L'hostilité est immédiate et évidente entre les deux jeunes gens.

« Allons, Thibaut, foin de ces pudeurs de pucelle. Frère Andréas connaît déjà l'échec de ta mission. Et peut-être a-t-il des informations de nature à l'atténuer. Alors explique-lui sans détour ce qui s'est passé à Quaranteine et qu'on en finisse.

— Le trésor était gardé par un templier fou, commence le jeune homme à contrecœur. Je l'ai tué. »

En mettant en avant le seul exploit de son voyage, il tente de se reconstituer une dignité. Je suis un chevalier, laisse-t-il entendre, mon métier, ce sont les armes, et non les énigmes. Je n'ai pas failli à ma mission. Mais frère Andréas n'a pas de raison d'en vouloir au jeune homme. Il l'encourage d'un sourire, comme s'il appréciait l'exploit à sa juste valeur. Rasséréné, Thibaut reprend son récit :

« Dans la vallée de Quaranteine, une grotte avait été aménagée en chapelle, avec une crypte, je n'ai jamais vu ça, le tout creusé dans la roche. Avant de mourir, le gardien m'avait donné la clé, et mon oncle connaissait le secret qui ouvre la crypte.

— Le secret ?

— Un code complexe enfermé dans une formule. Je… J'ai réussi à le mettre en œuvre, et j'ai trouvé le trésor. Dans un coffret, il y avait une chaîne d'or, à laquelle pendait une ampoule de cristal. Mais lorsque je l'ai attachée à mon cou pour remonter dans la chapelle, le fermoir s'est brisé et l'ampoule s'est fracassée sur le sol de la crypte.

— Et vous n'avez rien pu récupérer ?

— Comment aurais-je pu, dans l'obscurité ? Je me suis blessé aux mains à chercher les éclats à travers toute la crypte. Mais le cristal s'était littéralement pulvérisé.

— Et que contenait l'ampoule ?

— Je n'en sais rien. Je n'ai rien retrouvé, je vous le jure, j'ai cherché pendant des heures.

— Peut-être parce qu'elle ne contenait rien.

— Que voulez-vous dire ? »

Frère Andréas sourit à nouveau, mais à lui-même, cette fois. Il est sûr d'avoir raison. Le chevalier a sans le savoir conforté son hypothèse. Mais le garçon n'en sera pas quitte à si bon compte : le dominicain a besoin du code d'accès, et il ne tient pas à révéler trop tôt ses propres informations.

« Je veux dire que la pièce la plus précieuse du trésor, celle que vous deviez ramener à Paris, ne se trouvait pas à Quaranteine.

— J'ai reconnu le signe sur le coffret. Une croix templière terminée par une flamme. Il ne peut y avoir de doute.

— Le coffret a probablement contenu la relique, à une époque… Mais l'ampoule était vide. Votre code n'était pas le bon.

— Pas le bon ? Alors comment a-t-il ouvert la crypte ?

— Quel était-il ?

— Qu'avez-vous besoin de le savoir ?

— Et vous, qu'avez-vous besoin de le garder, si vous êtes convaincu d'avoir perdu la relique ? Je vous apporte une chance de retrouver ce que vous avez perdu. Même si vous n'y croyez pas, c'est la seule qui vous reste. Alors faites-moi confiance. Quel est le chiffre ?

— Ne dis rien, Thibaut !

— Pourquoi, mon oncle ? Vous savez bien qu'il n'y a pas de chiffre. Et c'est un secret dont je n'ai plus rien à faire. "Pierre est saint", voilà la phrase. Beau mystère, vraiment ! Êtes-vous plus avancé ? »

Le mouvement de surprise et le sourire à peine esquissé du cardinal n'ont pas échappé à frère Andréas. Pierre est saint ? Effectivement, ce n'est pas le genre de code qu'il attendait. Et le cardinal non plus. Pourtant, c'est ce dernier qui l'a donné à son neveu avant son voyage. Le code n'est pas faux, mais il a été mal compris. Il était correct voici deux ans sur les lèvres du cardinal ; il est arrivé incorrect aux oreilles de son neveu. Et, pour garder le secret de la formule, l'oncle a décidé de ne pas la corriger. Adroit. Frère Andréas cependant n'est pas dupe, mais il doit le laisser croire. Leurs intérêts sont encore opposés.

« Et maintenant, mon frère, nous direz-vous pourquoi ce code ne vous semble pas le bon, et où, selon vous, est caché le trésor du Temple ?

— Ignorez-vous que trois secrets protègent le trésor ? Si la crypte s'est ouverte grâce à un seul, c'est qu'il ne s'agit pas de la bonne.

— Trois secrets ? Expliquez-vous !

— Une relique aussi insigne ne pouvait être confiée à un code aussi simple. Trois personnes détenaient chacune une phrase chiffrée différente, et ces trois clés réunies peuvent seules ouvrir la crypte. Vous savez que le Temple avait rassemblé en son sein les trois ordres de la société : des chevaliers, des prêtres et des artisans. Ceux qui dirigeaient ces trois ordres avaient chacun reçu un des secrets. Ils appartenaient à des nations différentes de la chrétienté. Ainsi, l'entente entre tous les peuples ennemis et entre tous les ordres de la société était nécessaire pour que la relique revienne au jour.

— J'ignorais cela. Qui vous l'a appris ?

— Frère Henri, qui m'a confié sa propre phrase. Il était le confident du grand aumônier qui dirigeait les prêtres ordonnés du Temple et, comme lui, de langue allemande. Il était donc l'héritier de la première formule. Je sais que c'est le grand trésorier en personne qui vous a confié la phrase dont il était dépositaire. Il dirigeait le second ordre, celui des chevaliers, et la seconde nation, de langue française. Mais il a omis de vous préciser qu'il fallait deux autres clés pour que la sienne soit efficace.

— Vous pourriez bien avoir raison. J'avais réussi à revoir le grand trésorier en 1314, peu avant son supplice. Il y avait si longtemps alors que j'avais quitté le Temple que plus personne ne se méfiait de moi. Pourtant, nous n'avons pu parler que quelques instants, et quand il est reparti, je m'en souviens, j'ai eu l'impression qu'il souhaitait me communiquer d'autres choses. Sans doute était-ce cela : je devais retrouver ceux qui détenaient les autres clés. Il n'en a pas eu le temps, les visites aux templiers condamnés étaient difficiles à obtenir et de courte durée. Mais je n'ai rien soupçonné alors. Quel naïf j'ai été ! »

Le vieil homme a froncé les sourcils. Il se croyait en position de force, et il s'aperçoit qu'il doit compter avec ce petit dominicain qui a recherché depuis si longtemps les moindres traces du trésor qu'il en sait plus que les anciens templiers eux-mêmes ! Pourtant, frère Andréas a un peu forcé ses connaissances pour conforter sa position. Frère Henri, son vieux maître, est mort avant d'avoir pu lui confier le secret du grand aumônier. La phrase lui échappe, même s'il est convaincu que les éléments qui la composent sont en sa possession. Mais le cardinal a de la suite dans les idées, et il entend bien tout savoir.

« Une phrase recueillie par maître Henri auprès du grand aumônier, l'autre par moi-même de la bouche du grand trésorier… Cela fait deux. Et le troisième secret, savez-vous qui le détient ?

— J'ai retrouvé sa trace. C'est pour cela que je suis parti en Écosse l'année dernière. La province de langue anglaise était également importante dans l'ordre du Temple. Il était tout naturel de lui confier la troisième formule, avec les langues française et allemande.

— Mais pourquoi l'Écosse ?

— Après la dissolution de l'Ordre, le maître des frères lais s'est réfugié là-bas, auprès des tailleurs de pierre de Kilwinning. Il était de langue anglaise. Il y est mort en 1318, après avoir transmis son secret de façon cryptée aux artisans qui l'avaient recueilli parmi eux.

— De façon cryptée ? Qu'entendez-vous par là ?

— Il a transformé leur confrérie en une société initiatique à laquelle il a donné des rites proches de ceux du Temple et des légendes millénaires. C'est dans ces légendes que la formule a été cachée. Mais on ne l'apprend qu'en progressant dans la confrérie, échelon par échelon, et seul le grand maître en a la transmission.

— Attendez… Ces tailleurs de pierre de Kilwinning…

— Sont à présent à Coulommiers. Et l'un d'eux a été assassiné la semaine dernière. Croyez-moi, il n'y a pas de hasard. Ils cherchent le trésor. Sans cela, il n'y aurait pas eu de trahison.

27

— De quelle trahison parlez-vous ?

— De celle qui allait se commettre. La gorge tranchée et le cœur dans la bouche sont le châtiment de ceux qui ont trahi leur serment et livré le secret. Le cœur est le coffre du secret, et la langue en est la clé. Mais celui qui voulait trahir n'a pas eu le temps de le faire.

— Comment le savez-vous ?

— C'est à moi qu'il devait le remettre. »

La révélation fait son effet. Ce petit dominicain est manifestement plus impliqué dans l'affaire que le cardinal ne le pensait. Le vieil homme, contrarié, se réfugie dans l'embrasure de la fenêtre, dos à la lumière. Une vieille tactique pour qu'on ne puisse lire son trouble sur son visage. Comment le prêcheur est-il entré en contact avec les Écossais ?

Frère Andréas a décidé de jouer franc jeu. L'année dernière, il s'est rendu à Kilwinning où il a vécu parmi les tailleurs de pierre, appris certains détails. L'un d'eux lui a fait savoir, voici peu, qu'un groupe avait été engagé par les hospitaliers de Coulommiers pour agrandir l'ancienne commanderie templière qu'ils avaient héritée après la dissolution du Temple. Le maître de la confrérie était du voyage, sans doute pour chercher le trésor. Quant à l'artisan assassiné, il devait reprendre contact avec le dominicain dès son arrivée. Il n'en a pas eu le temps.

« Qu'est-ce qui vous fait croire qu'ils sont à la recherche du trésor ? Eux aussi ne disposent que d'une seule clé, si je vous ai bien suivi.

— Et eux aussi, comme vous-même, comme Thibaut, sont persuadés qu'une seule clé suffit. Quant à savoir pourquoi ils entreprennent cette quête douze ans après la mort de leur maître, c'est ce qu'il aurait dû m'apprendre.

Si j'ai bien compris les allusions du seul message qui me soit parvenu, les intentions de tous les ouvriers ne sont pas aussi nettes.

— Et pourquoi le trésor serait-il à Coulommiers ?

— Ou dans les environs. Je ne sais comment ils l'ont appris, mais c'est pour moi une certitude que leur présence là-bas n'a fait que confirmer. Savez-vous pourquoi votre neveu est parti en Terre sainte chercher le trésor ? »

Le cardinal n'a aucune raison de le cacher au dominicain : la seule piste pour retrouver la cachette était à Bosquentin, dont il vient. Il serait bien étonnant qu'il ne l'ait pas appris ! Une seule personne était au courant de l'emplacement de la crypte : le grand maître de l'Ordre, Jacques de Molay. Il avait confié ce secret à un chevalier chargé d'y porter la plus précieuse relique du Temple. Et celui-ci, avant de mourir, l'avait répété à son amie, la mère de Marie de Bosquentin. Ainsi la jeune fille était-elle restée le seul lien avec la crypte. Voilà ce que le cardinal Godefroy avait appris du grand trésorier emprisonné.

« Tout cela est exact, confirme le dominicain. Et sans doute est-ce un hasard si votre neveu s'est retrouvé à Bosquentin auprès de Marie, unique héritière du secret et du trésor ?

— Un hasard, s'empresse de confirmer Thibaut, quoique tout le monde ait deviné qu'il mentait.

— Mon neveu est parti de Paris pour chercher le trésor du Temple et effacer par une mission difficile le scandale qu'il y avait provoqué. Ce qui par la suite est dû au hasard ou au calcul ne me regarde pas. Connaissant Thibaut, je ferais plutôt confiance au hasard. Quoi qu'il en soit, il a obtenu de Marie les informations qu'il cherchait. Je n'ai jamais su lesquelles.

— Informations, c'est un bien grand mot, intervient la jeune fille. Si j'avais su que c'était cela qu'il venait chercher auprès de moi. Oh ! Thibaut… »

Elle s'interrompt. Elle ne veut pas pleurer devant ces hommes odieux qui ont joué avec ses sentiments pour lui arracher le maigre secret qu'elle possédait. Est-il possible que Thibaut, qu'elle a recueilli perdu dans la forêt, ne s'y soit pas trouvé par hasard ? Que tout ce temps où il lui a chanté l'amour courtois n'ait été qu'une approche prudente de l'héritière ? Le monde est si laid à Paris. Pourquoi est-on venu la chercher à Bosquentin ?

Pour une si piètre information, surtout. Un souvenir d'enfance, tout au plus. La mère de Marie est morte sans avoir pu lui préciser où était caché son héritage. Mais elle en avait brodé le plan sur une tapisserie. Celle-ci a disparu dans le sac du château, seize ans auparavant.

« Je pense qu'il nous faut renoncer à la retrouver jamais, conclut la jeune fille.

— Et vous vous rappelez ce qu'elle représentait ?

— Bien sûr, c'est cela que j'ai raconté à Thibaut. Le baptême du Christ dans le Jourdain, avec six scènes de la Bible dans lesquelles figurait également une colombe. Mais la colombe qui descend sur le Christ dans le Jourdain était cachée.

— Et c'est pour cela que je me suis rendu en Terre sainte, enchaîne Thibaut. J'étais persuadé que les sept colombes indiquaient une distance, et que le baptême renvoyait à la Terre sainte. Alors, quand j'ai découvert qu'à sept lieues de Jérusalem, en direction du Jourdain, il y avait une ancienne commanderie templière, j'ai été convaincu que le trésor était caché là-bas. Et je le suis toujours, sauf si l'Église en fait une vérité de foi ! Après tout, ma formule a bien ouvert la crypte !

30

— Je ne suis pas l'Église, reprend doucement frère Andréas. Je ne suis qu'un dominicain qui a reçu une part du secret, comme vous, et un homme comme vous qui tâche d'interpréter avec ses faibles moyens l'énigme qui nous est posée.

— Mais vos moyens intellectuels, si je comprends bien, sont supérieurs aux miens.

— Vous avez dit tout à l'heure que vous étiez un homme d'armes, chevalier. Souffrez qu'un homme de livres soit plus à l'aise en ce domaine. En l'occurrence, j'ai cherché longtemps la clé du mystère. Et quand j'ai appris que les maçons se rendaient à Coulommiers, j'ai tout d'un coup compris le sens réel de la tapisserie.

— Bien sûr ! s'écrie soudain le cardinal. Coulommiers, le colombier, les sept colombes… Comment n'y as-tu pas pensé, Thibaut ?

— Il y a tant de lieux qui portent un nom semblable, tempère le prêcheur – Coulombs, Colombey, Coulmiers, Colombiès… Mais celui-ci est précisément à sept lieues du Mesnil, le château de Marie où sa mère a brodé la tapisserie. Il était tout naturel qu'elle prenne cet endroit comme point de référence.

— Vous avez raison, capitule Thibaut. Je me suis précipité tête baissée dans une interprétation erronée, et je n'ai pas voulu en démordre. J'ai tout gâché par prétention. Mais si le trésor est à Coulommiers…

— Ou dans les environs, ai-je dit. Et c'est très probablement le cas. Je suis convaincu que la colombe manquante désigne l'emplacement du trésor, et que la tapisserie fonctionne comme une carte rudimentaire donnant la direction et l'emplacement de la crypte.

— Mais comment la retrouver, seize ans après ?

— Il faut plus longtemps pour que les objets disparaissent. Si elle existe encore, nous la trouverons. Est-ce avec ce découragement que vous êtes parti pour la Terre sainte ? Dans ce cas, je ne m'étonne pas que vous ayez échoué.

— Vous avez raison, frère Andréas. Nous la trouverons. Me pardonnerez-vous mon arrogance de tout à l'heure ? »

Thibaut est aussi prompt à reconnaître ses erreurs qu'à les commettre. Un garçon attachant, finalement, autant qu'il agace. Entré trop jeune, grâce au soutien de son oncle, au parlement de Paris, il a été jugé immature par les gens de robe et poliment prié de faire ses preuves ailleurs. La mission en Terre sainte lui avait paru un bon moyen de rentrer en grâce, et son échec a porté un rude coup à sa confiance en lui-même. Sans qu'il le sache, il s'agit d'une victoire. L'échec l'a fait mûrir, quand la réussite l'aurait conforté dans sa présomption.

Son amour aussi a mûri d'avoir été égratigné par la concupiscence. Il sait désormais que le doux sentiment qui le lie à Marie est plus puissant que l'esclavage des sens qui le retenait auprès de Fénice, la nièce du templier fou qu'il a tué à Quarenteine. Marie a été quelque peu dépitée de retrouver un amoureux plus distant, moins prompt à la couvrir de vers futiles et de petits cadeaux frivoles. Mais son instinct de femme lui a fait comprendre que cet amour assagi s'était ancré plus profondément dans le cœur du jeune homme. La distance, souvent, fait plus que la familiarité pour tremper un sentiment.

Le cardinal surprend le regard qu'échangent subrepticement les amoureux, qu'il a pris soin de séparer et de surveiller dès leurs retrouvailles. Son expérience lui a appris à lire dans les cœurs, et sa prudence ne veut pas être prise en défaut. Marie est nécessaire à la quête du trésor ? Soit. Elle partira avec le dominicain. Voilà qui conforte ses plans. Mais son neveu restera à Paris. Puisque le code secret a été transmis à frère Andréas, il n'a plus besoin du jeune chevalier, n'est-il pas vrai ?

« Sans doute, confirme le prêcheur. Moins nous serons nombreux, moins nous attirerons l'attention. N'oublions pas que les hospitaliers occupent désormais la commanderie templière. Et l'ordre de Saint-Jean, héritier des biens du Temple, a plus d'une fois tenté de contrarier nos recherches. Nous nous aventurons en milieu hostile.

— Et les tailleurs de pierre ? s'inquiète Marie.

— J'en fais mon affaire. Ils sont moins dangereux, car ils n'ont pas appris à masquer leurs intentions. Je préfère leur hostilité à la bienveillance des hospitaliers.

— Ne s'étonneront-ils pas de nous voir ?

— J'ai été officiellement mandaté par l'inquisiteur de Paris pour enquêter sur le meurtre rituel. Quant à vous, votre présence peut m'être précieuse pour résoudre cette affaire : votre cousine n'a-t-elle pas été victime d'un attentat similaire, voici deux ans ? Il est normal que vous m'accompagniez à Coulommiers. »

Marie est à court d'arguments. Depuis le temps qu'elle harcelait le cardinal pour qu'il lui permette de quitter Paris, elle ne peut que le remercier de lui rendre la liberté. Comment expliquer que, depuis le retour de Thibaut, sa prison lui semble plus vaste que le monde, et le moindre mur qui les sépare, plus dur que l'exil ? Quant à Thibaut, il a beau se raisonner, il ne voit pas d'un bon œil celle qu'il aime partir seule en compagnie d'un garçon de vingt ans, eût-il prononcé un vœu de chasteté perpétuelle. La jalousie aiguillonne son amour.

Le cardinal n'est qu'à moitié satisfait de l'entretien. Bien sûr, il est heureux de savoir que le trésor qu'il cherchait et qu'il croyait définitivement brisé existe bien, ailleurs, mieux protégé. Voilà deux ans qu'il le fait convoiter au roi Philippe, et celui-ci commence à s'impatienter. Le vieux conseiller ne savait comment lui annoncer la nouvelle de sa disparition. En lui laissant entendre qu'il est beaucoup plus proche que prévu, il évitera sans doute la colère royale.

Mais il se méfie de ce dominicain allemand avec qui il doit désormais compter. Que fera-t-il du trésor quand il l'aura trouvé ? Il n'a aucune raison de le remettre au roi de France, quand l'empereur et le pape le convoitent tout autant. Il faudra le faire surveiller discrètement, et cantonner suffisamment de troupes dans les environs de Coulommiers pour intervenir efficacement et promptement lorsqu'ils auront trouvé la crypte.

Le lendemain, dès l'aurore, le prêcheur et la jeune fille quittent le Louvre, l'une montée sur une fine haquenée, l'autre obstinément à pied. Les giboulées semblent leur avoir octroyé un répit pour le voyage, mais une bise glaciale transperce les manteaux de laine. Pâques se célébrera aux tisons, cette année. Marie se recroqueville sur son cheval ; frère Andréas, nez au vent, le mène par la bride vers le soleil levant. Le jeune prêcheur sourit. La marche a toujours apaisé son âme. Mais aujourd'hui, il lui semble véritablement partir à la conquête du monde.

« À quoi pensez-vous, frère Andréas ?

— Au tableau que nous formons. N'était votre riche monture, on nous prendrait pour Joseph et Marie fuyant en Égypte.

— Mais Marie portait alors le Sauveur sur ses genoux…

« — Et vous portez l'espoir du monde, demoiselle. Vous n'imaginez pas ce que peut apporter le trésor du Temple, entre de bonnes mains. Et les vôtres sont justes.

— Mais Joseph était l'époux de Marie...

— Certes. Mais, comme moi, il avait fait vœu de continence. »

La jeune femme sent qu'il vaut mieux arrêter là le badinage, qui pourrait réveiller des sentiments bien plus profonds. Andréas est entré à quinze ans chez les prêcheurs, après avoir grandi à l'ombre de leur cloître et avoir appris à lire sur les bancs de leur *studium*. Une idée puissante dirigeait alors sa vie : découvrir l'assassin de son père, retrouvé, comme le tailleur de pierre de Coulommiers, la gorge tranchée et le cœur entre les dents. Mais l'année précédente, à Kilwinning, il a rencontré l'homme et renoncé à sa vengeance. Quelle force en a pris la place dans son cœur tourmenté par la jeunesse ? Marie a peur que ce ne soit elle. Le jeune frère, en tout cas, n'a guère insisté pour que Thibaut les accompagne à Coulommiers.

Marie éprouve une profonde sympathie pour le jeune prêcheur. Mais il reste lié pour elle à une émotion de jeunesse, au passé, et non à l'avenir. Son amitié ne sera jamais que de nostalgie et ne pourrait se transformer en amour. Frère Andréas est le dernier lien qui relie Marie avec sa prime enfance, au château du Mesnil détruit quand elle avait sept ans. Le dernier lien avec son frère disparu à la même époque...

À Cologne, Andréas a connu le frère jumeau de Marie, ce petit frère si laid et si chétif qu'on ne l'appelait que Crapaud. Pendant quinze ans, elle est restée sans nouvelle de lui, jusqu'à l'arrivée du dominicain. Et c'est un peu comme si Crapaud était revenu à la maison avec Andréas.

Voilà : c'est un petit frère qu'elle a retrouvé, et il ne faudrait pas qu'il se méprenne sur l'amitié qu'elle lui porte.

Son enfance d'ailleurs refait surface au fur et à mesure qu'ils pénètrent dans la Brie champenoise. Marie revoit avec une émotion qu'elle ne s'attendait pas à trouver si forte les paysages où elle a passé les sept premières années de sa vie. C'était un peu le paradis originel, avant qu'elle ne morde, bien malgré elle, au fruit de la connaissance. Tout ce qu'elle savait de son père, c'est qu'il était mort peu après l'avoir vue naître et l'avoir bénie en la déclarant héritière du Temple.

Un héritage bien flou, d'ailleurs. Sa mère refusait de lui en révéler la nature et, à chaque fois que la petite fille lui demandait s'il s'agissait d'or, de diamants, de perles, de bijoux, elle se contentait de répondre en souriant : « Bien plus, bien plus. » L'escarboucle de la guivre ? « Bien plus. » Une pierre de lune ? « Bien plus ! » Le Graal de Perceval ? « Bien plus, ma petite Marie, bien plus. » C'était devenu un jeu, et le trésor pour elle n'était plus que cela : « bien plus ». Cela ternissait un peu ses joies, de savoir qu'il y avait toujours « bien plus » à attendre de la vie. L'absolu pour elle n'existait pas, puisqu'il y avait toujours « bien plus » à espérer. Elle avait failli, un jour, demander à sa mère si le trésor des templiers n'était pas Dieu lui-même. Mais elle s'était arrêtée au bord du blasphème. Elle avait peur de s'entendre répondre, une fois encore : « Bien plus. »

Marie n'avait donc aucun souvenir de joie plénière, qui n'ait été ombrée de ce « bien plus ». En revanche, cela amoindrissait aussi ses chagrins, de se savoir l'héritière de ce qui n'avait aucun prix au monde. Dans les moments de désespoir, elle qui avait pratiquement vu sa mère massacrée sous ses yeux et son château réduit en cendres, elle savait qu'elle était seule au monde à posséder ce « bien plus » un peu mystérieux, mais si familier à ses oreilles. Deux mots avaient suffi à lui apprendre la sagesse.

Et le monde du « bien plus » s'était écroulé un beau matin, lorsqu'un dominicain à l'air sévère était venu chercher son frère jumeau, qui avait partagé les jeux de son enfance. Celui qu'on appelait tendrement ou cruellement Crapaud, dans la famille, ce petit jumeau maladif qui n'avait jamais quitté sa mare, avait été arraché à elle à peine sorti de la prime enfance. Elle ne l'avait jamais revu, n'avait jamais reçu de nouvelles. Et le même jour, des soudards avaient mis à sac et brûlé le château de son enfance, avaient torturé et tué sa mère, pour connaître l'emplacement du trésor. Elle avait sept ans. Le paradis était mort.

Plus tard, elle a appris que les soudards étaient à la solde des hospitaliers, héritiers du Temple, qui n'entendaient pas que le plus précieux de leurs trésors leur échappe. Et c'est vers ces hospitaliers qu'ils se rendent aujourd'hui. N'est-ce pas se jeter dans la gueule du loup ?

Les hospitaliers, au contraire, les ont accueillis avec soulagement. La commanderie de Coulommiers, proche de Paris, est en passe de devenir un centre important de l'ordre, ce qui a nécessité l'agrandissement de la petite église dont se contentaient les templiers. Depuis quelques années, ils sont en travaux permanents. Leur commanderie est établie sur une butte entourée de solides murailles, qui ont été prévues suffisamment larges pour permettre les agrandissements successifs sans empiéter trop sur le vaste jardin.

Mais les premiers travaux, confiés à des artisans locaux, ont été désastreux. Le prieur a fait refaire son logis dans le goût du jour, avec de larges fenêtres géminées et pointues comme des bonnets d'évêque. Deux ans après, des fissures apparaissaient déjà dans les pierres d'habillage. Les murs et les voûtes avaient été construits empiriquement, sans calcul des poussées. Ils n'ont pas résisté ; tout serait bientôt à refaire.

En faisant appel aux maçons écossais pour étendre la nef de la chapelle et surélever le chœur, ils espéraient un travail de qualité qui rehausserait à travers les bâtiments le prestige de l'ordre, et en particulier de cette petite commanderie qui aspire au moins à un destin national. La renommée des maçons de Kilwinning commence à s'étendre sur tout le continent, et leurs constructions sont réputées bâties pour l'éternité. On dit que seules les trompettes du Jugement dernier pourront les abattre, depuis que celles de Jéricho se sont tues !

Les hospitaliers étaient confiants et attendaient presque des miracles. On chuchote sur leur passage que des saints mystérieux viennent les aider, que l'apôtre Jacques transporte pour eux des blocs qu'aucun homme ne pourrait soulever, et certains sont prêts à jurer que le charpentier divin, le Crucifié lui-même, a été aperçu sciant des planches dans leur atelier, l'auréole négligemment posée sur l'établi. Il est vrai qu'ailleurs on raconte que le diable bat pour eux des pentures et des serrures dans les forges d'enfer !

Dieu ou diable, qu'importe aux hospitaliers, pourvu qu'on parle de leur église à travers la chrétienté… Ils ont en échange un scandale qui éclabousse la réputation de l'ordre tout entier.

« Ils sont pourtant d'apparence si honnête, se lamente le prieur. La mine ouverte, toujours le sourire aux lèvres, et chantant des cantiques en taillant la pierre. On leur aurait donné le bon Dieu sans confession.

— Et sans doute la plupart d'entre eux le méritent-ils, le rassure frère Andréas. J'ai vécu parmi eux pendant plusieurs mois, et je puis vous assurer que j'ai rarement vu la perfection du travail manuel unie à autant de ferveur spirituelle. Mais, dans tout troupeau, il peut y avoir une brebis galeuse.

— Vous pensez que c'est parmi eux qu'il faut chercher le meurtrier ?

— Restons prudents. Je sais en tout cas que des mises en scène macabres de ce genre ont été liées à certains de leurs chantiers. Mais n'écartons pas pour cela l'hypothèse selon laquelle on aurait voulu leur faire endosser le meurtre. Cela s'est vu. Marie de Bosquentin, qui m'accompagne, a ainsi perdu sa cousine par un meurtre similaire.

— Serviteur, demoiselle. Vous m'en voyez navré.

— C'est pour cela que je lui ai demandé de se joindre à nous. Elle nous sera précieuse si les artisans écossais ne sont pas dans le coup.

— Ils ont établi leur loge contre le mur d'enceinte, derrière le chœur de l'ancienne chapelle. Souhaitez-vous leur parler aujourd'hui ?

— Il se fait tard et nous avons beaucoup marché. Je préférerais les interroger demain matin.

— Bien sûr. Nous avons un logis pour les hôtes de passage où nous pourrons installer la demoiselle. Quant à vous, peut-être préférerez-vous partager le dortoir de nos frères ?

— Bien volontiers », sourit le jeune homme, qui lit le soupçon sur les traits du prieur. Un dominicain de vingt ans voyageant avec une jeune fille de son âge ne peut manquer de faire jaser. Les autorités de son ordre ont bien souvent appelé les frères à la vigilance. Et frère Andréas ne tient pas à laisser courir des bruits sans fondement qui nuiraient à l'enquête autant qu'à sa réputation.

La commanderie de Coulommiers, au sommet d'une colline en pente douce, s'étend autour d'une vaste cour de terre battue. Prévue à l'origine pour une petite compagnie, elle n'a qu'un dortoir modeste dans son logis d'origine. La chapelle et la maison du prieur, sur le petit côté de la cour, semblent bien exiguës par rapport aux communs, aux écuries et aux cellules séparées, situés dans la partie septentrionale. Sans doute la commanderie devait-elle loger plus d'artisans ou de frères lais que de chevaliers du temps des templiers. Les hospitaliers, au contraire, entendent recevoir plus de soldats de leur ordre que de visiteurs.

Marie aura donc ses aises dans le logis nord. Si les cellules sont froides et sommairement meublées, elles sont plus confortables que le dortoir des moines-soldats, et une pièce commune a été aménagée autour d'une cheminée à manteau. La jeune fille, qui se sent reléguée dans une aile vide, se pelotonne sur la banquette de pierre, au coin du foyer, en tentant de retrouver dans sa mémoire les veillées de naguère, à Bosquentin, avant la mort de sa cousine et le départ de Thibaut. Tant de choses ont changé dans sa vie en un an. D'autres personnes occupent son cœur, mais les vieux démons qui avaient piétiné son enfance menacent de reparaître. Elle a peur, et sait pourtant qu'il est trop tard pour reculer. Elle s'endort les genoux sous le menton, sous le manteau protecteur de la cheminée.

## 2

# LA LEVANTINE

Dans l'obscurité du dortoir, éclairé par la lueur tremblotante de la lampe réglementaire, frère Andréas ne parvient pas à dormir. Deux veilleuses fluettes, mais opiniâtres, ont toujours maintenu vivantes en lui les images de son passé. Celle de son père, assassiné avant sa naissance, mais dont il reconnaîtrait, tant il l'a imaginé, le cadavre égorgé au cœur arraché. Celle du petit village écossais qu'il n'avait jamais vu jusqu'à l'année dernière, mais où il s'est soudain senti rentré dans sa patrie. Son père était écossais, il avait appartenu à la confrérie de Kilwinning et était mort pour avoir trahi son secret. Et voilà que ces deux images vont enfin fusionner.

Demain, il rencontrera les tailleurs de pierre de Kilwinning. Il reconnaîtra plusieurs d'entre eux, sans doute : s'ils voyagent de chantier en chantier et exportent leurs talents de l'Espagne à l'Allemagne, ils reviennent souvent dans leur ville d'origine pour que jamais ne se brisent les liens distendus. Il en a croisé plusieurs, a sympathisé avec certains, a senti l'hostilité ouverte d'autres.

James, le jeune artisan assassiné la semaine dernière, lui avait donné sa confiance et était entré en contact avec lui. Est-ce pour cela qu'il est mort ? Dans ce cas, d'autres compagnons, et lui-même, courent aujourd'hui le même danger. Les maçons écossais ne sont pas des enfants de chœur, et l'enjeu est considérable. Et pourtant, à présent que son passé prend tout son sens, que le trésor du Temple, pour lequel il a vécu et pour lequel est mort son père, est à proximité, voilà que d'autres soucis viennent perturber le cours encore jeune de sa vie. D'autres soucis, ou d'autres espoirs ?

À ces deux petites flammes qui entretiennent la vie en son cœur, il sent en effet qu'une autre est en train de s'ajouter, insidieusement, une flamme dont il craint les ravages s'il la laisse se développer. Marie occupe dans son esprit une place trop grande pour la paix de son âme. Jusqu'à présent, il s'est caché le plaisir qu'il éprouvait à sa conversation derrière les nécessités de sa mission. Cousine de la jeune assassinée dont on lui avait confié l'enquête, fille du dernier détenteur connu du trésor du Temple, sœur du premier ami qu'il ait eu à Cologne… Il partage trop de choses avec la jeune fille pour que leurs rencontres ne manquent jamais de bonnes raisons. Mais le défaut des bonnes raisons, souvent, est de cacher les mauvaises.

Jamais il n'a connu les tentations de la chair, et on lui a toujours enseigné qu'elles se confondaient avec celles du cœur. C'est pour cela qu'il ne s'est pas méfié. Ses sentiments sont purs, et aucun désir concret ne vient les troubler. Pourtant, tout à l'heure, il s'est senti jaloux de Thibaut, et il a bien senti que ce sentiment était réciproque. Quand il est parti en menant par la bride la haquenée de Marie, il avait l'impression de l'enlever à son rival. Non, ce n'était pas à la fuite en Égypte qu'il pensait, mais à Jacob fuyant Laban avec Rachel. L'amour que lui ont appris les théologiens ne suffit plus à dissiper le brouillard de son âme. Et il n'a jamais lu *Tristan et Iseult*. La faute de son trouble ne revient-elle pas à ses maîtres qui l'ont mal mis en garde ? Encore une bonne raison qui en cache de bien vilaines… Il se retourne sur sa paillasse, furieux contre lui-même.

Le silence de la nuit est soudain troublé par un chant aux accents mélancoliques, dont le refrain est repris, à mi-voix, par un groupe de voix mâles. Le prêcheur sent mollir son cœur. Il a reconnu l'hymne des tailleurs écossais, aux paroles mystérieuses, mais dont l'air lui est familier depuis son enfance. Sa mère, la petite Allemande séduite par un maçon de passage, le fredonnait sans paroles en guise de berceuse. Pauvre mère. Chassée par sa famille, elle avait abandonné le fruit de son péché sur le seuil des dominicains avant de se jeter dans le Rhin. Combien de temps l'aura-t-il connue ? Quelques jours ? Quelques semaines ? Quelques heures, peut-être ? Assez pour que l'air mélancolique soit gravé pour toujours dans sa mémoire.

Il se lève, attiré par ce reflux de passé qui lui bouleverse l'âme. Son enquête sera dure, s'il doit chercher un assassin parmi ces gens qui incarnent si douloureusement son enfance. C'est comme s'il devait le poursuivre en lui-même. Il s'est doucement glissé hors du dortoir, comme s'il devait satisfaire un besoin urgent, et sans se soucier des règles pointilleuses qui doivent avoir été adoptées à cet usage dans le couvent comme dans toute institution religieuse.

La musique est comme cette mythique pierre d'aimant qui, dit-on, a le pouvoir d'attirer les objets de fer.

Elle hale le jeune prêcheur vers les loges des maçons, seul pôle de vie et de lumière dans l'enclos de la commanderie. Ils se sont réunis comme tous les soirs dans une salle un peu plus grande, tout entière occupée par un lit de sable fin sur lequel, chaque jour, ils tracent le plan de l'ouvrage à mettre en place dans la journée. Les schémas sont effacés le soir, et la « chambre du trait », comme ils l'appellent, accueille alors leurs cérémonies et leurs prières. Sur les chantiers où ils travaillent on connaît leurs coutumes, et on les respecte. Nul n'oserait s'approcher de leur loge lorsque, le soleil tombé et le dernier office chanté, ils s'y retirent sous la loi du silence.

Mais Andréas ne se sent pas un intrus. Il se sent profondément des leurs, plus que dans le chœur des moines-soldats avec qui il vient de chanter complies. Son esprit est à saint Dominique ; il sent que son cœur est resté à saint Jacques. S'il a conservé l'habitude primitive de son ordre d'effectuer les plus longs voyages à pied sans cheval ni voiture, c'est parce qu'il est pèlerin dans l'âme, comme ces compagnons partis de chantier en chantier approfondir leur savoir et leur quête du sens. Et lorsque les prêcheurs sont devenus gardiens de la doctrine, c'est un peu comme s'ils s'étaient arrêtés de marcher. La foi figée dans de grosses sommes théologiques ne fait pas vibrer son âme : c'est comme un mariage qui tente d'endiguer les bouillonnements de la passion.

Andréas ne se sent pas l'âme d'un gardien. À Cologne, il s'est exalté aux sermons de maître Eckhart, et il a pleuré de vraies larmes quand il a appris la condamnation, puis la mort du vieux maître. Les trésors sont faits pour circuler de main en main et la foi pour pousser ses propres germes en chaque âme, comme le chant des Écossais. C'est pour cela qu'il est parti en quête du trésor du Temple. Jamais il n'oserait s'ouvrir à ses supérieurs des doutes qui naissent en son esprit.

Le chant s'est arrêté, et les tailleurs de pierre ont entamé une étrange commémoration. Les rudiments d'écossais que le prêcheur a rapportés de son voyage ne lui permettent pas de tout saisir, mais il comprend qu'ils boivent à la santé des maîtres qui ont marqué leur confrérie. Maître Jacques, mort en 1314, serait-il le grand maître du Temple brûlé sur l'île aux Juifs ? Le destin tragique de Jacques de Molay a inspiré de nombreuses sectes qui croient transmettre son héritage. Pourquoi la confrérie ne l'aurait-elle pas choisi pour fondateur ?

« Que son nom reste à jamais en nos cœurs, sa croix sur notre épaule et son âme auprès de Celui qui a créé le monde par compas et mesure.

— Buvons. »

La voix est grave, les mots solennels, et Andréas a l'étrange sensation que le vin qu'ils font passer de main en main coule également dans son gosier. Puis ils boivent à maître Gaëtan, mort en 1318. Le prêcheur sait qu'il s'agit du maître des frères lais, détenteur au sein du Temple du troisième secret ouvrant la crypte du trésor. C'est lui qui a amené en Écosse les rites et les légendes dans lesquels, par le biais du symbole, il a eu à cœur de le transmettre.

« Que son nom reste à jamais en nos cœurs, sa croix sur notre épaule et son âme auprès de Celui qui a créé le monde par compas et mesure.

— Buvons. »

Et lorsque l'assemblée évoque la mémoire de maître Estamer, mort en 1329, le dominicain sent ses yeux s'humecter. Estamer l'avait accueilli en Écosse. Estamer portait toujours, vingt ans après, le poids du crime qu'il avait été obligé de commettre en Allemagne. Estamer avait avoué à Andréas le meurtre de son père.

C'est de sa bouche que le dominicain a appris les grandes lignes de la confrérie. Et maître Estamer, pour expier à la fois son vieux crime et sa récente trahison, s'est pendu le soir même où Andréas quittait Kilwinning. Lorsque le vin passe de main en main à sa mémoire, le prêcheur adresse une vive prière à la mémoire du maître mort. C'est pour son père qu'il prie en même temps que pour son assassin. Et c'est pour lui-même, peut-être, car un héritage impalpable lui a alors été transmis.

Mais lorsqu'il apprend, par la commémoration des grands maîtres, que Loram, qui a pris la succession d'Estamer, a été assassiné après quelques mois seulement, il comprend que de grands bouleversements ont suivi son séjour en Écosse. Plusieurs factions se sont constituées parmi les tailleurs de pierre, et le conflit s'est résolu de façon brutale. C'est ce qu'il avait ressenti dans le message que le jeune James avait réussi à lui faire passer avant d'être à son tour assassiné. L'émotion des assistants en évoquant ces deux morts récentes est perceptible dans la qualité du silence, lorsqu'ils font passer la coupe de main en main, de lèvres en lèvres, et de cœur en cœur.

Une autre voix, plus jeune, mais tout aussi ferme, s'élève alors dans le silence recueilli :

« Mes frères, je voudrais quant à moi évoquer la mémoire de James, retrouvé assassiné la semaine dernière…

— James était un traître, interrompt une autre voix, agacée, presque agressive. Pourquoi l'évoques-tu parmi les maîtres disparus ?

— Et de quel droit prends-tu la parole à la place du maître ?

— James était un maillon de la chaîne…

— Il s'en est exclu lui-même.

— Et il avait pour cela prononcé lui-même sa sentence, comme nous tous, le jour de notre réception. »

Le ton monte vite parmi les compagnons échauffés par les libations. Andréas comprend de moins en moins leurs propos qui fusent dans tous les sens, qui se chevauchent dans un débit accéléré. Mais il sent bien que le meurtre du jeune homme ne fait pas l'unanimité dans l'assemblée. Ils ne connaissent pas le coupable, mais sont sûrs qu'il est dans l'assistance, et prêt encore à frapper. Ont-ils peur, ou des clans se dessinent-ils de façon aussi précise à l'intérieur du groupe ? Son enquête en tout cas sera difficile, au milieu de ces dissensions internes.

La cloche de la chapelle interrompt brutalement les discussions. Les hospitaliers se lèvent pour les matines, où l'absence du jeune dominicain serait remarquée. Il se redresse en hâte, en espérant que personne n'aura pris garde chez les moines-soldats à sa disparition du dortoir. Sa précipitation à regagner la chapelle a-t-elle attiré l'attention d'un compagnon gardien qui ne l'avait pas vu rôder près des loges ? Un coup violent fait exploser son crâne, comme si la cloche avait battu dans sa tête l'appel à la prière.

Lorsqu'il reprend connaissance, la cloche continue de battre, et il pourrait croire que son évanouissement n'a duré que quelques instants, si le ciel plus clair, à l'Orient, ne lui indiquait qu'elle appelle à l'office de prime. La nuit est passée, et il s'aperçoit, en se levant, qu'il a été traîné loin des loges, derrière le chœur de la chapelle.

Son absence n'a pas dû échapper aux hospitaliers durant les deux précédents offices, et il n'est pas en état d'assister à celui-ci. De douloureux élancements dans sa nuque irradient à travers tout son crâne. Son capuchon, heureusement, a quelque peu amorti le coup.

Mais le coup se voulait-il mortel ? Il aurait été facile d'égorger l'indiscret une fois assommé. Pourquoi lui a-t-on laissé la vie sauve, quand le seul désir d'entrer en contact avec lui a justifié voici quelques jours la mort de James ? Le gardien fait-il partie du clan hostile à cette violence ?

Il ne peut croire que son statut d'inquisiteur lui ait sauvé la vie. Au contraire, l'occasion aurait été belle de suspendre l'enquête en éliminant celui qui connaît le mieux le dossier des meurtres rituels et le milieu dans lequel ils se pratiquent. Et pourquoi l'avoir traîné jusqu'ici, sinon pour éviter que les compagnons, en sortant de leur réunion, ne butent sur son corps et ne comprennent qu'ils étaient espionnés ? Dans ce cas, il n'aurait sans doute pas échappé à la mort. Il y a donc bien parmi ces artisans quelqu'un qui le protège, ou en tout cas qui ne souhaite pas sa mort.

En s'appuyant sur le mur de la chapelle, le temps de retrouver ses esprits, il découvre une inscription griffonnée au charbon de bois à l'endroit où a été porté son corps. Péniblement, il déchiffre deux mots en dialecte écossais : « Faites attention. » Et deux autres, en allemand : « Dernier avertissement. » Curieux message. Il n'a aucun sens en soi : la bosse qu'il palpe sur sa nuque constitue un avertissement suffisant. Et si le premier message constitue une mise en garde plutôt amicale, le second contient une menace implicite.

C'est dans l'usage des deux langues qu'il faut chercher le véritable message. Sans doute les compagnons écossais ont-ils travaillé sur tous les chantiers d'Europe, et manient-ils avec plus ou moins de bonheur plus d'une langue. La mise en garde en celte a paru insuffisante et a été traduite. Mais comment son agresseur sait-il qu'il est allemand ? Et pourquoi, puisqu'une inscription en allemand aurait suffi, la doubler dans cette langue que personne ne pratique en dehors des tailleurs de pierre ?

Celui qui l'a faite sait donc qu'Andréas en a appris des rudiments ? Peut-être est-ce l'un des compagnons qu'il a croisés à Kilwinning l'année dernière ? Mais, de ceux avec qui il avait sympathisé, aucun ne parlait de dialecte germanique.

Sa tête le fait trop souffrir pour qu'il s'attarde dès maintenant sur cette énigme, au demeurant bien secondaire face à celle qu'il est chargé de résoudre. Mais il sait qu'il devra très vite retrouver le gardien de la loge, et que c'est peut-être un ami. En massant toujours sa nuque douloureuse, il se dirige vers le puits pour tenter d'effacer à l'eau claire les événements de la nuit.


Sans doute Marie se sent-elle un peu isolée, dans le bâtiment destiné aux hôtes de passage. Elle non plus n'a guère dormi de la nuit, tout occupée de ses retrouvailles avec Thibaut et échafaudant mille projets insensés pour déjouer la surveillance suspicieuse de son oncle. Mais tous les plans qu'elle passe en revue dans son esprit ne font qu'exaspérer son insomnie. Il lui manque une confidente pour partager ses angoisses, une conseillère qui modère les transports de son imagination et fasse le tri entre les chimères illusoires et les projets sensés. Andréas est trop occupé de son enquête pour lui tenir compagnie. Elle ne l'a même pas vu le matin suivant son arrivée.

Sans doute a-t-il voulu interroger les tailleurs de pierre écossais dès le lever du jour.

La jeune héritière du Temple est désemparée, jusque dans ses gestes les plus quotidiens. Elle doit coiffer seule les longs cheveux bruns qu'elle a tressés pour la nuit. À Bosquentin, et même au Louvre, dans sa captivité dorée, elle avait au moins une femme de chambre pour l'aider dans sa toilette matinale. Cette nouvelle aventure lui apprendra à vivre seule. Ce n'est pas plus mal.

Elle fait la grimace en passant dans ses cheveux un peigne d'ivoire sculpté de scènes courtoises. Ils sont aussi difficiles à démêler que les sentiments confus qui l'ont agitée sur sa couche.

Elle revêt avec difficulté la même robe que la veille, une ample tunique verte dont le principal avantage est de pouvoir s'enfiler sans être lacée. Le surcot doublé de fourrure qu'elle portait pour le voyage sera lui aussi fort utile. Elle sacrifiera aujourd'hui encore l'élégance au confort. À quoi bon d'ailleurs se mettre en frais pour des moines-soldats et un frère prêcheur ? Même, et surtout, si ce dernier est discrètement amoureux d'elle !

« Thibaut, soupire-t-elle, sitôt retrouvé, sitôt perdu. Penses-tu à moi ? Pourquoi n'as-tu pas sauté sur ton cheval sitôt que nous avons été séparés ? Le Louvre n'est pas si bien gardé qu'un amant ne puisse courir après celle qu'il aime. Celle qu'il aime… Thibaut, Thibaut, m'aimes-tu ? »

Pourtant, Marie ne s'attendait pas à trouver aussi vite de la compagnie dans le logis désert de la commanderie. À la fin de cette première journée, en effet, deux femmes protégées par une faible escorte demandent l'hospitalité des moines-soldats. Elles sont aussitôt dirigées vers le logis des hôtes.

Marie avait entrepris des travaux de broderie dans la grande salle chauffée pour tromper son ennui et modérer les transports de son imagination. Elle s'était assise devant la cheminée, sur un coffre de chêne muni d'un dossier rudimentaire servant de banquette. Les deux voyageuses ont été introduites par le frère portier, tandis que les soldats étaient logés dans une autre aile.

L'une est une jeune Allemande aux traits fins et aux cheveux blonds ; l'autre a un type oriental à la peau mate et aux cheveux noirs comme une aile de corbeau. On dirait le jour et la nuit voyageant de concert. La blonde, fine et pâle, a la transparence d'une aurore hivernale dans les pays nordiques où elle est née. Elle est vêtue de bleu, comme une madone. Sur sa cotte à longues manches étroites, d'un azur pâle piqué de minuscules fleurettes brodées au fil d'or, elle porte un ample surcot outremer orné d'oiseaux d'argent, aux larges emmanchures qui dévoilent la finesse de sa taille. Lorsqu'elle ôte le voile et la guimpe qui enveloppent son visage, on croirait un lever de soleil sur une mer étale.

La brune, voluptueuse et mystérieuse comme un crépuscule estival, n'est qu'un miroitement de soie et de mousseline lorsqu'elle ôte le vaste manteau de voyage qui la protégeait de la pluie. Ses sourcils ont été soigneusement épilés et redessinés au-dessus de ses yeux sombres soulignés d'un trait noir. Elle a conservé par habitude un fin voile de soie sur le bas du visage. Marie pense un moment à la reine de Saba venue rendre visite à Salomon, telle qu'elle est figurée sur le vitrail de la chapelle seigneuriale, à Bosquentin. Mais elle ne prête qu'une brève attention à la Levantine.

51

Dès qu'elle a vu la belle Allemande pénétrer dans le logis des hôtes, en effet, Marie a eu un cri de joie et de surprise. Elle a quitté son ouvrage pour embrasser son amie et l'a fait asseoir à son côté sur la banquette.

« Isabeau ! Que fais-tu ici ? Si tu savais comme tu me manques !

— Toi aussi, tu me manquais à Bosquentin, sourit la visiteuse. Mais ce n'est pas cela qui m'a amenée à entreprendre ce long voyage.

— Pourquoi cet air grave ? Une mauvaise nouvelle ?

— Je me devais de venir te soutenir, Marie. Tu as encore des épreuves à affronter.

— Que veux-tu dire ? »

Marie se mord la lèvre, effrayée par ce qu'elle va apprendre. Le malheur la poursuivra-t-elle jusqu'ici ? Elle avait laissé son amie à Bosquentin, chez son oncle. Plus qu'une amie, d'ailleurs, presque une sœur. En Thuringe, voici bien des années déjà, Isabeau de Steinfeld a aimé le frère jumeau de Marie, le petit Jean, que tout le monde appelait le frère Crapaud. Victime elle aussi du fol espoir que le trésor du Temple fait naître dans le cœur des hommes, elle a vu un jour disparaître le garçon qu'elle chérissait. Mais elle n'a pas eu la chance, comme Marie, de le voir reparaître après deux ans. Sept ans après sa fuite insensée dans les forêts de Thuringe, le frère Crapaud n'avait toujours pas fait parler de lui.

Alors elle est venue d'Allemagne, avec frère Andréas, le petit dominicain, pour rencontrer au moins la sœur de celui qu'elle continue d'aimer. Durant l'absence de Thibaut, Marie et Isabeau ont partagé leur triste condition de délaissées. Elles ont appris à se connaître de l'intérieur, par leur amour, par leurs espoirs, par leur déception. Lorsque le cardinal Godefroy est venu arracher Marie au château de son oncle, pour obliger Thibaut à venir la chercher à Paris, ç'a été une seconde déchirure pour la jeune Allemande qui ne pouvait la suivre au Louvre.

Isabeau a autant regretté l'absence de son amie que celle de son amant. Elle se sentait isolée dans le château normand où elle ne connaissait plus personne. Et quand elle a vu Thibaut revenir à Bosquentin, elle a cru que l'heure des retrouvailles allait bientôt sonner. Il n'y avait plus de raison de garder son amie en otage, puisque le jeune homme était de retour.

Elle lui a raconté les événements récents et l'a envoyé à Paris chercher Marie. Elle croyait qu'il la ramènerait bientôt en Normandie. Elle a attendu, confiante. Mais c'est une autre visite qu'elle a reçue à Bosquentin. Une jeune Orientale farouche et désemparée, qui semblait se réfugier dans la colère pour masquer ses larmes. « Où est-il ? » répétait-elle en lançant des regards furieux dans toutes les pièces qu'elle traversait.

« Où est-il ? » répète-t-elle aujourd'hui encore dans la commanderie de Coulommiers, comme si elle devait traverser la France sa question à la bouche. Le logis des hospitaliers n'est pas bien grand, et la décoration en est austère. Mis à part les quelques cellules réservées aux femmes ou aux hôtes de marque, la grande salle ne propose que de longues banquettes courant le long des murs, qui servent en même temps de coffres à habits. Elles suffisent à meubler la pièce, avec un grand lit commun où peuvent se serrer jusqu'à six ou sept personnes sous la grosse couverture.

La visiteuse, nerveuse, en a vite fait le tour, ouvrant çà et là un coffre comme pour s'assurer que Thibaut ne s'y cache pas. Mais on sent que c'est surtout pour calmer ses nerfs éprouvés par l'attente et par la chevauchée.

L'agitation qui s'est emparée d'elle surprend chez une Levantine dont on attend plutôt des gestes lents et souples de danseuse.

Marie a aussitôt compris qui elle était, et ce qu'elle cherchait. Mais elle ne veut pas le savoir, elle ne veut rien savoir, et surtout pas entendre dire du mal de Thibaut qu'elle vient à peine de retrouver. Elle serre les dents et plisse le front, s'attendant au pire. Tout son visage se referme, toute son âme se rétracte dans le refus de la mauvaise nouvelle.

Isabeau lui prend la main avec tendresse et tâche de lui sourire. Marie comprend à l'inquiétude de son amie que celle-ci a deviné la douloureuse situation.

« Marie, il va te falloir beaucoup de courage, mais rassure-toi, aucun mal n'est sans remède. Thibaut... Thibaut n'est pas revenu seul de Terre sainte. Fénice l'accompagnait, et nous n'en savions rien.

— Qui est Fénice ?

— Je suis Fénice. La nièce de Pierre de Vaurezis, que votre ami a tué pour s'emparer du trésor qu'il gardait. Il me doit protection à la place de mon oncle.

— Protection ?

— Et plus. Vous avez goûté aux charmes de l'amour de loin, demoiselle. Mais il en est aussi de près.

— Comment osez-vous ? »

La jeune femme s'est dressée d'un geste brusque de dignité outragée. Elle a su que la jeune Levantine était une rivale dès que celle-ci est entrée dans la salle. Mais elle ne savait quelle attitude adopter. Faire semblant de ne pas comprendre, pour ne pas troubler la tranquillité de son âme ? Thibaut lui est bel et bien revenu, elle en est convaincue, elle l'a vu repentant, tendre, aimant. Alors, à quoi bon remuer un passé nauséeux ?

Mais Fénice est d'une autre trempe. Elle a d'emblée mis les choses au point. Amour de près, amour de loin ? Voilà un langage bien impudent dans la bouche d'une jeune fille. Il est vrai… Autant dire d'une jeune femme. Comment ose-t-elle, oui, comment ose-t-elle être aussi directe ? Ce ne sont pas paroles de femme, ce sont paroles de dévergondée, de fille perdue de réputation, ou en tout cas qui s'en soucie comme d'une guigne !

Derrière sa pudeur outragée, cependant, Marie sent un vague regret poindre dans son cœur, ou plus bas, nouer son ventre. Il était si doux de jouer à la dame inaccessible avec le joli chevalier tombé dans sa vie… Mais peut-être pensait-il à des plaisirs plus concrets, son doux galant habitué aux conquêtes faciles de la cour parisienne, et peut-être l'a-t-elle perdu en lui refusant ce que d'autres lui donnaient par routine ?

Et peut-être, lui répond son corps, y pensait-elle aussi sans oser se l'avouer. Le corps est souvent plus sincère que l'âme, et bien plus au courant des exigences de la nature. Oui, elle envie l'Orientale qui a connu Thibaut dans la vérité de sa chair. Il y a de l'envie dans sa jalousie, et du dépit dans son indignation.

La jeune Levantine n'a pourtant rien d'une impudente. Ni d'une intrigante, d'ailleurs. Elle n'est pas venue réclamer son fiancé à Marie. Elle a grandi dans un pays où, même chrétien, on croit plus au destin qu'à l'influence des hommes sur le cours de leur vie. Lorsque son oncle est mort, elle a compris que le destin lui réservait Thibaut et s'est donnée à lui sans réfléchir davantage. Et dès qu'elle est arrivée à Bosquentin, elle a su qu'elle l'avait perdu. C'était ainsi, il n'y avait pas à se révolter.

De grands pans de son amant, qui lui échappaient ou qu'elle ne comprenait pas lorsqu'ils étaient ensemble en Terre sainte, lui sont tout à coup devenus lumineux. C'étaient des bribes de ses anciennes amours qu'il avait emmenées et qui faisaient corps avec lui. La petite Marie était à Quaranteine avec lui, dans un recoin perdu de son âme, et il ne le disait pas. Dans ses gestes, dans ses paroles, passaient des souvenirs de Normandie, et elle n'en savait rien.

À Bosquentin, elle en a trouvé la source vive, et a compris d'un coup la place qu'occupait encore l'héritière des templiers dans le cœur du jeune chevalier. Une place qu'il aurait été bien présomptueux de lui disputer.

Quand elle a appris l'existence de Marie, qu'il lui avait toujours cachée, elle s'est dit que la jeune femme devait avoir gardé tout son empire sur son Thibaut, pour avoir été si soigneusement dissimulée. Elle n'ignorait rien des conquêtes parisiennes de son amant : elles n'avaient guère d'importance. Pour qu'il mette tant de soin à lui dissimuler l'existence de celle qu'il venait retrouver, il fallait qu'elle occupe une place prépondérante dans son cœur.

Et elle l'a accepté. Elle a laissé son amant se rendre seul au château de Bosquentin et l'a attendu dans une auberge du village. Il n'est pas revenu. Le premier soir, elle a pleuré, plus par peur de se retrouver seule dans un pays si hostile et si pluvieux que par réel chagrin d'amour. Puis elle a rassemblé ses effets, a hésité un moment sur la conduite à tenir, et a décidé de s'en remettre au destin. Elle a revêtu ses plus beaux atours, remis son voile, troussé son bagage, et a payé l'aubergiste avec les dernières pièces d'or qu'il lui restait. Dieu pourvoirait au reste.

C'est une femme brisée qui s'est présentée au château de Bosquentin, pour apprendre que Marie n'y était pas et que Thibaut était parti à sa recherche. Mais c'est une femme déterminée, aussi ; seule dans un pays qu'elle ne connaît pas et résolue à demander des comptes à celui qui l'y a amenée, mi par faiblesse, mi par peur de lui dire la vérité en face. Thibaut est à Paris ? C'est là que sera aussi sa place.

Isabeau a eu pitié d'elle et l'a accompagnée dans la capitale. Entre femmes délaissées, la complicité a été immédiate. Jadis, sur les routes d'Allemagne, Isabeau a mendié son pain pour suivre le garçon qu'elle aimait. Comment ne serait-elle pas émue devant le sort de Fénice ? Elle apprécie aussi le caractère bien trempé de la Levantine. À peine était-elle introduite au Louvre qu'elle furetait comme à Bosquentin : « Où est-il ? Où est-il ? » Son tour de France commençait comme un étrange jeu de cache-cache.

« Mais comment se fait-il que vous ne l'ayez pas trouvé à Paris ? interrompt Marie. Il est resté avec son oncle. Jamais le cardinal ne l'aurait laissé partir avec moi ! Il a bien trop peur que nous ne nous unissions derrière son dos, comme si j'étais fille à me marier à la taverne sans me faire bénir par un prêtre à l'église !

— À Paris, dis-tu ? Mais pourquoi le cardinal nous aurait-il menti ?

— Dame ! Pour que cette scène ait lieu, précisément ! Pour que je voie débarquer soudain devant moi la… la maîtresse de mon soupirant, sans qu'il puisse adoucir ma colère, sans que je puisse réclamer une explication ! Pour que je sois réduite aux pires hypothèses. Ô le lâche ! Quel calcul sordide ! Comment un homme d'Église peut-il être aussi sournois ? »

Marie s'est détournée et cache son visage entre ses mains. Les larmes qui lui viennent aux yeux ne sont pas de chagrin, mais de rage et de révolte. Elle a été prise dans un piège grossier, et elle y est tombée comme l'avait prévu le cardinal. Fénice sent à son tour sa colère retomber. Sa main presse l'épaule de la jeune femme en pleurs.

« Calmez-vous, demoiselle. Nous avons été prises au même collet, vous et moi. Cela ne sert à rien de nous quereller. Soyez rassurée. Je ne veux plus de votre Thibaut. Je suis une honnête fille, quoi que vous pensiez. Il vous appartient, et si j'avais su qu'il était à vous, je n'aurais jamais accepté sa compagnie. C'est vrai, le cardinal s'est comporté comme un manant. Mais notre plus belle vengeance sera de faire échouer son plan.

— Que voulez-vous dire ?

— S'il veut vous séparer de Thibaut en vous confrontant subitement à la liaison qu'il a eue avec moi, vous lui donneriez raison en vous désespérant. Croyez-moi, si je n'avais pas cru trouver Thibaut ici, je ne serais pas venue mettre mon ombre sur votre amour. Et si je le cherche, ce n'est pas pour vous le prendre. Il m'a amenée ici, il est responsable de moi désormais. Je lui demande sa protection, non le mariage. Il m'établira honnêtement avec un homme digne de moi et sans engagement. C'est son devoir. Je ne lui demande rien de plus.

— Vous êtes généreuse, Fénice. Si vous le voulez, nous serons amies. »

La jeune femme fait place à la jeune Levantine sur la banquette devant la cheminée. Fénice prend garde de ne pas froisser ni approcher trop près du feu les délicates étoffes qui la voilent, mais elle grelotte dans ces vêtements trop légers pour le climat champenois et humides encore après cette longue chevauchée sous la bruine. Elle remercie d'un sourire sa nouvelle amie et tend les mains à la flamme.

En quelques mots, Marie lui explique sa visite à Paris, la confession de Thibaut et le plan de frère Andréas. Quand Fénice apprend que le trésor brisé par Thibaut dans la crypte de Quaranteine n'était qu'un leurre dont on avait ôté la pièce la plus précieuse, son dépit se change en colère contre le jeune homme. Il n'est donc pas l'Élu qu'elle attendait ? Comment a-t-il fait, alors, sans la protection divine, pour tuer le templier qui gardait le trésor de Terre sainte ?

Marie ne comprend plus rien. Cette histoire d'élu la dépasse. Elle a l'esprit plus posé que la Levantine habituée aux récits luxuriants de l'Orient. Non, bien sûr, Thibaut n'est investi d'aucune mission supérieure, mais ce n'est pas cela qui l'empêche de se mettre en quête du trésor, s'il croit savoir où il se trouve...

Fénice n'est pas du même avis. Elle raconte à son tour son histoire à Marie. Le chevalier de Vaurezis portait comme une malédiction la force surhumaine qu'il avait acquise au contact du trésor. Il attendait la mort comme une libération, puisque son vainqueur ne pouvait être qu'un élu de Dieu, l'héritier désigné du trésor du Temple. Bien sûr, Fénice avait été triste à la mort de son oncle, mais elle était presque heureuse que soit enfin levée la malédiction. Elle s'était donnée à Thibaut comme la princesse à saint Georges après la mort du dragon. Mais lui l'avait prise.

Si c'est un homme ordinaire qui a tué Pierre de Vaurezis, si ce n'est pas l'envoyé du Seigneur venu récupérer son trésor, il ne s'agit plus d'une délivrance, mais d'un lâche assassinat. C'est par traîtrise, non par vaillance que Thibaut a terrassé la force surhumaine du vieux templier. Oh, comme elle le hait soudain, ce petit chevalier qui a tout bouleversé dans sa vie, qui lui a pris son oncle, son cœur et sa virginité, sans être celui qu'elle avait appris à attendre.

« Gardez-le, Marie, votre joli damoiseau. Il ne mérite pas l'amour de Fénice.

— Oui, je le garderai, rassurez-vous. Et pour cela, peut-être. Vous ne pouvez pas le comprendre. Je n'ai que faire d'un conquérant qui ne sera jamais à mes côtés. Plus il est lâche, plus il est faible, et plus je l'aimerai.

— Non, je ne puis vous comprendre, comme vous le dites. J'ai besoin d'un protecteur, moi, et non d'un protégé. D'un père, et non d'un enfant. J'ai besoin de quelqu'un qui me retourne mes coups si je le frappe et qui apaisera ma colère par la sienne. Vous avez l'amour des anges, Marie, et moi, j'ai celui des démons. »

Elle s'arrête soudain, pensive. Une question vient de traverser son esprit. Tout son monde vient de s'écrouler, et pourtant, il faut bien qu'il y ait un Élu, puisqu'il y a un trésor. Elle se tourne vers Marie, les sourcils froncés.

« Mais si Thibaut n'est pas l'Élu… Il faut bien qu'il soit ailleurs ? Qui…

— Il n'y a pas d'Élu. Apprenez que le Seigneur a voulu déposer son plus précieux trésor entre les mains du plus faible de ses sujets. Le monde a assez souffert des héros triomphants. L'héritier du Temple… est une héritière.

— Une femme ? C'est impossible ! Mais qui ?

— Moi. »

C'est dit si simplement que Fénice, après un moment de stupeur, part d'un grand éclat de rire nerveux. Marie ne s'en formalise pas, elle s'y attendait. La Levantine se calme peu à peu devant le regard sérieux de sa nouvelle amie. Se peut-il qu'elle soit sincère ?

« Si cela est… Alors, c'est votre amour, Marie, qui a vaincu mon oncle. Je ne sais comment cela s'est produit, mais Thibaut a triomphé parce qu'il combattait pour vous. Je comprends, à présent, pourquoi il n'est pas l'Élu. Il a tué le gardien en votre nom, mais ce n'était pas le vrai trésor. Alors, il y a un autre trésor, un autre gardien, et un autre Élu. Voilà, c'est simple. Mon oncle était un gardien de pacotille, pour un trésor de pacotille, pour un Élu de pacotille. Dieu ! c'en serait presque risible ! Dites-moi si je me trompe.

— Vous ne vous trompez pas, Fénice. Il y a bien un autre trésor.

— C'est celui-là qu'il nous faut trouver à présent.

— Le secret du Temple vous intéresse donc tant ? Vous êtes comme les autres, Fénice, vous ne retiendrez aucun ami, aucune amie tant que cette idée vous travaille.

— Que me reste-t-il ? Je suis née dans ce secret, j'ai grandi dans la malédiction de mon oncle. Tous les jours, depuis que je suis en âge de le faire, je suis allée à Jérusalem défier les chevaliers susceptibles de vaincre le templier invincible. Chercher l'Élu a été le seul but de ma vie depuis vingt ans. Comment voudriez-vous que j'y renonce ?

— Je suis lasse, quant à moi, de tous ces morts qui s'accumulent sur mes pas. Si le trésor est véritablement divin, il doit faire naître la paix, et non la guerre ; la vie, et non la mort.

— Ce n'est pas le trésor qu'il faut accuser, Marie, mais la convoitise de ceux qui veulent en tirer la puissance, et non la sagesse. Vous seule pourrez transformer en union ce qui déchire encore les hommes. Oui, il est bien que l'héritier soit une femme. Une femme donne la vie, un homme donne la mort. »

Marie se lève, songeuse. Donner la vie ? Oui, bien sûr, c'est son rôle de femme. Mais combien elle aurait préféré le remplir pour un seul homme, son Thibaut, et non pour l'humanité ! Elle n'est pas la mère du Sauveur, et ne se sent pas la vocation des sept glaives ! Elle n'a pas non plus, comme Fénice, cette soumission passive à la destinée qui l'a instituée héritière d'un bien trop grand pour elle.

Elle repense à Andréas, qui s'imaginait en Joseph fuyant en Égypte avec une Vierge à l'Enfant. Prêt lui aussi à lui faire porter le Sauveur. Non, que le monde se sauve sans elle, si cela doit lui coûter son bonheur. Si au moins elle savait en quoi consiste ce trésor si précieux ! Mais cela même lui est refusé, et Fénice ne semble guère plus avancée qu'elle sur ce point.

« Peu de gens sont au courant, soupire Fénice, et ceux qui le savent n'ont rien de plus pressé que de le cacher. Mon oncle savait ce que contenait le trésor dont il croyait avoir la garde, et il ne m'en a rien dit. Et je suis convaincue que le cardinal aussi le sait, sans quoi il n'aurait pas envoyé Thibaut à sa recherche. Mais il ne lui a pas davantage confié en quoi il consistait.

— Mais pourquoi n'en rien dire ?

— Les mots sont dangereux, Marie. Sans qu'ils aient été prononcés, tu le vois, ils tuent déjà. L'espoir seul du trésor suffit à semer la mort. Que serait-ce si l'on en connaissait la nature ! Mieux vaut ne pas y songer.

— Il a donc une telle puissance ?

— On ne peut l'imaginer. Mon oncle a voulu la connaître, et il en est devenu fou. Mais un fou invincible. Comme la langue d'Ésope, c'est la meilleure et la pire des choses. Entre les mains des hommes, c'est la guerre et la discorde éternelle pour le monde. Entre les mains d'une femme, peut-être le début d'une ère de paix pour la chrétienté. Je l'espère en tout cas de tout cœur.

— Voilà pourquoi frère Andréas tenait tellement à ce que je l'accompagne…

— Il sait qu'il ne peut, sans être l'Élu, toucher à cette relique. Mais méfie-toi de lui, comme de tous ceux qui rêvent à ce trésor. Leurs intentions ne peuvent être pures.

— Je connais Andréas depuis sept ans, intervient Isabeau. Son âme est claire comme le cristal. Il est parti à la recherche du trésor pour savoir enfin la vérité sur l'assassinat de son père, et non pour rapporter la relique.

— Et il n'a pas trouvé cette vérité qui l'a mis en route ? »

Isabeau baisse la tête. C'est vrai, lorsque le jeune prêcheur est revenu d'Écosse en racontant qu'il avait rencontré le meurtrier de son père, Isabeau a cru que sa quête était achevée et qu'il allait repartir pour l'Allemagne. Mais un dominicain a besoin de la permission de son ordre pour le moindre déplacement, et il s'est abrité derrière la mission que lui avait confiée l'Inquisition pour prolonger son séjour en France. Elle en avait ressenti un étrange malaise. N'y avait-il pas autre chose derrière cette mission ?

Marie a pensé la même chose. Puis, lorsqu'elle a compris que le jeune dominicain éprouvait à son égard des sentiments plus précis que la simple amitié, elle s'est dit que cela expliquait peut-être la prolongation de son séjour à Bosquentin. Mais il s'agissait d'une impasse, lui-même devait en être conscient. Et elle ne peut évoquer ces soupçons devant une jeune fille qu'elle connaît depuis un quart d'heure. Celle-ci a d'ailleurs sa petite idée.

« Je ne connais pas grand-chose aux conflits qui déchirent le monde occidental, explique la Levantine. Je n'y suis arrivée que depuis un mois. Mais mon oncle m'a souvent mise en garde contre l'utilisation politique du trésor. Dès qu'une rivalité naîtra entre deux nations, disait-il, tu verras les rois et les empereurs se mettre en chasse.

— C'est un peu ce qui se produit aujourd'hui, soupire Marie.

— Thibaut m'en a parlé. Le roi d'Angleterre conteste la couronne à celui de France, et deux empereurs se disputent celle d'Allemagne, tandis que le pape tâche de reprendre le royaume d'Italie. Et comme par hasard, on voit arriver un dominicain d'Allemagne, le neveu d'un conseiller du roi de France et des maçons de langue anglaise ? Il n'y a pas de hasard, Marie. Méfie-toi de chacun, y compris de Thibaut, et trouve le trésor si tu ne veux pas que la guerre ravage la chrétienté.

— Que leur apporterait-il ?

— La légitimité, pour le peu que j'en sais. L'empereur n'aurait plus besoin de se faire sacrer à Rome, ni le roi à Reims. Le roi qui détiendrait cette relique n'aurait plus à prouver ses titres sur la France ou l'Angleterre. Le pape qui s'en emparerait ne serait plus seulement le chef spirituel, mais le chef temporel de toute la chrétienté.

— Et tu appelles cela un trésor ? Mais c'est une machine infernale qui peut faire exploser le monde !

— Sauf entre tes mains. Tu comprends à présent pourquoi tu as été désignée comme héritière. Dieu ne pouvait mieux placer sa confiance. Seule une femme peut posséder une telle puissance sans penser aussitôt à l'utiliser pour accroître ses richesses ou ses domaines. »

Fénice apporte une autre perspective à la mission de Marie, et une autre vision du rôle de Thibaut et d'Andréas dans le vaste plan divin auquel elles ont l'impression de participer. Malgré la désagréable sensation de n'être qu'une pièce sur un grand échiquier dont l'enjeu même lui échappe, Marie ne peut s'empêcher d'être séduite par son rôle d'arbitre entre partis rivaux. Ni les blancs, ni les noirs ; rois, papes et empereurs ont disparu pour n'être que des hommes en quête de paix et de vérité. Voilà ce que lui offre la jeune Levantine.

Mais à côté, il y a Thibaut. Thibaut auquel il lui faudrait renoncer, qu'il lui faudrait combattre, peut-être, s'il n'est, comme le prétend Fénice, que le pion au service du roi de France dans cette partie d'échecs. Un doute alors s'insinue dans son esprit. Le renoncement généreux de Fénice ne serait-il pas un piège ? Un habile calcul pour conquérir la confiance de Marie et instiller son venin dans son âme ? Non, elle ne lui prend pas Thibaut : elle la convainc d'y renoncer d'elle-même.

Tout cela est trop difficile pour la jeune fille. « Tu devras te méfier de tout le monde », disait tout à l'heure Fénice. Y compris de Fénice même. Et Isabeau ? Marie lui a ouvert son cœur parce qu'elle venait au nom de son frère. Mais que sait-elle de cette liaison ? La vérité, c'est qu'elle a accueilli en même temps Isabeau et Andréas. Peut-être tous deux au service de l'empereur d'Allemagne ? Mais quel empereur ? Frédéric d'Autriche ? Louis de Bavière ? Ou le pape, dont les dominicains restent le premier soutien ?

Marie s'est mise à trembler de tous ses membres. Elle regarde les deux jeunes filles, qui lui semblent soudain deux rivales, deux traîtresses qui n'ont croisé son chemin que pour lui voler son bien, son héritage ou son amoureux. Complices, peut-être ? Qu'ont-elles comploté entre elles sur le chemin de Bosquentin ?

Quoi qu'il arrive, désormais, le venin de Fénice aura fait son trajet en elle. Il ne lui sera plus possible de se confier à quiconque, elle se défiera de son ombre et de son propre cœur. Elle s'est enfuie en larmes du logis, laissant les deux jeunes filles interdites, inconscientes de l'émoi qu'ont suscité en elle les paroles de Fénice.

Andréas aura eu du fil à retordre avec les maçons écossais. Moins frustes qu'il n'y paraît, ils ont un art particulier de tourner la question pour ne jamais mentir tout en éludant la vérité. Et leur solidarité est sans faille : si des clans se sont réellement formés en leur sein, comme il en a eu l'impression dans la nuit, ils opposent un front uni aux étrangers. Le dominicain sent que son enquête sera difficile : une telle maîtrise de soi, à l'échelle de tout un groupe, suppose une discipline stricte inculquée par une longue habitude de la vie commune. James était un des plus jeunes, donc l'un des derniers reçus. Sans doute cela explique-t-il sa défection.

Le prêcheur a réuni les maçons dans la salle capitulaire du couvent, comptant sur la sévérité des lieux pour les impressionner. Mais comment donner à la salle pourtant imposante un aspect menaçant, quand ils en ont construit de bien plus vastes ? La première arme de l'Inquisition, la mise en scène spectaculaire qui frappe les âmes et ébrèche les volontés, n'a aucun effet sur ces solides gaillards qui discutent en professionnels de la disposition des lieux et qui relèvent d'un sourire la maladresse du ciseau. Quant à la solennité du tribunal improvisé, elle n'arrive pas à la cheville des cérémonies qu'ils organisent depuis toujours dans une chambre sans apprêts.

Le petit dominicain ne parviendra pas à les émouvoir davantage. Ses vingt ans ne font pas le poids, et certains tailleurs de pierre l'ont connu en Écosse ; il est difficile d'être le juge d'anciens amis. Qui parle de juger, d'ailleurs ? Son enquête est purement informative. Les inquisiteurs convoqueront ensuite ceux qu'il aura désignés.

Andréas s'est assis derrière une lourde table. Il y a posé un volumineux dossier, sur lequel il travaille depuis de longues années. Sa main gauche repose, comme sur un talisman, sur le *Manuel de l'inquisiteur* de Bernard Gui. Sa main droite tient le stylet prêt à noter sur les tablettes de cire.

Les compagnons se sont massés devant lui, debout, derrière leur maître d'œuvre, qui s'est présenté sous le nom de maître Élia. Andréas ne l'a jamais vu. Il n'était pas à Kilwinning l'année dernière. C'est un homme mûr, déjà, aux muscles solides et à la mâchoire volontaire. Il a croisé les bras sur sa poitrine et parle en regardant le jeune inquisiteur droit dans les yeux.

« Je vous le répète, messire, nous ne savons rien. Le corps a été trouvé près de notre chantier, mais nous n'en sommes pas responsables.

— Selon les hospitaliers qui ont examiné le corps, la mise en scène macabre a été effectuée longtemps après la mort. Les yeux exorbités leur font penser à une strangulation. Sans doute a-t-il été tué loin de Coulommiers et transporté ensuite sur le chantier. Ses vêtements étaient déchirés et couverts de poussière et d'épines ; il a dû être traîné à travers des buissons.

— Vous voyez bien ! On a voulu nous faire endosser le crime.

— En revanche, le cadavre a été égorgé et le cœur arraché ici même. Le sang, sinon, se serait répandu sur le chemin.

— Qu'est-ce que cela prouve ? Celui qui l'a porté ici pouvait achever son travail.

— Et vous n'avez rien entendu ?

— La nuit, nous dormons, messire, et le travail que nous fournissons nous procure un sommeil profond.

— Toutes les nuits, vous dormez ?

— Cette nuit-là, nous dormions.

— Et les autres ?

— Et les autres, aucun d'entre nous n'a été assassiné. »

Il n'en tirera pas plus, pas même un mensonge avéré. Mais lui non plus n'a pas été franc. Ce n'est pas son rôle. Il a volontairement omis un élément essentiel de son enquête. Sur le cadavre a été retrouvée une étrange médaille. L'avers figure un cheval monté par deux templiers ; le revers porte le signe mystérieux du trésor. James savait où était caché le trésor du Temple. Et celui qui l'a tué ? Se sont-ils disputé le secret ? Dans ce cas, peut-être la cache est-elle vide ?

Mais si l'assassin n'est pas au courant, il serait maladroit de lui révéler la découverte de la médaille. Il ferait aussitôt le rapprochement avec le trésor. Et lui, il sait où James a été tué ! Bien sûr, le secret de la marque est aussi jalousement gardé que celui de la crypte. Andréas l'a connu par frère Henri, le vieux dominicain qui l'a jadis initié à l'histoire du Temple. La médaille retrouvée sur le corps de James a été remise jadis aux gardiens du trésor et leur servait entre eux de signe de reconnaissance.

Aujourd'hui, la plupart des gardiens sont morts. Tous ceux qui connaissaient les mots de passe, tous ceux qui veillaient sur la crypte, ou les cryptes. Et pourtant, il en reste un vivant, et non loin d'ici. Cela confirme son hypothèse sur la localisation de la crypte à proximité de Coulommiers. Mais de qui peut-il s'agir ?

L'évocation du gardien lui remet en mémoire l'autre mystère de cette affaire. Qui l'a assailli cette nuit et l'a laissé vivant ? Là aussi, il devra enquêter avec prudence, pour ne pas trahir un éventuel allié dans la place.

« Qui a fonction de gardien lors de vos assemblées ?

— Nous ne comprenons pas ce que vous nous demandez, messire.

— Qui est posté à la porte de la chambre du trait pour empêcher les curieux d'entrer ?

— Nos assemblées n'ont rien de mystérieux. Nous n'avons besoin de personne pour permettre ou interdire d'y assister.

— Dans ce cas, je pourrais très bien être des vôtres ? »

Andréas perçoit un flottement dans l'assemblée. Il croit avoir pris ses interlocuteurs à leur propre piège. Les réunions secrètes ont été interdites par le concile d'Avignon, voici quatre ans à peine, et les maçons ne peuvent en barrer l'accès à l'Église. Mais que pourraient-ils faire un dominicain dans l'assistance ? Tous les regards convergent vers le maître, qui répond en leur nom. Il est resté imperturbable.

« Venez quand vous voulez. Ce n'est pas nous qui serons gênés. Mais nos maçons n'ont pas l'éducation raffinée d'un clerc. Peut-être les propos ou les chants ne correspondront-ils pas à la dignité de votre fonction.

— L'Inquisition peut tout entendre, et a entendu des propos qui ne sont pas même dignes d'un être humain.

— Alors venez ce soir. Nous serons heureux de vous accueillir.

— Vous moquez-vous de moi ? Vos assemblées sont mensuelles, et la dernière a eu lieu hier. Les beuveries de fin de chantier ne m'intéressent guère.

— Vous êtes bien instruit en nos coutumes, messire. Plus qu'il ne le faut.

— Est-ce une menace ?

— Pourquoi vous menacerais-je ? Comme toutes les confréries, nous avons nos coutumes, et elles ont été approuvées par les autorités spirituelles de notre pays.

— Y compris le meurtre rituel ?

— Je vous ai dit…

— Et moi, je vous dis que depuis dix ans, depuis que j'ai appris à lire et à écrire, je me documente sur les mises en scène macabres de ce genre. La plupart ont été signalées sur des chantiers où travaillaient des compagnons de Kilwinning. Et lorsqu'on tente, comme vous le suggérez, de leur faire endosser des meurtres qu'ils n'ont pas commis, je le remarque aussitôt. Il y a des signes qui ne trompent pas, dans la disposition de la plaie, dans la position du cadavre. Voulez-vous des précisions ?

— Par simple curiosité.

— Vous êtes les seuls à replier la main droite du mort en équerre sur la gorge tranchée, et vous ouvrez la poitrine d'une incision en forme de compas. Vous avez le goût du détail.

— Que puis-je opposer à vos allégations, sinon un démenti formel ?

— Cela ne me suffit pas. L'équerre et le compas sont votre signature. L'Inquisition dispose de moyens autrement efficaces qu'un interrogatoire pour vous faire avouer.

— Décidément, vous en savez beaucoup plus qu'un simple enquêteur sur nos coutumes. Il serait dommage

70

que l'Inquisition se prive de vos services : elle serait bien en mal de nous confondre.

— Cette fois, vous ne pouvez nier la menace.

— Qui menace l'autre, messire ? Qui a agité devant nous le spectre de la torture ?

— Ce ne sera bientôt plus une menace.

— Êtes-vous de taille à nous l'appliquer seul ?

— Vous n'oseriez pas... Vous allez me faire croire qu'il est dangereux d'être le seul à connaître vos secrets. Je n'ai rien révélé jusqu'à présent de vos cérémonies à mes supérieurs. Mais sachez que mon silence a été respect, non complicité. »

Andréas prend soudain conscience qu'il est seul au milieu d'un groupe soudé dont il a menacé le chef. Sans doute celui-ci s'est-il laissé emporter par la discussion, mais il sent la détermination de tous les autres. Certains cependant, parmi ceux que le jeune homme a connus en Écosse, tentent de calmer les esprits. L'un des anciens, qui semble jouir d'une autorité certaine sur une partie du groupe, mais manifestement en rivalité avec le maître actuel, fait un pas en avant pour prendre la parole.

« Andréas, mon frère, nous savons comment ces secrets te sont parvenus, et quelles sont les limites de ta connaissance. Nous avons le plus grand respect pour maître Estamer, qui te l'a donnée. Il savait que tu garderais le secret, et nous en sommes nous-mêmes convaincus.

— Maître Élia ne peut pas te connaître, il n'était pas parmi nous quand tu es venu à Kilwinning, intervient un autre maçon. C'est pour cela qu'il est suspicieux.

— Mais nous nous portons garants de toi, reprend un troisième, et de ton silence.

« — Mes amis, ce n'est plus le même homme que vous avez devant vous. La sainte Inquisition m'a chargé d'une enquête, et un homme a été assassiné.

— James était un traître.

— Tais-toi ! »

Le dialogue entamé a été rompu d'un ton sec par maître Élia. Il ne pourra plus être renoué. Andréas est fatigué par la tension de cet interrogatoire inutile. Il n'a rien appris, sinon que ses intuitions étaient justes. Il faudra mener autrement l'enquête. Regagner la confiance de ces hommes à l'amitié solide.

« James n'était pas un traître. Il avait peut-être d'autres idées que certains d'entre vous, et peut-être les mêmes que certains autres. Savez-vous à qui il voulait parler, lorsqu'il a été assassiné ?

— Cela ne nous intéresse pas.

— À moi. »

La surprise est réelle sur la plupart des visages. Et Andréas sent que tout n'est pas perdu. Pour certains maçons, la trahison est moindre si c'est au jeune Andréas que comptait s'ouvrir leur compagnon. À un ami de maître Estamer, au fils de l'un d'entre eux, dont les plus vieux ont encore mémoire. C'est par la confiance qu'il ouvrira les cœurs et qu'il obtiendra peut-être quelques confidences.

Mais cela demandera du temps, et d'autres méthodes. Andréas rompt la discussion et renvoie les ouvriers en quelques mots. Rien n'a été dit ; il n'a pas avancé d'un pouce. Et pourtant, une brèche a été ouverte dans leur groupe soudé, dans laquelle il a enfoncé le coin de l'amitié. Il suffira d'attendre qu'il gonfle pour faire éclater le bloc. Quand les tailleurs de pierre ont quitté la salle capitulaire, quelques sourires, quelques regards en coin en disaient long. La vérité finira par venir au jour.

Le crachin reste tenace sur la Brie champenoise. Il ne gêne pas les maçons écossais, habitués à travailler sous un temps plus maussade et dont les chapes-à-aiguc en laine écrue s'avèrent une protection efficace. Leur humeur est aussi revêche que le ciel. Ils taillent et coltinent la pierre dans un silence de pierre. Ni les chants ni les hymnes n'encouragent plus leurs efforts, et les plaisanteries ne fusent plus sur les hourdis.

Eux-mêmes ne savent plus de quoi ils ont peur, du mystérieux assassin, des menaces du dominicain ou du caractère emporté de maître Élia, qui semble décharger sur eux la mauvaise humeur que lui a laissée la confrontation avec frère Andréas. Il est loin, le temps où ils élevaient les murs de la chapelle aussi aisément que des prières vers le ciel. Et ils ont peur que leur complicité avec la pierre ne se ressente de leur humeur. Quel monument naîtra de leurs mains mortes ?

Dans le logis des étrangers, les trois femmes s'apprêtent à repartir. Un trop long séjour chez les hospitaliers éveilleraient leur méfiance, et si Marie, qui accompagne le jeune prêcheur, peut justifier de sa présence, Isabeau et Fénice ne se sont présentées que comme des hôtes de passage. Marie, qui ne peut chasser de son esprit les soupçons nés contre ses amies, ne veut plus les laisser partir seules. Elle ne sait plus si elle les suit ou si elle les surveille. Ce dont elle est sûre, c'est qu'elle ne peut plus les laisser ensemble. Elle en mourrait de jalousie et de soupçons peut-être infondés.

Alors, elle s'est souvenue du château de son enfance, au Mesnil, à sept lieues de Coulommiers. Sans doute est-il resté à l'abandon depuis son sac par les soudards à la solde des hospitaliers, mais elle en est encore suzeraine, et nul ne peut lui refuser un foyer dans la région. Elle sait qu'on a gardé un bon souvenir de sa mère, la comtesse Mathilde, qui gérait sagement son petit patrimoine en l'absence de tout soutien masculin. Et le bailli du village occupe un logement qui appartient encore à la famille du Mesnil.

Leur maigre bagage était déjà troussé lorsqu'un chevalier a demandé à parler à Marie. Le frère portier, soupçonneux par fonction autant que par caractère, l'a mené à un sinistre parloir aménagé dans un coin de la salle de garde. Le cœur de la jeune fille s'est mis à battre plus fort en traversant la cour. Sous un préau, devant la porte, elle a reconnu le cheval de Thibaut. S'il comptait sur l'effet de surprise pour abattre les défenses de son amie, il en sera pour ses frais.

À l'entrée de Marie, le jeune homme a eu un geste de tendresse, aussitôt réprimé lorsqu'il a senti qu'elle n'y répondait pas. Il se mord la lèvre, indécis, et baisse la tête, penaud. Un regard de chien battu, sous cape ; il soupire : il ne lit aucun pardon chez sa dame. Il n'en mérite pas. S'il savait, pourtant, combien le cœur de Marie continue à battre la chamade, comme s'il voulait s'échapper de sa poitrine pour rejoindre son bien-aimé ! Mais elle doit se maîtriser. C'est leur avenir, peut-être, qui se joue aujourd'hui. Si elle accepte une réconciliation trop rapide, elle ne sera plus jamais maîtresse de son ami. Et une dame ne peut se le permettre sans perdre aussitôt l'amour de son chevalier servant. Tous les traités d'amour courtois sont formels à ce sujet.

Elle se compose un visage de circonstance, méprisant et outragé, mais avec l'espoir discret de pardon, s'il est correctement quémandé.

« Est-ce bien moi que vous avez demandé, chevalier ?

— Marie ! Et qui d'autre ? Tu es la seule au monde pour qui je braverais la colère de mon oncle, du Parlement et du roi, s'il le fallait.

— Belles paroles ! Jolies promesses ! Et suis-je la seule au monde à qui vous les ayez faites ?

— Je sais ce que tu penses. Quand j'ai appris que Fénice me cherchait à Paris, et que mon oncle avait prétendu que j'étais à Coulommiers, j'ai compris qu'il comptait sur ta colère pour nous séparer. Il voulait que tu la voies avant que j'aie eu le temps de t'expliquer. Soyons plus forts que lui, Marie.

— Ma force, voilà longtemps que je l'ai prouvée, Thibaut. Mais la tienne ?

— J'ai été faible, c'est vrai. Oh, Marie, si tu savais combien je le regrette. Je ne chercherai pas à me justifier. J'ai été coupable. Mais je te jure que cela n'a rien changé à mes sentiments à ton égard, bien au contraire.

— Comment pourrais-je jamais croire pareil serment ? Tu es condamné à être infidèle à une femme, désormais, et l'autre ne pourra plus croire à ta fidélité. Qui en quitte une est capable de quitter l'autre.

— Quitter ? On ne quitte que ce que l'on a aimé. Je n'ai jamais aimé Fénice, quoi qu'elle ait pu te dire. Tu es restée ma dame, durant tous ces mois, toutes ces années, presque. Mais tu étais si loin… Regarde. »

De son surcot, il tire une fine étoffe de soie qu'il gardait contre son cœur. Un motif étrange y est brodé, une croix templière dont la branche supérieure a été remplacée par une flamme. Marie sent son cœur fondre et ses yeux s'humecter. C'est le gant qu'elle a donné en gage à son soupirant, deux ans auparavant, quand il est parti pour la Terre sainte. « Tu emportes mon bras droit avec toi. Je garderai les habits du bras gauche dans mon coffre », lui avait-elle dit. Et le coffre est resté à Bosquentin, mais le gant est toujours sur le cœur du jeune homme. Quel autre témoignage de fidélité peut-elle espérer ? Mais elle doit se contrôler. La mise en scène est facile.

« Qu'est-ce que cela prouve ? Es-tu venu pour me le rendre ? L'as-tu porté jusque dans le lit de cette femme dont tu m'imposes la présence ? As-tu protégé ton corps aussi bien que ton cœur ?

— Je supporterai toutes tes colères, toutes tes railleries, pourvu que tu me laisses un espoir de retrouver un jour ton amour.

— Ce n'est pas lui que tu as perdu, pour mon malheur. C'est ma confiance.

— Que dis-tu là ? Oh, Marie, si tu savais quelle joie tu me procures ! Je suis prêt à tout pour restaurer cette confiance, et je suis sûr d'y parvenir. On peut bâtir des châteaux, quand le foyer n'est pas mort !

— Ne te berce pas d'illusions. J'ai des yeux pour voir, des oreilles pour entendre. Et tu n'es pas le seul à parler.

— Fénice… Que t'a-t-elle raconté ?

— Bien sûr, tu n'emportes pas son gant sur ton cœur quand tu pars. C'est elle que tu emmènes !

— Pour mon expiation, crois-moi, non pour mon plaisir. »

Thibaut rappelle la situation que Marie connaît déjà par les confidences de la jeune Levantine. L'oncle de Fénice maintenait seul, depuis plus de vingt ans, une commanderie abandonnée dans un territoire sarrasin. Seule la puissance surhumaine qu'il avait usurpée au contact du trésor des templiers lui avait permis de braver les troupes musulmanes, qui avaient fini par le laisser en paix dans son nid d'aigle.

« Tu ne peux imaginer la force de cet homme. Il était proprement invulnérable, invincible en tout cas. Une énergie surhumaine coulait dans ses veines. Mais il avait touché à la Majesté divine et portait ce don comme une malédiction. Jamais, jamais, je n'ai vu quelqu'un atteindre à ce point le fond du désespoir. »

Fénice attendait avec confiance, sinon avec espoir, la mort de son oncle. Ce serait la fin de la malédiction. Et le chevalier qui enfin le vaincrait serait plus fort encore, et devrait nécessairement combattre au nom de Dieu, au nom du droit. Thibaut, pour elle, était l'Élu. Pouvait-elle prévoir que son cœur n'était pas libre, et qu'il ne s'installerait jamais dans la commanderie de Quarantene à la suite de celui qu'il avait tué ? Il n'avait ni la force, ni l'envie de rester seul au milieu de la marée sarrasine, comme un îlot perdu de la chrétienté. Il savait qu'il n'avait pas la force du chevalier maudit : il ne résisterait pas au premier assaut des infidèles. Et surtout, il voulait revoir Marie.

Mais il ne pouvait abandonner Fénice. Les musulmans, déjà, avaient rassemblé leurs troupes lorsqu'ils avaient appris la mort du templier de Quarantene. Nul doute qu'à l'heure qu'il était, le château était à nouveau entre leurs mains, les habitants soumis ou en esclavage, les soldats prisonniers ou passés au fil de l'épée. Pouvait-il faire connaître le même sort à la jeune fille ? Sa réputation de chevalier était en jeu !

« Sans doute. Mais il ne m'a pas semblé, à l'entendre, que tu te sois jusque-là conduit en chevalier.

— Je ferai tout pour me le faire pardonner, pour te le faire oublier comme je l'ai oublié moi-même.

Commande, j'obéirai à ma dame avant d'obéir à mon suzerain. »

Et, dans un geste spectaculaire, il plie le genou devant sa dame, tire son épée et la lui tend en inclinant la tête, comme s'il l'invitait à la lui couper si elle lui refusait sa confiance. Marie en profite pour écraser une larme, qu'il ne peut voir tant qu'il fixe humblement le sol. Elle ne sait plus où elle en est, elle est sur le point de chavirer et se raccroche désespérément à une colère qui la fuit. Elle soupire, vaincue.

« Je ne sais pas, Thibaut. Cela est si neuf, pour moi, si difficile… Il me faut le temps.

— Et à moi, il me faut l'espoir.

— Comment te le refuser ? C'est tout ce qui me reste. »

Le visage de Thibaut est soudain transfiguré. Le chien battu s'est soudain transformé en jeune dieu, mais sa joie est aussi inhumaine que son accablement de tout à l'heure. Il redresse la tête, il se relève, la fixe comme un pâtre à qui apparaît la Madone. Marie ne peut s'empêcher de sourire. Elle se demande s'il a tellement mûri durant ces deux années de voyage.

De la trousse qu'il a détachée de sa selle, le chevalier retire alors un lourd paquet enveloppé dans un étui de brocard et dans une très fine étoffe de soie. Une chaîne d'or d'une incroyable richesse apparaît alors aux yeux sidérés de Marie. Les maillons ont presque l'épaisseur de son petit doigt, et les torsades qui les composent sont ciselées avec une finesse peu commune. Mais le fermoir en est brisé, et le pendentif qui devait y être fixé par deux attaches serties de pierres précieuses a disparu.

« Marie, voici ton héritage. Ou du moins ce qu'il en reste, par ma faute. Tu sais comment le fermoir s'est brisé, et comment l'ampoule de cristal a éclaté sur le sol. Mais il reste le collier, qui t'appartient de droit.

— Que pourrais-je en faire ? Je n'ai jamais vu si merveilleux travail. Je n'ai jamais vu autant d'or en un seul collier.

— Je l'ai dérobé à mon oncle en quittant Paris. Il se l'était attribué sans vergogne. C'est un gage de ma bonne foi, mais c'est aussi, je l'ai compris durant mon trajet vers Coulommiers, le symbole de ce que nous cherchons. Le signe tangible de cette quête à laquelle nous avons voué notre vie.

— Je ne cherche plus rien, Thibaut. La quête n'est pas un mot de femme.

— Parce que tu es la seule à n'avoir plus rien à chercher. Tout t'a été donné de naissance. L'essentiel, en tout cas. Tu es l'héritière, avec ou sans héritage. Le posséder ne changerait rien pour toi. Tu es dans l'être, non dans l'avoir. Mais pour nous, pour la chrétienté et pour le monde, il est important que ce soit toi qui possèdes ce qui te revient de droit. La chaîne n'est pas seulement un bijou d'or massif. C'est le véritable trésor, le symbole de notre union que la relique ne peut que sanctifier. Si cette union n'existe pas, le secret du Temple ne nous sera d'aucune utilité, car il ne suffira pas à l'établir.

— Mais la chaîne est rompue, Thibaut.

— Parce que, dans toute chaîne, il y a un maillon faible. La sagesse de l'orfèvre a été d'y intégrer un fermoir de fer, qui a rouillé au fil des ans et qui s'est brisé quand il a voulu soutenir seul le bijou. C'était moi, le maillon faible. Il a fallu cela pour que je m'en rende compte. Mais l'important est que je le sache : un maillon refondu est plus solide que les autres. Tu peux compter sur moi, Marie, parce que désormais, je connais ma faiblesse, et ma force ne se laissera plus surprendre. Je suis plus solide désormais que les maillons qui n'ont jamais été éprouvés. Eux, tu ne sauras qu'ils peuvent rompre que lorsqu'il sera trop tard.

— J'accepte la chaîne dans ces conditions. Mais pas pour moi seule. Je l'accepte en mon nom, en celui d'Andréas, de mon frère, d'Isabeau et de Fénice. Au nom de tous ceux qui cherchent le trésor véritable, spirituel, au nom de tous ceux qui rêvent à un peu de paix et d'harmonie dans ce monde trop violent.

— Et au nom de tous les autres, de tous ceux qui ne croient même plus possibles une telle paix et une telle harmonie. Au nom des désespérés comme des rêveurs. Au nom de la chrétienté, du monde entier si c'est possible. N'as-tu pas compris ? Si l'union des trois nations est nécessaire pour retrouver le trésor et pénétrer dans la crypte, c'est parce que la relique que nous cherchons n'est pas suffisante pour l'établir : elle ne fera que la sanctionner. Elle donnera une dimension spirituelle au monde matériel unifié. L'essentiel est dans la quête, non dans son accomplissement. C'est un noble et long combat que nous avons entrepris.

— Ce sont de belles paroles, Thibaut. Tu as toujours été très habile pour cela. Et très convaincant pour me les faire croire. Tâche à présent de les mettre en pratique. C'est à cette condition seule que tu mériteras à nouveau ma confiance. »

Marie a tendu la main, et son chevalier s'est agenouillé pour la saisir du bout des doigts et y déposer, du bout des lèvres, le baiser de la réconciliation.

« Mais ce que vous m'apprenez est fort intéressant ! Je sens que je vais prolonger mon séjour parmi vous.

— Vous m'en voyez ravi, monseigneur.

— Je vous ai déjà dit de ne pas m'appeler ainsi. Nous appartenons au même ordre, je suis votre frère. Du reste, je n'ai jamais été seigneur de qui que ce soit. Pour l'instant.

— Ce sera comme vous le voudrez, mons... mon frère. »

Le gros homme a un fin sourire. Le prieur de Coulommiers est entièrement acquis à sa cause. Comme les autres. Il sait où est son intérêt, son intérêt futur, en tout cas, au sein de l'ordre. Si sa commanderie prend de l'importance chez les hospitaliers de France, ce n'est pas seulement dû à sa situation proche de la capitale : le soutien d'un homme riche et influent peut du jour au lendemain mettre sur toutes les lèvres le nom d'un village ignoré la veille. « Coulommiers ? Oui, c'est le nom d'un fromage, je crois. Vous dites ? Une commanderie de notre ordre ? Oui, c'est intéressant... » Encore quelques années, et le prieur de Coulommiers ne sera plus à la tête d'un fromage...

Quoiqu'il ait conservé les insignes et les vêtements des hospitaliers de Saint-Jean, l'hôte de Coulommiers sue la richesse et la puissance par tous les pores. Bien sûr, son embonpoint suffirait déjà à prouver qu'il passe désormais plus de temps à table qu'au combat, et dans une litière que sur un cheval. Sa venue à Coulommiers a été précédée d'un véritable convoi de mets rares et coûteux, dont beaucoup ont été importés à grands frais d'Orient. On ne nourrit pas les frelons comme les mouches. Il faut du bon miel et du nectar.

Comme beaucoup des dignitaires qui ont longtemps séjourné à la maison mère de Rhodes, le gros homme a pris goût au malvoisie. Il ne voyage jamais sans un fût de ce vin sucré qui lui fait oublier les breuvages acides d'Occident, dont il doit tout au plus ingurgiter quelques gorgées à la messe. Et sans grimacer, encore. Il a toujours sous la main une boîte de confiseries sarrasines, des pâtes aromatisées à l'amande ou à la pistache dont l'odeur seule donne la nausée au prieur. Il en engouffre distraitement en parlant, du bout de ses doigts boudinés couverts de bagues trop étroites.

La taille de ces anneaux, sur lesquels sont serties les plus fines pierres précieuses, suffit à montrer que cette obésité est récente. Elle est sans doute due aux pâtisseries orientales dont il se goinfre et qui, assurent ses détracteurs, donnent un ton mielleux à ses discours les plus fielleux. Le haut dignitaire descendu à Coulommiers a naguère été un jeune homme svelte et racé. Seule sa spectaculaire ascension au sein de son ordre a fait enfler sa taille comme sa vanité. Son visage empâté a gardé des traits juvéniles et, dans ses moments d'oubli, une petite flamme amusée danse encore dans ses yeux bouffis. Voilà tout ce qui reste de sa jeunesse, après un an de pouvoir.

Quant au prieur de Coulommiers, il ne tient pas à rester toute sa vie loin de la capitale. Cadet d'une riche famille de parlementaires et de conseillers royaux sous Philippe le Bel, il a été élevé dans l'entourage du grand roi et orienté vers l'ordre militaire lorsqu'il a été évident que celui-ci occuperait bientôt la place du Temple dans la politique de la France. Les fils du roi Philippe, qui l'ont connu tout enfant, lui ont conservé leur amitié et leur faveur, mais ils sont morts sans descendance, et le

Valois qui leur a succédé a écarté la famille du prieur des rouages du pouvoir. Lui-même s'est retrouvé dans une commanderie de Champagne, sans aucun espoir de devenir maître de la province française, comme cela lui avait été tacitement promis.

Aussi, lorsqu'il a découvert les ambitions du grand visiteur venu de Rhodes, les a-t-il aussitôt soutenues. Sans doute n'espère-t-il pas faire de Coulommiers une commanderie aussi puissante que celle du Temple à Paris, mais il lui suffirait qu'elle en devînt le marchepied. Les deux hommes se sont immédiatement compris, et le grand visiteur a financé lui-même, sur sa cassette personnelle, les travaux d'agrandissement de l'église. C'est lui qui a conseillé de faire venir les compagnons de Kilwinning, pour que les travaux soient à la hauteur de leurs ambitions respectives et qu'on cite le chantier en exemple dans tout l'ordre.

Une seule condition a été mise : il faut que tout reste secret pendant un certain temps, et que sa venue même à Coulommiers ne soit connue que du prieur lui-même. Ce sont des liens directs et discrets qu'il veut tisser dans un premier temps, et si son rôle en Occident était connu de ses supérieurs à Rhodes, ils s'inquiéteraient, d'ailleurs à juste titre, pour leur propre promotion au sein de l'ordre. Nul doute qu'ils rappelleraient d'urgence le jeune homme aux dents longues à la maison mère. Qu'ils le prennent pour un fainéant gâté par sa récente richesse et, somme toute, peu dangereux. Cela sert ses plans, et il justifie lui-même par cette duplicité son goût exagéré pour les loukoums et le malvoisie. Tandis qu'on le laisse, sans s'inquiéter, visiter les commanderies occidentales, il profite de ses fonctions pour établir un puissant réseau d'amis bien placés qui serviront ses projets le moment venu. Depuis son arrivée, il ne sort pas du logis du prieur, et les moines-soldats ignorent même sa présence en leurs murs : cela arrange aussi son tour de taille.

Coulommiers n'a bien sûr pas été choisi au hasard par un frère ambitieux qui a d'énormes besoins d'argent pour assurer sa promotion au sein de l'ordre. Il a entendu parler du trésor du Temple, qui viendrait bien à point pour renflouer ses caisses. Il espère que les tailleurs de pierre l'aideront à localiser la crypte. Et lorsqu'on lui a appris l'arrivée successive de l'héritière présomptive, d'un dominicain allemand, d'une Levantine et d'un chevalier très proche du nouveau roi, il a senti que le dénouement était proche. Oui, décidément, il se plaît à Coulommiers. Il y restera encore quelques jours…

« Vous m'avez dit, cependant, que ce chevalier Thibaut semblait traqué ?

— Manifestement. Il est venu seul, et quand je lui ai dit qu'une escorte royale logeait dans nos murs, il s'est arrangé, pensant que je ne remarquerais rien, pour accéder aux femmes sans se faire remarquer.

— Quel genre d'homme est-ce ?

— La famille de mon père était liée à celle de son oncle, le cardinal Godefroy.

— Le conseiller du roi ?

— C'est cela. Je connais un peu Thibaut. C'est un homme veule, un bellâtre qui préférait la compagnie des dames à ses fonctions parlementaires. Robuste, pourtant, et bien entraîné. Mais il aime mieux faire parade de sa force physique dans les tournois qu'à la guerre, aux yeux des dames plus qu'au service de son roi. Je le soupçonne d'être un peu lâche. Et s'il est ici, c'est manifestement pour retrouver une des trois jolies filles qui ont fait étape chez nous. Laquelle, je n'en sais rien.

— Je vois. Des amourettes qui contrarient sans doute l'oncle cardinal… Mais il me plaît de les favoriser. Je vais vous apprendre une chose qui doit rester entre nous. Ce Thibaut a fait parler de lui à Rhodes, voici deux ans. Il était à la recherche du trésor du Temple.

— Est-ce possible ?

— Tellement possible qu'il l'a trouvé. Mais plusieurs d'entre nous, dans le conseil suprême, et moi-même, pour ne rien vous cacher, pensons qu'il n'en a trouvé qu'une infime partie. Peut-être continue-t-il ses recherches.

— Il faut l'en empêcher !

— Surtout pas ! Il nous sera très utile. Il faut plutôt le surveiller. S'il trouve le trésor, il faut empêcher que le roi de France ne mette la main dessus, comme il en a certainement l'intention. Ce trésor fait partie de notre héritage. Vous savez que le grand maître Hélion de Villeneuve s'efforce par tous les moyens de récupérer l'intégralité de l'héritage templier qui lui a été officiellement accordé. Il est convaincu que la plus grande partie du numéraire et des objets précieux a été soustraite à notre ordre et reste cachée quelque part. Pas loin d'ici, peut-être.

— Que me conseillez-vous ?

— Il faut que cet homme échappe aux soldats du roi. Vous m'avez dit, tout à l'heure, que les trois jeunes femmes souhaitaient repartir. Il leur faut une escorte, et les troupes royales qui les ont conduites ici se proposeront de les accompagner.

— Cela me semble évident.

— Ou bien Thibaut se méfiera et refusera de partir avec elles, ou bien il sera très vite repéré par les soldats.

— C'est vraisemblable. À sa place, je partirais le lendemain.

— Mais les soldats du roi sauront où ils ont escorté les jeunes filles.

— Comment en serait-il autrement ?

— C'est là que vous intervenez. Faites valoir que le comte de Champagne se vexerait que des soldats du roi escortent les jeunes filles sur ses terres…

— Cela ne me paraît pas plausible. Ses terres appartiennent à la Couronne.

— Vous avez affaire à des soldats, non à des diplomates. Et agissez avec tact. Dans votre famille, on doit avoir l'expérience et le doigté pour traiter ce genre d'affaires. Dans vos futures fonctions, en tout cas, ils seront nécessaires.

— Je vous entends.

— Et fournissez vous-même une escorte à ces jeunes gens. Les gens du roi repartiront pour Paris, trop heureux de voir s'achever leur mission.

— Il en sera fait selon vos désirs. »

Le grand visiteur a daigné remercier son hôte d'un sourire, et en lui offrant une pâte violemment parfumée à la pistache. Le prieur a eu un haut-le-cœur, mais s'est forcé à remercier en l'acceptant.

Il soupire en suçant la sucrerie, tout en retenant sa respiration. Les temps ont bien changé, et c'est aux petits détails qu'on perçoit les grandes mutations. Les guerriers primitifs scellaient leurs pactes dans le sang ; les anciens ont préféré le vin ; notre époque restera celle des contrats confits dans les loukoums.

# 3

## MAÎTRE ÉLIA

Les trois jeunes femmes, escortées de Thibaut, se sont mises en route dans l'après-midi pour Le Mesnil, où Marie a passé son enfance. Quelques hospitaliers leur servent d'escorte, et Marie se mord les lèvres devant cette triste ironie, d'être aujourd'hui protégée par ceux qui ont tué sa mère et brûlé son château seize ans auparavant. L'histoire a de ces curieux retournements. Elle n'a pas très bien compris pourquoi les soldats du roi qui avaient amené ses amies à Coulommiers étaient retournés à Paris, mais elle s'en réjouit, puisque sans cela, son fiancé n'aurait jamais accepté de l'accompagner.

Thibaut, d'ailleurs, est entré dans les bonnes grâces des moines-soldats. Lors de son voyage en Terre sainte, l'année dernière, il a vécu dans leur maison mère, à Rhodes, et a côtoyé plus de dignitaires qu'ils n'en verront jamais débarquer à Coulommiers. Il a parlé au grand maître Hélion de Villeneuve, a assisté à l'exploit de Dieudonné de Gozon terrassant le dragon, dont la légende s'est répandue comme un feu grégeois dans l'ordre entier, a visité tous les châteaux et toutes les

87

tours de l'île, et même certaines commanderies abandonnées en Palestine…

« Et vous avez bien connu Dieudonné lui-même ?

— Nous avons fait ensemble la route de Jérusalem. Nous nous sommes juré amitié éternelle, et nous nous sommes plus d'une fois sauvé mutuellement la vie.

— On ne parle que de lui dans notre ordre. Personne ne doute qu'il ne succède bientôt au grand maître.

— Le plaisir de l'avoir connu deviendra pour moi un honneur. »

Bien sûr, Thibaut oublie de narrer les quelques frictions qui ont émaillé son voyage, et l'opposition des deux jeunes gens quand ils se sont aperçus qu'ils avaient le même but. Thibaut, qui croyait avoir trouvé à Quaranteine la relique inestimable, n'est revenu d'une aventure où il avait pris tous les risques qu'avec un collier au fermoir rouillé et un pendentif de cristal brisé. Il en veut un peu à Dieudonné, qui a récupéré une bonne partie du trésor. Mais de son côté, celui-ci s'est toujours senti floué de n'avoir pas eu la relique. Cela, les hospitaliers n'ont pas besoin de le savoir. Leur amitié sera précieuse lorsqu'ils devront retourner à Coulommiers, où l'enquête d'Andréas dissimule toujours sa quête du trésor.

Les sept lieues qui séparent Coulommiers du Mesnil ont été vite avalées dans l'évocation de la Terre sainte et du rôle qu'y jouent les hospitaliers de Saint-Jean. Thibaut n'a pas pris garde à la route, mais Marie reconnaît peu à peu des paysages qu'elle avait rangés dans un coin perdu de sa mémoire. L'émotion fait battre son cœur. Elle s'était bien juré, en quittant les lieux dans sa prime enfance, de ne jamais y retourner, de ne jamais revoir le château où a péri sa mère. Isabeau, qui y est passée quelques années plus tôt avec son fiancé Crapaud, lui en a fait une description désolée.

Les quelques villages qui dépendaient de sa mère se sont mis sous la protection d'un seigneur voisin après le sac du château et l'assassinat de la comtesse. Mais le nouveau seigneur a sagement maintenu dans ses fonctions l'ancien bailli, qui accueille avec émotion la fille de dame Mathilde. C'est un vieil homme, désormais, mais il se souvient de la fillette de sept ans, plus turbulente que son frère jumeau, qui égayait le château du Mesnil et que tout le monde aimait dans la région.

Le bailli occupe la seule maison de pierre du village, l'ancienne demeure des comtes, qu'ils ont laissée en bail à leur représentant lorsqu'ils se sont fait bâtir un château plus vaste et mieux défendu, dans la forêt. Depuis qu'elle a quitté la région, Marie n'a pas touché le loyer de l'antique maison, et son oncle, qui l'a recueillie, se souciait bien peu de l'héritage de sa sœur. Le bailli doit avoir cela en tête en lui ouvrant la porte…

Le logis n'est pas grand, mais le vieil homme a cédé sa chambre aux trois nobles visiteuses et la baillive, qui ronchonnait un peu à l'idée de leur abandonner le grand lit où elles pourront se serrer l'une contre l'autre, a très vite succombé au charme des jeunes gens.

Dame, on est si loin du monde, dans un village resté en dehors des itinéraires traditionnels de pèlerinage et des grandes voies des marchands en route pour les foires de Champagne ! Le vieux couple vivait replié dans ses vieilles pierres. Et voilà qu'avec Thibaut, la cour royale ; avec Isabeau, le Saint Empire, et l'Orient même avec Fénice font irruption dans leur foyer. C'est comme si le monde entier avait frappé à leur porte, et ils passent des soirées entières à se faire raconter les merveilles du monde, la bouche ouverte, les yeux écarquillés comme s'ils voulaient y engouffrer avant qu'il ne soit trop tard tous les paysages que les jeunes gens amusés font défiler devant eux.

Leur ébahissement et leur enthousiasme sont tels que les jeunes en rajoutent. Ils ne peuvent contredire, sous peine de passer pour des imposteurs, les légendes qui courent en Occident sur ces contrées lointaines. Alors, ils confirment gravement les pires extravagances et Fénice n'a pas sa pareille pour sortir de son bagage, au moment où son récit risque de ne plus être crédible, un objet inattendu qui confirmera tout et entraînera de nouveaux commentaires passionnés.

Bien sûr, les arbres à moutons existent. Ils portent des fruits gros comme des pastèques et, quand ils arrivent à maturité, on en sort de petits agneaux bien vivants et prêts à être tondus. D'ailleurs, elle en a tissé des chemises. Et elle sort négligemment des tissus de texture inconnue, doux comme la laine et d'une blancheur éclatante. La baillive les tâte avec respect, avec une crainte superstitieuse. Non, cela ne ressemble à rien de ce qu'elle connaît, rien à voir en tout cas avec ces rudes toiles de lin ou de chanvre qui vous grattent la peau comme un régiment de puces. Elle ne se lasse pas de les caresser, de les passer contre sa joue avec des mines de pucelle devant sa première robe de bal. La baillive n'a jamais vu de cotonnades.

« À Jérusalem, nous ne portons que cela et du velours. Ou de la soie, évidemment.

— Évidemment », balbutie la baillive en écho, comme s'il était naturel qu'il n'y eût que de riches bourgeois dans la Ville sainte.

Mais Marie a d'autres préoccupations, dont elle s'ouvre au bailli.

« Je suis aussi revenue dans la région pour parler de l'héritage de ma mère.

— L'héritage ? s'inquiète le vieil homme. Je croyais que le baron de Bosquentin…

— Mon oncle n'avait que faire de trois villages en Champagne quand il en possède vingt en Normandie. Mais j'ai atteint l'âge de faire valoir mes propres droits, et Thibaut de Bois-Aubert, qui m'accompagne, est en droit de savoir ce qu'il peut attendre de sa future femme.

— Je comprends, je comprends, bredouille le bailli, toutes mes félicitations, bien sûr… Mais après quinze ans, vous comprenez…

— Seize pour être précis.

— Seize ans, *a fortiori*… Lorsque Yves de Montgobert a accepté de protéger le village, il était normal qu'en compensation…

— Je vous rassure d'emblée. Je ne revendique aucun droit sur les villages, ni sur les ruines du château. Depuis la mort de ma cousine, je suis seule héritière de Bosquentin, et cela me suffit. Du reste, il faudrait perdre plus d'argent en procès et en reconstruction que cette terre n'en vaut. Je vous tiens quitte aussi du loyer qui ne m'a pas été versé depuis seize ans, et des intérêts que cela représente. Vous voyez, je ne suis pas venue ici en ennemie, et vous avez tout intérêt à m'aider…

— Certes, certes, demoiselle, point n'était besoin de préciser…

— Il vaut mieux que tout soit clair entre nous. L'immobilier ne m'intéresse guère, j'en ai assez par ailleurs. Mais le château était meublé…

91

— Tout a brûlé, demoiselle !

— Et ce qui n'est pas parti en fumée a furtivement changé de propriétaire. Cela aussi demanderait beaucoup de temps à rechercher, beaucoup d'argent à contester. Mais comprenez-moi, je n'ai aucun souvenir de ma mère, aucune trace de mon enfance. Il y a certains objets que je souhaite retrouver. Et j'y mettrai le temps, et le prix, qu'il faudra.

— Le prix ?

— Soit pour les juges, si on me les conteste, soit pour celui qui a su en prendre soin en mon absence, si nous nous entendons.

— Et ces objets ?

— Je ne sais ce qui existe encore. Des meubles, des livres, des tapisseries…

— Tout cela est si fragile, et brûle si bien.

— Tout n'a pas brûlé, et tout n'a pas fondu », rétorque-t-elle en jouant négligemment avec une timbale d'argent où ont soigneusement été martelées les armes de sa famille. Le bailli s'empourpre, ses yeux cherchent subitement une réponse au plafond, à gauche, à droite, et ne trouvent rien.

« Rassurez-vous, aucune pièce précieuse ne sera réclamée. Ce sont surtout des souvenirs sentimentaux. Ma mère tissait et brodait, vous le savez, et si je parviens à retrouver les ouvrages de sa main, je suis prête à renoncer officiellement – vous m'entendez ? par donation écrite – à des objets de valeur au bénéfice de ceux qui m'auront aidée à retrouver ce que je cherche.

— Vous avez toujours su que vous pouviez compter sur moi, s'empresse le gros homme avec un sourire embarrassé.

« — D'ailleurs, que peut-on nous reprocher, nous sommes des gens honnêtes, renchérit sa femme, qui n'a rien compris aux transactions voilées.

— Tais-toi, ma femme, nous nous entendons avec la demoiselle. »

Marie sourit. Si elle n'a pas été brûlée, elle récupérera la tapisserie qu'avait tissée sa mère, et sur laquelle elle avait indiqué de façon codée l'emplacement du trésor. Sans doute devra-t-elle sacrifier pour cela la partie la plus précieuse de son héritage, mais que sont les biens matériels face à la mission dont elle se sent désormais investie ? Au demeurant, elle n'a pas menti : son avenir est suffisamment assuré par les biens de son oncle et les promesses de Thibaut.

Et surtout, son fiancé a apprécié en connaisseur la détermination de la jeune fille. Il est bon qu'il s'en souvienne : elle obtient toujours ce qu'elle veut, quel que soit le prix à y mettre. À bon entendeur... Jadis, dans leurs jeux d'enfants, son petit jumeau disparu s'en était vite aperçu et filait doux sous les ordres de sa sœur. Marie veut bien jouer à la dame pour son joli trouvère, mais l'autorité que lui confère son rôle n'est pas que symbolique.

Lorsque les trois femmes gagnent leur chambre, à l'étage noble, Fénice remarque le regard éperdu que Thibaut jette sur Marie, qui ne daigne pas même se retourner. La jeune Levantine soupire. Il est bien loin, le temps où elle régnait sur les sens du jeune homme.

Les complies viennent de s'achever. Dans la chambre du trait où l'on a effacé les épures de la journée, le silence est lourd, anxieux pour les uns, hostile pour les autres. Ce qui va se passer ce soir est sans précédent : un profane va assister à une assemblée secrète de la corporation. Pourtant, chacun a bien conscience que c'est la seule façon de dénouer les tensions qui se sont aggravées entre le jeune dominicain et les tailleurs de pierre.

L'un menace de plus en plus ouvertement de déclencher contre la société tout entière la lourde machine de l'Inquisition ; les autres, par allusions de plus en plus claires, évoquent les accidents des visiteurs, fréquents sur les chantiers. Pour se protéger, Andréas a été obligé de confier, en présence de maître Élia, un document scellé au prieur des hospitaliers, destiné au Grand Inquisiteur de France s'il venait à disparaître. Tout ce qu'il sait sur les tailleurs de pierre et leurs rites secrets y a été consigné. Préfèrent-ils qu'une seule personne en sache un petit peu plus, ou que toute la chrétienté soit au courant de tout ce qu'il a déjà appris ? Une épreuve de force est engagée, et le petit prêcheur ne se laisse pas impressionner aussi facilement que les Écossais l'auraient cru.

Cela, sans doute, a plus contribué à établir l'estime entre eux que les ouvertures de l'un, qui semblent des concessions, ou les souvenirs des autres, qui semblent des faiblesses. L'Allemand et les Écossais se savent adversaires, mais liés par le même secret, le même but, qu'ils n'ont pas encore voulu évoquer directement. Ils apprécient leurs forces respectives en connaisseurs, et tâchent de jauger les informations de l'autre.

Lorsque les moines-soldats ont regagné leur dortoir, trois coups fermes sont frappés à la porte de la chambre du trait. Un plus long, séparé par un léger temps de deux coups précipités. Les compagnons se regardent, surpris, méfiants. Ce petit dominicain connaît leur code. À chaque fois qu'ils se rendent compte qu'un de leurs usages lui est connu, ils se demandent qui a trahi, s'il s'agit d'anciennes révélations faites par feu maître Estamer, ou si l'un d'eux a repris récemment contact avec Andréas. Sur un ordre muet de leur maître, quelqu'un se lève et va ouvrir, sans cérémonie.

Le jeune Allemand entre, impressionné malgré l'air dégagé qu'il tente d'adopter. Il sait qu'il s'est volontairement jeté dans la gueule du loup, mais qu'il court moins de risque à affronter directement ses adversaires qu'à la petite guerre larvée qu'ils se livrent depuis une semaine. Ce qu'il sait de leur code de l'honneur le rassure : ils n'hésiteront pas à frapper par-derrière celui qu'ils considèrent comme traître, mais jamais ils ne toucheraient à un cheveu d'un hôte qu'ils ont invité chez eux, même si on leur a quelque peu forcé la main.

Et ce soir, il est leur hôte. Sans doute ne pourra-t-il assister à aucune cérémonie, mais partager une soirée, négocier dans le lieu même de leurs réunions secrètes, et peut-être partager le vin, sont un premier pas vers l'acceptation réciproque. Il dévisage ostensiblement celui qui l'a fait entrer. C'est un jeune homme au visage impénétrable, aux traits taillés dans la pierre. Est-ce lui qui l'a agressé le soir de son arrivée ? Pas sûr. Ils savent qu'Andréas s'intéresse à leur gardien et peuvent avoir délégué quelqu'un d'autre pour brouiller les pistes.

Les compagnons sont assis par terre, autour de l'espace de sable impeccablement égalisé où ils traceront demain l'épure du jour. Ils portent tous le même bandeau au front, qui retient leurs cheveux et arrête la sueur dans le travail, mais qui semble ici un signe de reconnaissance. Seul le maître a droit à une chaise, et porte un chapeau à bords relevés semblable à celui des chasseurs. Le même bandeau blanc a été noué autour du chapeau, et il ne peut avoir ici d'autre fonction que symbolique.

Sans un mot, il indique à l'arrivant une place libre, à l'autre bout de la pièce. Le jeune homme s'assied en tailleur, comme les ouvriers, et certains ébauchent un petit sourire à le voir s'empêtrer dans sa tunique blanche. Les deux parties se jaugent un long moment en silence, mais l'incident a manifestement détendu l'atmosphère.

« Je suis heureux, frère Andréas, que vous ayez accepté de vous joindre à nous ce soir. Vous pourrez constater que nos réunions n'ont rien de mystérieux, et rien, en tout cas, de contraire à la doctrine.

— Je vous en remercie, maître Élia. Je suis conscient de l'honneur que vous me faites, et des dérogations qu'il suppose à vos règles. » Il sourit, pour montrer qu'il n'est pas dupe, en parcourant lentement l'assistance du regard. « Et je suis certain, effectivement, que rien de mystérieux ni de contraire à la doctrine ne se produira ce soir.

— Nous sommes ici pour régler à l'amiable une situation qui menaçait de s'envenimer. Nous n'avons rien à vous cacher.

— Alors jouons franc jeu. Vous connaissez les coutumes de Champagne auxquelles vous êtes assujettis tant que vous résidez sur ce territoire. Aucune procédure ne sera engagée contre vous si personne ne réclame justice devant le comte pour le meurtre de votre ouvrier.

— Et personne ne l'a fait.

— La justice civile vous laissera donc en paix. Si le meurtrier n'avait pas donné à son acte les apparences d'un crime rituel, la sainte Inquisition ne se serait pas saisie de l'affaire et ne m'aurait pas demandé d'enquête.

— Aucun d'entre nous, je vous l'assure, ne l'a convoquée.

— Les procédures sont différentes. Notre tribunal peut engager une enquête sur la simple rumeur publique, sans qu'il y ait accusation. Mais si mon enquête conclut que la mise en scène n'était qu'un leurre pour masquer un crime crapuleux, la justice ecclésiastique ne cherchera plus rien contre vous. Ce n'est pas le meurtre qu'elle poursuit, mais le crime de foi.

— Voilà effectivement une façon différente de présenter le problème. En somme, vous renoncez aux menaces ?

— Propositions et menaces sont l'avers et le revers d'une même médaille. Il ne tient qu'à moi de décider si l'affaire est ou non du ressort de l'Inquisition. La médaille ne changera pas, mais vous n'en verrez pas la même face.

— Voilà une responsabilité bien dangereuse, vous en êtes bien conscient.

— N'en croyez rien. Moi vivant, les deux solutions existent. Mais si je disparais… de manière violente… rien ne pourra plus arrêter la justice inquisitoriale. L'assassinat d'un de ses représentants ne reste jamais impuni. Et le meurtre de tout membre du clergé est un acte contre la foi.

— En somme, vous nous faites comprendre à demi-mot que nous n'avons aucun intérêt à vous perdre.

— Et tout intérêt à ce que nous nous entendions.

— Sur quel sujet, si ce n'est pas le meurtre qui vous intéresse ? »

Nous voici entrés dans le vif du sujet, pense Andréas en lui-même. Quoique maître Élia parle d'un ton détaché, le prêcheur est persuadé qu'ils pensent tous deux à la même chose. Le trésor du Temple est entré avec lui dans la chambre du trait. Dorénavant, il ne sera plus question que de lui, mais le sujet ne peut être abordé directement. Il n'est pas si facile de jouer franc jeu. Il sent tous les regards converger vers lui, et une tension de plus en plus forte sur ces visages fermés.

« Peut-être avons-nous des adversaires communs contre lesquels il serait judicieux de nous entendre.

— Encore une fois, à quel sujet ? Les tailleurs de pierre n'ont pas d'ennemis, si ce n'est le travail mal fait et le mauvais payeur.

— Je sais pourquoi vous êtes ici, et je suis sûr que vous savez ce qui m'y amène. Ne jouons pas aux naïfs.

— Vous m'étonnez. N'avons-nous pas été appelés par les hospitaliers, et vous délégué par l'Inquisition ? Ni vous, ni nous, ne sommes ici de notre propre chef…

— Il n'y a pas de hasard quand on travaille pour un noble but. On peut suggérer, on peut refuser. Tout dépend de ce que l'on veut, et de ce qu'on nous propose. N'est-ce pas toujours ainsi que les tailleurs de pierre de Kilwinning ont agi ? Ils ont la réputation de choisir leur chantier plus que de répondre aux demandes. Bien sûr, ajoute-t-il négligemment, vous n'avez jamais entendu parler du trésor du Temple.

— Qu'en savez-vous ?

— Sans doute plus que vous. Car je n'ai pas puisé mes connaissances à une seule source, et l'eau n'en était pas trouble.

— Qui vous permet de juger ?

— Je vois que vous ne niez pas. Ce serait d'ailleurs inutile. Je vous l'ai dit, nous avons intérêt à jouer franc jeu. Les hospitaliers vous ont appelés, dites-vous ? Ils s'intéressent de près au trésor. Vous savez que les biens du Temple leur ont été dévolus, après la dissolution de l'Ordre en 1312. Et ils se sont toujours plaints d'avoir reçu un maigre héritage, en biens immobiliers et non en numéraire. Or la reprise des hostilités contre les sarrasins les oblige à de lourdes dépenses de fortifications en Orient. Hélion de Villeneuve s'efforce depuis longtemps de récupérer les biens mobiliers, où qu'ils se trouvent.

— Cela, nous l'ignorions.

— Quant à l'Inquisition, comme vous le savez, elle est essentiellement entre les mains des dominicains, qui sont de fidèles soutiens du trône pontifical. Or les papes d'Avignon sont en conflit avec l'empereur d'Allemagne, et le trésor leur apporterait une précieuse légitimité. Vous voyez que les hospitaliers, comme l'Inquisition, avaient de bonnes raisons de nous appeler à Coulommiers. Avez-vous vraiment cru à l'extension de leur église ?

— Insinuez-vous qu'ils nous utilisent pour retrouver la trace de ce trésor ?

— Ne soyez pas naïfs. Depuis vingt ans, depuis l'assassinat de mon père pour être précis, on sait dans les milieux bien informés que le maître des frères lais a transmis à votre corporation un des secrets du Temple.

— Un des secrets ?

— Ignoriez-vous que le vôtre, tout seul, est inutile ? »

La surprise de maître Élia semble sincère. Andréas s'aperçoit que sur la foi de leurs légendes, mal comprises, les tailleurs de pierre étaient persuadés que le mot détenu par le maître suffisait pour accéder à la crypte. Il doit leur expliquer le système complexe des trois codes et la raison de cette répartition. Leur étonnement n'est pas feint. Plusieurs, dans l'assistance, semblent effondrés, et maître Élia lui-même reste un moment désemparé. Leur présence à Coulommiers leur apparaît soudain inutile, et les problèmes à résoudre trop complexes. Ce sont d'habiles artisans et d'honnêtes garçons formés par une rude discipline, mais ils n'ont pas l'habitude de naviguer dans les réalités abstraites comme le dominicain.

Très vite cependant ils comprennent que l'union est plus que jamais nécessaire pour parvenir à leurs fins. Le prêcheur prétend connaître un, et peut-être deux secrets. Seul l'emplacement exact de la crypte lui manque, avec le code des compagnons. Ceux-ci sont à nouveau stupéfaits. Ils croyaient sincèrement que le trésor était à Coulommiers et cherchaient depuis leur arrivée l'accès à la crypte dans la petite chapelle qu'ils agrandissent.

Andréas ne peut retenir un sourire devant tant de naïveté. Mais il sait qu'il ne pourra pas en profiter davantage. Sentant leur faiblesse, les Écossais se renferment sur leur silence, et rien ne pourra les décider à communiquer leur code à quiconque. Tout au plus pourra-t-on les convaincre de partager les recherches.

Et le trésor.

Car c'est là, surtout, que le bât blesse. Leurs légendes restent floues sur la nature de ce trésor, mais le mot seul a parlé à leur esprit. Imagine-t-on un trésor sans fabuleuses richesses ? Et l'on ne manque jamais d'idées sur la manière de les dépenser. Maître Élia ne fait aucune difficulté pour évoquer leurs projets, qui n'ont rien de secret.

« Voilà longtemps que nous songeons à organiser un peu mieux le chemin de Saint-Jacques depuis notre pays. Nos anciens prétendent que c'est pour cette raison que notre confrérie s'est mise sous la protection de l'apôtre.

— N'est-ce pas le rôle des autorités civiles et religieuses ?

— Nous l'avons cru jusqu'à ces dernières années. Nous sommes une nation jeune, mon frère. L'Écosse n'a obtenu son indépendance qu'en 1314, et les conflits sont encore nombreux avec l'Angleterre. Comment voulez-vous que les deux rois s'entendent pour une œuvre de cette envergure ? D'autant qu'il ne suffit pas de construire des églises. Il faut des routes, et les rois craignent qu'elles ne favorisent les invasions. Il faut des auberges, et les rois s'imaginent qu'on y logera des troupes. Il faut des hôpitaux, et les rois redoutent qu'ils ne soignent un jour les blessés du camp adverse. Même les églises leur semblent dangereuses, parce que les cloches transmettent au loin des messages codés ! Vous n'imaginez pas à quel point cette peur réciproque de l'invasion peut paralyser les deux nations.

— Mais, en héritiers du Temple, vous ne formiez qu'une seule grande nation.

— Il y a des Anglais et des Écossais parmi nous, et nous n'avons jamais connu de rivalités, même durant les guerres. Grâce à cela, aussi, nous pouvons travailler sur les chantiers des deux pays, et les rois savent que nous ne nous occupons pas de politique. Mais si nous pouvions unir nos efforts pour un projet d'envergure, notre existence serait justifiée. Nous sommes tailleurs de pierre et maçons. Des charpentiers déjà nous rejoignent, et des serruriers pour travailler le fer ! Tous les corps de métiers sont nécessaires sur un chantier de cathédrale. Il faut aussi bien des cordiers pour tirer les pierres que des taillandiers pour nous forger des outils, et des bourreliers pour harnacher les chevaux, des maréchaux pour les ferrer. Tout cela s'organisera un jour en un ensemble unique. Notre projet est vaste et nos idées généreuses. Nous avons des mains pour construire, seul l'argent nous fait défaut.

— Alors, l'idée vous est venue d'utiliser le trésor dont vous gardiez le secret pour financer ces travaux.

— Qu'auriez-vous fait à notre place ?

101

— C'est une noble et généreuse idée. J'en connais qui ont voulu utiliser ce trésor pour appuyer leur ambition personnelle. Mais si je vous abandonne la partie matérielle du trésor, vous vous en contenterez ?

— Que voulez-vous dire ? »

Depuis le début de la conversation, le prêcheur se doute que les tailleurs de pierre ignorent tout de la partie spirituelle du trésor, qui seule l'intéresse. Il ne veut pourtant pas trop en dire. Alors, il évoque des reliques insignes ramenées de Terre sainte par les templiers, et qui seules intéressent son ordre. Des reliques du Christ plus authentiques sans doute que celles qu'on vénère dans les églises pour les avoir achetées à des marchands levantins sans aucune preuve de leur origine.

Le sang, les larmes, le cordon ombilical et même une douzaine de prépuces du Sauveur circulent à travers l'Europe, tout ce qui a pu être abandonné de son corps terrestre lorsqu'il a rejoint le ciel a été répertorié par les fabricants de reliques, sans compter les tuniques, les sandales, les ceintures, le suaire ! Tout cela plus ou moins vrai, plus ou moins faux. Mais l'Ordre établi sur le Temple de Salomon avait accumulé dans ses réserves secrètes des reliques retrouvées sur les lieux mêmes, authentifiées par des autorités incontestables, et qui ne touchent pas seulement à la personne du Christ. On ignore tout de ce qu'ils ont ainsi rassemblé, mais il s'agit d'un trésor fabuleux, parce que authentique. Un trésor spirituel, s'entend.

Les Écossais hésitent. Les églises qu'ils veulent fonder manqueront de reliques, et des pièces aussi prestigieuses ne sont pas à négliger. Mais ils sentent qu'ils n'ont pas le choix. Maître Élia semble perplexe. Il retire son chapeau de chasse, dénoue le bandeau blanc qui l'entoure et le noue sur son front, comme les autres compagnons. C'est sa façon de renoncer provisoirement à son autorité pour leur demander leur avis en toute fraternité. Il n'a pas besoin d'ajouter un mot. Les assistants, qui n'ont pas encore eu droit à la parole et ont écouté en silence, demandent à s'exprimer en se levant. Celui qui a introduit Andréas dans la chambre est le premier à donner son avis.

« John ?

— Avec votre permission, mon maître, nous ignorons encore beaucoup de choses sur le trésor du Temple. Tout ce que nous en a dit notre visiteur n'a fait que confirmer notre ignorance. Et que pouvons-nous en savoir ? Ce qu'il nous en dit. Pouvons-nous lui faire confiance ? Peut-être y a-t-il, dans ces reliques, des pièces beaucoup plus importantes qu'un prépuce du Christ ou que du Précieux Sang. Je ne pense pas que nous ayons intérêt à cette alliance. Ma parole est sœur cadette de ma pensée. »

Celui-là ne m'aime pas, pense le dominicain. Ce ne doit pas être lui qui m'a épargné l'autre jour pour me mettre en garde.

« Peter ?

— Avec votre permission, mon maître, nos légendes évoquent bien, quoique en termes voilés, cette partie spirituelle du trésor. Il y est question de ce qui est plus précieux que l'or, plus pur que l'escarboucle, plus limpide que le cristal de roche. Et elles sont formelles sur ce point : "N'y touchez pas." Peut-être convient-il effectivement de rendre à l'Église ce qui lui revient et de garder pour bâtir ce qui peut payer notre travail. Ma parole est sœur cadette de ma pensée. »

Celui-là sera peut-être un allié, pense Andréas.

« Andrew ?

— Avec votre permission, mon maître, je suis de l'avis de Peter. Les reliques ne nous concernent pas. Laissons-les à l'Église. Mais John a également raison. Nous ne savons rien de leur nature. Peut-être devrions-nous introduire une réserve sur leur valeur, et demander un dédommagement si des pièces plus importantes que prévu s'y rencontrent. Ma parole est sœur cadette de ma pensée. »

Celui-là est pragmatique, se dit le prêcheur. Un allié objectif, qu'il sera plus facile de manœuvrer. Un à un, avec une surprenante discipline, tous les compagnons exprimeront leur avis sur la question. Aucun n'interrompra son voisin, n'insultera son contradicteur. Frère Andréas admire ce respect mutuel, dont certains conciles auxquels il a participé devraient bien s'inspirer.

Maître Élia recoiffe son chapeau pour passer ensuite au vote, qui sera secret. De petites baguettes sont distribuées aux assistants, qui les cassent aussitôt en deux moitiés inégales. Un panier recouvert d'une serviette passe alors dans l'assemblée. Chacun y dépose un des deux bouts de bois, le long ou le court, sans qu'il soit possible de deviner lequel il placera sous le tissu.

La corbeille est alors rapportée à maître Élia, qui en trie le contenu. Sept petits fragments s'opposent à neuf grands.

« Nous unirons nos forces, conclut maître Élia. Mais, en tant que maître de cette assemblée, c'est moi qui en déterminerai les conditions. Et croyez que je serai attentif à toutes les remarques qui m'ont été faites.

— Je suis heureux que la raison l'ait emporté sur la méfiance.

— À présent, scellons notre accord. »

Sur un geste du maître, une grande coupe de vin est apportée, dont la forme intrigue le dominicain. C'est un vaste calice d'étain dont le pied se divise en cinq branches de formes et de directions inégales. En regardant plus attentivement, il s'aperçoit qu'elles figurent trois outils réunis par le sommet : une équerre, une règle et un compas. Sur le vase même sont gravés divers signes qu'il ne connaît pas, sauf un : une croix templière dont la branche supérieure se tord en une longue flamme.

« À notre hôte de porter la première santé », propose le maître en élevant le hanap. Andréas hésite. S'agit-il d'une nouvelle mise à l'épreuve ? Il risque son va-tout.

« Nous boirons pour commencer à la mémoire de maître Jacques.

— Tu n'en as pas le droit, interrompt violemment un des assistants. Maître Jacques nous appartient.

— Le grand maître du Temple brûlé en 1314 sur l'île aux Juifs appartient à tous ceux qui honorent sa mémoire. N'est-ce pas à lui que vous buvez ?

— Qu'en sais-tu ?

— C'est en tout cas à lui que je boirai. Mon maître, frère Henri, avait servi sous les ordres de maître Jacques et m'a transmis sa mémoire. Lui seul connaissait l'endroit exact où a été dissimulé le trésor. Si nous voulons unir nos efforts pour le retrouver, nous communierons dans son souvenir.

— Buvons à la mémoire de maître Jacques, conclut le maître, qui n'était pas intervenu dans la discussion. C'est de lui que nous tenons notre légitimité et notre filiation avec le Temple de Jérusalem.

— Que son nom reste à jamais en nos cœurs, sa croix sur notre épaule et son âme auprès de Celui qui a créé le monde par compas et mesure », murmurent quelques voix, avec réticence.

Manifestement, la plupart désapprouvent de voir le visiteur associé au plus anodin de leurs rites. Mais si maître Élia en a décidé autrement, ils s'inclineront. Celui-ci trempe ses lèvres dans la coupe et la fait passer par sa gauche. Lorsqu'elle arrive à l'autre bout de la salle, Andréas se rend compte que le vin a à peine été entamé. Les libations des tailleurs de pierre ne sont pas des beuveries.

Le dominicain est mal à l'aise. De plus sévères parleraient d'une parodie de l'eucharistie. On a déféré pour moins que cela devant le Saint-Office. Mais il n'est plus ici en tant qu'inquisiteur. Une mission plus sacrée lui incombe. Il trempe à son tour ses lèvres dans le hanap et le passe à son voisin de gauche.

Maître Élia porte alors une santé à la mémoire de maître Gaëtan, et la coupe passe à nouveau de main en main. Et il invite à nouveau son invité à porter un toast. Cette fois, le doute n'est plus permis : il s'agit bien d'un test.

« Je boirai donc à la santé de celui qui m'a appris à vous connaître, et que les plus jeunes d'entre vous, peut-être, connaissent moins que moi. Je boirai à celui qui est lié à ma vie par un fil rouge qu'aujourd'hui seulement, et grâce à vous, il m'est permis de trancher. À maître Estamer.

— De quel droit... commence un des assistants, mais un geste de maître Élia l'arrête.

— À l'assassin de mon père », achève plus bas le jeune dominicain. Et chacun respecte le silence qui suit l'étrange santé. La coupe passe plus gravement encore de main en main et Andréas, en la saisissant, comprend qu'aujourd'hui seulement son pardon est complet. Dans le vin brûlant qui passe ses lèvres se mêlent le sang de son père et le sang de son meurtrier. Leurs âmes sont réconciliées. Il est en paix. Le maître alors se lève pour porter le dernier toast.

« Il nous faut enfin porter une santé que nous n'aurons sans doute plus jamais l'occasion de porter en cette assemblée. À l'hôte qui, pour la première fois, a été admis parmi nous.

— Et à l'accord qu'il est venu conclure. Puisse le vin que nous allons boire tordre les boyaux de celui qui le trahira. »

Andréas a l'impression d'en faire un peu trop, mais il constate que ces jeunes gens aux symboles puissants, habitués à concrétiser en images fortes les pensées abstraites et les actes solennels, sont sensibles à ce langage.

Lorsque l'appel de matines dispersera la séance, maître Élia le prendra familièrement par l'épaule.

« Tu nous as fait grand bien, ce soir. Je redoutais un peu, je te l'avoue, la réaction de mes jeunes, qui maîtrisent mal encore la distinction entre le sacré et le secret. Tu nous as appris à nous connaître, et à nous respecter. Tu ne seras jamais des nôtres, car il faut pour cela savoir manier le marteau taillant plus que la logique d'Aristote, mais nous ne pourrons plus te considérer comme un ennemi.

— Quelque chose de très fort est passé en moi ce soir, maître Élia. Vous m'aurez appris à mieux connaître les hommes.

— Ne te fais pas d'illusion. Contrairement à ce qu'on dit, les pensées ne passent pas avec la coupe, et il y en a encore de bonnes et de mauvaises bien cachées en chacun d'entre nous. Je réfléchirai cette nuit à ce qui s'est dit. Demain, nous tâcherons d'établir une base d'accord. Maintenant, va chanter, petit moine. Une autre vie t'attend. »

Maître Élia a au moins raison sur un point : partager le vin et chanter ensemble ne suffit pas à éclaircir les sombres desseins des cœurs. Deux jours après la réunion, dans la chambre du trait où les compagnons venaient se répartir le travail de la journée, un second corps est retrouvé. Égorgé, lui aussi, et le cœur arraché enfoncé dans la bouche. Mais, au lieu d'avoir la main droite en équerre sur la gorge, on la lui a posée sur le ventre, le pouce et l'index ouverts en compas sur l'aine.

Andréas, qui a aussitôt été prévenu, s'étonne de cette variante. Mais il en comprend aussitôt le sens. Les organes sexuels, sur lesquels se prononçaient les serments les plus solennels dans la Bible, sont ainsi désignés en signe de trahison, comme la gorge indique que le secret n'aurait pas dû la franchir et le cœur, qu'il devait conserver ce qui est passé par la bouche. Le même symbolisme très concret délivre un message similaire, et direct. Quant au compas, il figurait à côté de l'équerre et de la règle sur la coupe dans laquelle il a bu l'avant-veille. Mais pourquoi cette nouvelle mise en scène dont il ne connaît pas d'autre exemple ?

« Vos connaissances sont déduites de vos dossiers, lui a répondu maître Élia. Vous devrez les compléter au fur et à mesure de vos découvertes.

— Vous connaissez la réponse, n'est-ce pas ?

— Comment l'ignorerais-je ?

— Mais vous ne la donnerez pas. Savez-vous que cela suffirait à vous faire appliquer la question ? »

Le maçon rit. Le terme lui semble adéquat, mais en un autre sens. À quoi bon une réponse, quand on n'est pas capable de poser la bonne question ?

« Mes dossiers, comme vous dites, n'enregistrent que des réponses.

— C'est bien leur tort. Combien de trahisons y a-t-il eu dans chaque affaire qu'ils mentionnent ?

— Une seule, à chaque fois… Vous voulez dire… La main en équerre sur la gorge signale le premier compagnon à avoir trahi, la main en compas sur l'aine signale le second, et ainsi de suite, peut-être…

— Vous voyez que la réponse est inutile, quand la question est correctement posée. C'est ainsi que nous formons nos jeunes. Rien ne leur est expliqué, mais nos anciens ne se dérobent jamais à leurs questions. Demandez, et l'on vous donnera ; cherchez, et vous trouverez…

— … Frappez, et l'on vous ouvrira. Vous lisez les Évangiles…

— Que croyiez-vous que nous lisions ? L'Alcoran ? Le Talmud ?

— Et vous croyez donc que si je formulais mieux le problème, je trouverais la solution ?

— Voilà en tout cas une question bien formulée. Elle ne nécessite pas de réponse. »

Et maître Élia est retourné à son travail, considérant qu'il en a assez dit. Il sait que s'il suivait son penchant, il aurait le même défaut que maître Estamer, et sans doute que tous ses prédécesseurs. Chargés d'instruire les jeunes dans les arcanes du métier et de la corporation, les maîtres ont la parole facile et s'émerveillent eux-mêmes des progrès de la connaissance dans les jeunes âmes qui les entourent. Au point de mal faire la différence entre les profanes et les initiés.

Ce petit dominicain lui est sympathique. Il a une réelle soif d'apprendre et n'oppose pas stérilement son savoir livresque et sa logique aristotélicienne au monde plus fluctuant des symboles. Maître Élia serait capable de lui en dire plus qu'il ne doit. Et ce diable de garçon comprend très vite. La fuite est encore la meilleure parade.

Andréas n'a pas conscience du trouble qu'il a éveillé chez le maître des maçons. Il se demande si la solution n'est pas réellement à sa portée, dans la façon d'agencer les éléments du problème. Quelle serait la bonne question à poser ? Le premier compagnon tué avait pris contact avec lui ; il a payé de sa vie sa trahison. Mais le second, qu'avait-il fait ? L'intention de trahir peut sans doute suffire au meurtrier, mais comment s'est-elle manifestée ?

Parmi les assistants à l'assemblée de l'avant-veille, certains étaient franchement ouverts à une collaboration avec le dominicain ; d'autres violemment hostiles, et beaucoup, prudents ou hésitants. Contrairement à son premier réflexe, ce n'est sans doute pas parmi les plus intransigeants qu'il doit chercher le coupable : la victime ne se serait pas ouverte à l'un d'eux de son intention de parler au prêcheur. Cela aurait été signer son propre arrêt de mort.

Il a dû y avoir des discussions vives entre les tailleurs de pierre, et surtout entre les hésitants. Peut-être même le meurtrier a-t-il caché son jeu en plaidant pour la collaboration ? Un compagnon tenté de trahir se serait plus facilement ouvert à lui.

Est-ce la bonne façon de poser la question ? En tout cas, Andréas en déduit que, en toute logique, il lui faut chercher le coupable parmi ceux qui lui sont le plus sympathiques. Voilà qui ne facilitera pas son enquête.

Celle-ci risque d'ailleurs de se compliquer d'un autre côté. Le matin même où a été retrouvé le second corps, le prieur des hospitaliers l'a fait mander. Deux cadavres retrouvés chez lui, même si l'affaire ne le concerne pas directement, cela devient préoccupant. La réputation de sa commanderie est en jeu.

Si frère Andréas se sent capable de mener seul, et rapidement, l'enquête, il est normal qu'il laisse la priorité à la justice ecclésiastique. Sinon, lui-même fera appel à la justice comtale et portera l'affaire devant les juges civils. N'importe qui peut ouvrir une procédure accusatoire, et le prieur peut à bon droit se sentir lésé dans cette affaire.

D'un autre côté, s'il se confirme que les Écossais règlent des comptes entre eux, il mettra fin immédiatement à leur contrat. Ce n'est pas pour cela qu'il a fait appel à eux. Dans tous les cas, il serait urgent que frère Andréas conclue son enquête.

« Disons, d'ici la fin de la semaine ? Cela vous laisse trois jours pour résoudre l'affaire ou la passer. Mais vous comprendrez que je ne puis attendre, qui sait ? un troisième meurtre, ou un grand règlement de comptes dans l'enceinte de ma maison.

— Je vous promets de faire mon possible, mon père. Et de transmettre le dossier si mes forces ne suffisent pas à le résoudre. »

Peter pousse un juron du plus bel écossais en descendant de cheval dans un bourbier savamment entretenu par les giboulées. Une vieille paysanne qui passe à sa hauteur se signe à tout hasard, convaincue par le ton que les deux mots proférés dans une langue inconnue, mais aux accents bien barbares, ne doivent pas avoir un sens très chrétien.

Il en a de belles, frère Andréas, d'envoyer un messager au Mesnil comme s'il était tout évident de retrouver trois femmes évaporées dans la campagne autour d'un château en ruine. Voilà le troisième village où il demande de leurs nouvelles, et on a enfin daigné lui indiquer la maison du bailli. Mais il a eu le temps d'être trempé jusqu'aux os et crotté jusqu'à la tête.

C'est un brave diable de bien méchante humeur qui frappe à la porte de l'officier seigneurial pour s'enquérir de Marie. Heureusement, la servante, habituée à éconduire les importuns et à écouter avec patience les doléances, ne se laisse pas démonter par l'humeur fracassante du visiteur. Elle l'introduit dans la cuisine, où il pourra sécher ses vêtements et décrotter ses houseaux en attendant qu'elle prévienne les invitées de monsieur le bailli. Elle appuie sur le « monsieur », comme si son office dans la maison était d'apprendre la politesse aux villageois rustauds venus se plaindre au représentant du seigneur.

En fait, l'Écossais mal luné ne verra qu'une seule des trois amies, et tout aussi bougonne que lui. Avec Fénice, restée seule au logis, sa mauvaise humeur trouvera écho à sa taille.

« Eh bien, l'homme, on me dit que vous voulez parler à Marie. Que lui voulez-vous ?

— Par Dieu, la femme, mon nom n'est pas l'homme, mais Peter, et si vous n'êtes pas Marie, je n'ai rien pour vous, sinon mon insolence pour répondre à la vôtre.

— Et elle trouvera à qui parler, sire Peter. Sachez que mon nom est Fénice, et qu'en l'absence de Marie je suis la seule à pouvoir vous dire où elle est. Alors prenez-le de moins haut.

— Si Fénice il y a, Sa Gracieuseté Fénice de Grognon-Minois daignera-t-elle me dire où je puis trouver Marie de Cachez-moi ? C'est frère Andréas qui m'envoie.

— Frère Andréas choisit bien ses gens pour faire ses commissions. Avez-vous été délégué auprès des dames pour vos manières courtoises ?

— Non, mais parce que je parle français. »

Pour le coup, Fénice en a le souffle coupé. En voilà un qui ne s'embarrasse guère de manières, et qui n'en est pas honteux pour deux sous. Mais cette franchise de caractère, sinon cette brusquerie de manières, lui plaisent. Cela la change des jolis discours trompeurs et des galanteries mensongères de Thibaut. Sa colère ne s'apaise pas pour autant, car le jeune homme n'en était que l'exutoire, et non la cause. Mais son ton s'adoucit.

« Vous avez raison. Les manières courtoises sont moins utiles qu'une langue commune si l'on veut s'entendre. Faisons une trêve et parlons bref. Que lui veut-il, à Marie ?

— D'abord savoir où elle est. Il m'a envoyé au Mesnil, sans me dire que le château était inhabitable et qu'il faudrait la chercher dans tous les villages des environs. Foi de maçon, ce n'est pas honnête de laisser logis de cette importance dans un tel état. Avec mes gars, si vous avez le temps et l'argent, on vous en fera la plus belle forteresse de France.

— Mais nous n'avons ni le temps, ni l'argent, ni le souci de ce château. Trêve de balivernes…

— Balivernes, la pierre ? C'est un blasphème, demoiselle !

— Prenez-le comme bon vous semblera. Nous avons été escortées jusqu'ici par des hospitaliers qui sont retournés à Coulommiers. On sait où nous trouver, et de moins bien intentionnés que vous y ont réussi.

— Mais nous ne tenons pas à ce que les hospitaliers soient au courant de nos trafics. Pour eux, Marie est une

113

orpheline de passage venue retrouver les terres de son enfance, sans rapport avec les artisans écossais et les dominicains allemands. Il vaut mieux qu'ils en restent convaincus.

— Dois-je conclure qu'il s'agit du trésor du Temple ?

— Vous êtes au courant ?

— Cela vous prouve bien que vous pouvez me parler comme à Marie. J'en sais au moins autant qu'elle sur la question. »

Le tailleur de pierre hésite. On ne lui a pas appris, dans son ordre, à partager aussi facilement des secrets de cette importance, et les informations sont distillées selon une savante hiérarchie des fonctions. La liberté avec laquelle la jeune fille parle du trésor à un inconnu lui semble suspecte.

Il vide d'un trait le gobelet de vin que lui a versé la servante pour le réchauffer en attendant Fénice et semble chercher l'attitude à adopter au fond de sa timbale. La psychologie n'est pas son fort, et la moindre contrariété dans sa mission le laisse désemparé.

Fénice sent son malaise, et elle prend un malin plaisir à l'entretenir. Elle s'installe face à lui, à califourchon sur le banc, accoudée à la table dans un déhanchement quelque peu provocant. D'autorité, elle se sert une timbale de vin et remplit celle de l'hôte. Le jeune homme, habitué à la réserve des femmes du Nord, est un peu choqué par les manières franches de la sensuelle Levantine. Mais sa compagnie ne lui semble pas désagréable. Il sent d'ailleurs qu'il ne s'agit pas d'une attitude familière, de caractère, mais d'une réaction à un désappointement passager.

Car Fénice se sent délaissée. Depuis qu'ils sont arrivés au Mesnil, elle a l'impression d'être tenue à l'écart

114

du groupe, comme si les deux jeunes filles, qui ont des souvenirs communs dans le château en ruine, avaient ressoudé leur amitié sans égard pour elle. Elles ne l'ont pas tenue au courant de l'intérêt qu'elles portaient à la tapisserie jadis pendue dans l'escalier et qui, peut-être, contient de façon cryptée le plan d'accès au trésor.

Le bailli, autant par peur d'être engagé dans un procès sur les biens de la comtesse qu'il s'est appropriés, que par la convoitise d'en acquérir bientôt d'autres, à bas prix et de façon toute légale, leur a signalé quelques paysans et seigneurs des environs chez lesquels il avait remarqué des objets disparus du château. Marie a alors entrepris d'aller leur rendre visite, accompagnée d'Isabeau pour représenter son frère jumeau, le petit Crapaud dont tout le monde se souvient, et de Thibaut, parce que la présence d'un homme est indispensable pour d'aussi délicates tractations.

Un peu partout, on les a accueillis avec méfiance. On commençait par nier posséder de tels biens, puis on mettait en doute leur rapport avec la comtesse Mathilde, enfin on écartait toute implication dans le vol et on protestait de l'achat en bonne et due forme des meubles incriminés. Il fallait à chaque fois que Marie renouvelle ses promesses de racheter les pièces qui lui tenaient à cœur et de légaliser sans frais l'achat des autres, pour que les langues se délient et qu'on consente à lui montrer les moins précieux. La quête de la tapisserie sera longue et difficile.

À aucun moment, Fénice ne s'est sentie associée à ce projet. Bien sûr, elle n'est ni parente ni amie de la famille, mais on aurait pu le lui faire comprendre de façon plus courtoise. Elle en ressent un double dépit. D'abord, se sentir écartée de la course au trésor, dont pourtant se considère en partie héritière ; ensuite, de voir se restaurer l'amitié, sinon la tendresse, entre Thibaut et Marie, qui ont renoué leur relation comme si la jeune Levantine n'avait jamais existé.

Bien sûr, elle ne veut plus de ce chevalier volage et trompeur. Mais elle aurait au moins espéré la même dignité chez Marie, et un peu plus de pudeur de la part des amants, qui filent le parfait amour devant celle qui a partagé d'ardentes nuits avec le chevalier.

Comment s'étonner que son caractère s'assombrisse et qu'elle passe sa rage sur la première victime qui lui tombe sous la main ? Elle n'a servi qu'à soulager un moment les sens d'un garçon grisé par l'Orient et trop faible pour jouer à l'amour de loin ? Eh bien, elle entrera dans son rôle de courtisane, au détriment du premier garçon bien bâti qu'elle croisera, et dont lui plaît l'embarras, de plus en plus visible. Peter, pour prendre une contenance et rompre le silence ambigu qui s'est installé entre eux, se jette brusquement à l'eau.

« Les affaires se précipitent à Coulommiers. Frère Andréas et notre maître d'œuvre se sont mis d'accord pour associer leurs efforts. Nous pensons que la découverte du trésor n'est plus qu'une question de jours. Et la présence de Marie sera alors nécessaire. Et puis, il y a eu une autre mort parmi nous. Nous ne pouvons travailler dans cette peur permanente. Il vaut mieux que le trésor soit trouvé et que les esprits se calment. Et puis, le prieur des hospitaliers a fixé dimanche comme ultimatum.

— Et puis, et puis ! En voilà bien beaucoup pour cacher l'essentiel : notre petit moine est amoureux de Marie et il n'ose même pas se l'avouer à lui-même.

— Qu'en savez-vous ?

— Croyez-moi, je m'y connais un peu en la matière. Même si je ne distingue pas toujours l'amour du désir, je sais quand un homme a envie d'une femme. »

Le garçon rougit, s'étrangle avec la gorgée de vin qu'il avale pour se donner une contenance, et tourne le dos à la jeune fille, bien décidé à ne pas relever ses provocations. Parce qu'elle a diablement raison : malgré lui, Peter se sent attiré par cette fille au caractère bien trempé et aux manières aguicheuses. Et lui non plus ne fait pas très bien la différence entre les sens et les sentiments. Une distinction naturelle dans les gestes provocants et les propos ironiques de Fénice le retient de croire à une courtisane ou à une dévergondée. Cette fille a un mystère qui le séduit plus que sa beauté ou ses agaceries exagérées.

Et Fénice le trouve touchant, ce lourdaud qui, non content de ne pas savoir trousser le compliment, n'est pas même capable de remarquer l'insolence de ses paroles comme de ses silences. Ce n'est encore qu'un jeu pour elle, mais, par le seul fait qu'elle prenne plaisir à le prolonger, une complicité de chat et de souris est en train de naître entre eux. Elle a soudain pitié de l'embarras du jeune homme, et un peu honte de sa conduite.

« Votre message est délivré, Peter, et il sera transmis. Mais comment ferons-nous pour retourner à Coulommiers sans attirer l'attention des hospitaliers ?

— Frère Andréas a tout prévu. Il a cherché un logement pour vous au village, à cent pas de la commanderie. Les moines ne sauront pas que vous êtes de retour. Et puis, ils n'auront pas le temps de l'apprendre. Il f[aut] que nous retrouvions bien vite ce trésor.

— Cela semble vous travailler autant que le d[...] cain.

— Pas pour les mêmes raisons. J'en ai assez, et nous sommes quelques-uns dans mon cas, de la menace qu'il fait peser sur nous. Je suis convaincu que tout cessera quand il sera trouvé. Qui que ce soit qui s'en empare. J'ai trop souffert à cause de ce maudit trésor.

— Trop souffert ? Que voulez-vous dire ?

— Mon oncle en est mort. »

Fénice se fait grave, soudain. Le jeu est terminé. Elle aussi se souvient de son oncle, le templier de Quarantaine, maudit toute sa vie et finalement tué à cause de ce trésor. Elle porte une même blessure dans son âme, et la même haine pour cet or et ces reliques qui n'apportent que le malheur et la désolation. Peter est le neveu de maître Estamer, qui a porté toute sa vie le remords de son crime et qui s'est tué l'année dernière après avoir rencontré Andréas. Les deux jeunes gens échangent leurs souvenirs et leurs rancœurs. Ils se sentent victimes tous les deux d'une histoire trop grande pour eux, qui ne rêvaient que de bonheur simple et de vie paisible. Les grands secrets exaltent les grandes âmes. Mais ils broient impitoyablement les humains aux ambitions plus restreintes, comme un char emballé écrase sans s'en soucier les petits piétons du bonheur qui croisent sa route.

« Tout cela, ce sont nos oncles. Paix à leur âme. Mais nous, vous verrez, nous serons heureux.

— Dieu vous entende, demoiselle. »

Ni l'un ni l'autre n'a osé ajouter : « Nous serons heureux ensemble. » Et pourtant, chacun l'a pensé. La graine fleurit mieux dans les terres brûlées. Un étrange amour, qui menaçait de se dessécher dans les propos blessants et les attitudes provocantes, a pris tout à coup racine dans le petit coin en cendres de leur âme.

Le retour à Coulommiers, d'ailleurs, arrange bien Thibaut. Sa fuite de Paris n'est pas passée inaperçue, et l'oncle cardinal a aussitôt craint qu'il ne soit parti à Coulommiers épouser clandestinement Marie. Comme le secret du Temple intéresse plus que jamais le destin de la Couronne royale, il a facilement obtenu de Philippe VI une petite troupe à lancer à sa poursuite.

À la commanderie de Coulommiers, on n'a fait aucune difficulté pour signaler le passage du chevalier et son départ pour Le Mesnil avec les trois demoiselles qui logeaient chez les hospitaliers. Ceux-ci, qui avaient escorté Marie jusque chez le bailli, ont été suffisamment précis pour que, dans l'après-midi même, le petit détachement royal frappe à la porte de l'officier seigneurial.

Le brave homme, rompu par ses fonctions aux finesses du discours politique, a vite établi dans sa tête l'équilibre entre sa peur du pouvoir royal, son intérêt matériel dans la succession de la comtesse Mathilde et l'affection qu'il conserve malgré tout pour la petite héritière. Il a répondu évasivement que la troupe était repartie faire le tour des châtelains et des baillis des environs, ce qui était vrai, et a oublié de préciser qu'elle ne tarderait pas à rentrer.

Mais après ce mensonge par omission il ne tient pas à garder trop longtemps les fugitifs chez lui. Il ignorait qu'ils étaient recherchés par la justice royale, et craint surtout de voir les soldats revenir bredouilles et constater qu'on leur a caché la vérité. La visite de la veille explique en partie la méfiance de Fénice, quand Peter est venu chercher Marie. On se défie désormais de ce qui vient de Coulommiers, dans la maison.

Pourtant, quand ils sont rentrés, bredouilles, de l[a] recherche dans les environs, Thibaut et les deux a[utres] se sont montrés enchantés de la suggestion d'y ret[...]

Personne ne les cherchera là-bas, puisque les soldats y sont déjà passés. Personne n'imaginera qu'ils ont trouvé refuge dans la première ville où le cardinal avait dépêché ses troupes. Quant à Fénice, elle est secrètement contente d'être désormais tout près de Peter.

Celui-ci a logé le soir chez le bailli, sur la paillasse installée dans la grande pièce pour Thibaut. Fénice, qui partage toujours le grand lit avec les deux amies, se désespère que l'amour soit ici bien plus compliqué que dans sa vallée de Quaranteine. Mais elle ne se fait guère d'illusion. Quoique exilée et sans protecteur, elle n'en reste pas moins la nièce de feu Pierre de Vaurezis, tout petit baron sans alliance, sans doute, mais petit baron quand même.

Le tailleur de pierre a bien senti la différence sociale, tout à l'heure, et il ne tentera pas de faire vers elle un premier pas qui risquerait de lui coûter cher. Si elle veut son petit Écossais, il faudra qu'elle aille le prendre elle-même, en dépit des préjugés sur la différence de naissance et sur la passivité du sexe féminin.

Le lendemain, dès l'aurore, les deux garçons et les trois filles se sont remis en route. Sans escorte, cette fois, mais le bailli leur garantit que les routes sont plus sûres dans la région depuis quelques années. De toute façon, Thibaut, plus amoureux que jamais, ne craint rien et prendrait pour une offense personnelle toute allusion dubitative sur le soutien qu'il peut apporter à sa dame.

« Le chevalier assurera la protection de son harem », a persiflé Fénice, et Peter a apprécié l'ironie féroce de la éplique. Une maîtresse femme, décidément.

Mais le chevalier n'en a que faire. Tout le long des lieues qui séparent Le Mesnil de Coulommiers, il Marie de s'engager avec lui avant qu'il ne soit trop tard, que son oncle ne les retrouve et ne les sépare à nouveau.

« Il suffit d'une phrase : "Je te prends en nom de mariage", et nous sommes mari et femme devant Dieu, pour l'éternité, et mon oncle et l'Église elle-même ne pourront rien y changer. C'est si facile, Marie, nous n'encourons qu'une légère sanction ecclésiastique et personne ne peut plus rien contre nous. Si tu le veux, si tu le dis, nous sommes mariés avant d'arriver à Coulommiers.

— Joli mariage ! Les étudiants se marient à la taverne avec les filles d'auberge qui les ont soûlés, et les chevaliers se marient au fond des bois avec les animaux pour témoins.

— Nous n'avons pas besoin de témoins. Ta foi et la mienne suffisent. D'ailleurs, s'il le fallait, Isabeau, Fénice et Peter y pourvoiraient.

— Non, Thibaut, ce n'est pas cela que je veux. Je serai ta femme à la face du monde et de l'Église, et ton oncle lui-même bénira notre union.

— Peut-être pourrait-on le convaincre...

— Comment ?

— Il veut assurer mon établissement par un riche mariage. Mais si je revenais avec le trésor du Temple, ma position serait assurée au Parlement, sinon au Conseil du roi. Je crois à présent que frère Andréas a raison de dire que toi seule peux t'approcher indemne de ce trésor. Mais ensuite, tu es libre d'en faire ce que tu souhaites...

— Par exemple, de le donner au roi de France pour assurer ses droits face à l'Angleterre ? Oh, Thibaut, tu finiras par me faire croire qu'Andréas a également raison quand il te soupçonne de ne m'aimer que pour cela.

— Marie, si tu doutes de mon amour, arrache-mon cœur avec cette dague.

— Pourquoi toujours exagérer ? Ta mort ne me rendrait pas ton amour.

— Et le trésor ne pourra pas l'augmenter. Il nous encombrerait plutôt comme une menace permanente.

— Nous avons une mission, que nous n'avons pas choisie, mais à laquelle nous ne pouvons plus nous dérober. Si ce trésor m'a été destiné, c'est pour qu'il soit révélé dans un monde uni et pacifié, et qu'il ne profite pas aux petits calculs politiques d'un seul roi. Nous devrons le cacher plus sûrement tant que les hommes ne seront pas à même de le comprendre. Voilà le seul usage que je veux en faire.

— Qu'il en soit fait selon vos désirs, ma dame. Je ne peux que m'incliner devant leur sagesse. »

Et Thibaut, un peu déçu, un peu froissé, éperonne son cheval pour trottiner devant son amie. Marie soupire. Le trésor à nouveau se met en travers de sa vie sentimentale. Mais cette fois, elle sait qu'elle a raison. Avec d'autres mots, et pour d'autres motifs, elle pense la même chose qu'Isabeau et que Fénice. Le trésor est un rêve d'homme, mais il appartient au monde des femmes. Pourquoi la paix ne peut-elle être conquise qu'à la pointe des armes ?

Le soleil, aujourd'hui, a réussi à percer plus durablement les nuages et, depuis leur départ du Mesnil, les giboulées n'ont pas encore troublé sa course. Sans doute les sous-bois où ils chevauchent sont-ils encore humides, mais les rayons qui transpercent les ramures réchauffent déjà l'air frais du printemps. L'homme et la femme sont l'impossible et nécessaire mariage entre le feu et l'eau. ⸱t son amour pour Thibaut a déjà l'impalpable consis- ⸱ce du brouillard où se marient les éléments contraires. ⸱t s'en réjouir, même si l'on doit y chercher sans fin ⸱s la main de l'être aimé.

# 4

## PETER

L'atmosphère est lourde dans la chambre du trait où les maçons écossais viennent de partager le vin. Les deux assassinés sont dans tous les esprits, et les paroles de frère Andréas, lorsqu'il a été admis dans l'assemblée, en ont troublé plus d'un. La quête du trésor leur semblait déjà difficile, elle est devenue dangereuse, et la voilà, peut-être, moins légitime qu'ils ne l'avaient cru. Sont-ils les héritiers des templiers, s'ils ne possèdent qu'un tiers du secret ?

Alors, puisque la réponse est contenue dans l'énoncé correct de la question, ils ont interrogé de nouveau les anciennes légendes où leur premier maître a jadis enfermé le secret du trésor qu'il voulait leur léguer. Les anciens ont fouillé dans leur mémoire pour transmettre les mots aux cadets. Et, dans la communion des âmes scellée par le vin partagé au nom du fondateur, les souvenirs ont peu à peu pris l'épaisseur du mythe.

« Mon compagnon, que disait notre maître du trésor
— Maître Gaëtan utilisait rarement ce terme. Il p
lait du salaire qui nous serait payé lorsque le tr

serait accompli. Mais jamais il n'a précisé quel était ce travail, ni quel serait son prix. Peut-être est-ce une œuvre matérielle, peut-être une œuvre spirituelle ; peut-être est-ce un salaire en bon argent trébuchant, peut-être la simple satisfaction du travail accompli.

— Nous avons toujours cru qu'il s'agissait du chemin de Saint-Jacques que nous donnerions à l'Écosse. Mais pour cela, le trésor doit nous être donné avant, pour l'achat des matériaux, non comme salaire des ouvriers, sinon, comment acheter les matériaux ? Maître Élia, nous sommes-nous trompés ?

— Si l'on en croit les paroles du jeune dominicain, l'œuvre à accomplir serait l'union de toutes les nations et de tous les ordres de la société chrétienne. C'est une tâche immense, au-dessus de nos forces. Nous sommes trop peu nombreux pour l'entreprendre. Maître Élia, avait-il raison ? »

Le maître soupire. Il n'a pas de réponse toute prête, pas de consolation pour ceux qui ont peur du meurtrier, pas de conseil pour ceux qui craignent ou qui espèrent l'alliance avec le dominicain. Les ouvriers sont désemparés et les légendes restent muettes. Il faut les interroger encore.

« Que disait notre maître du salaire qui nous serait dû ?

— Il disait : "Dans un petit oratoire, dans la bonne terre de France, sont conservées les deux colonnes d'airain fondues par maître Hiram pour le Temple de Salomon. Notre salaire est à celle de droite, mais nous devons travailler à devenir celle de gauche." Il parlait de l'avoir et de l'être, l'un et l'autre seraient notre récompense.

— Il ajoutait : "Malheur à qui s'approche de la colonne compagnons sans connaître le mot et le chiffre. Car elle a mesure de l'équerre et de la main qui la tient." Ces signes, les connaissons-nous, maître Élia ?

— Nous les connaissons.

— Il disait : "Malheur à qui s'approche de la colonne des maîtres sans connaître le mot et le chiffre. Car elle a mesure du compas et de la main qui le tient." Sont-ce les mêmes signes, maître Élia ?

— Nous l'avons toujours cru.

— Mais le dominicain prétend connaître un autre mot, un autre chiffre. Il a beaucoup fouillé dans nos secrets, est-ce là qu'il les a trouvés ? Avez-vous le mot et le chiffre du maître ?

— J'ai ce que m'a transmis maître Loram, héritier de maître Estamer, qui le tenait de maître Gaëtan, premier disciple de maître Jacques. Mon successeur, et lui seul, en aura la mémoire. Vous n'avez pas besoin d'en savoir davantage. »

Les ouvriers baissent la tête, insatisfaits. Jusqu'à présent, ils acceptaient que certains secrets ne soient détenus que par une seule mémoire, et passent de bouche de maître à oreille de maître. Mais depuis leur conversation avec le dominicain, le doute s'est installé en eux. Sournoisement, d'abord. Puis, par allusions entre eux, ils se sont rendu compte que tous se posaient la même question. Et si le secret de maître Élia ne cachait que son ignorance ? Si la chambre était vide, derrière le rideau du Temple ?

Un ancien se lève alors et, sans un mot, sur le sable balayé au centre de la pièce, inscrit d'une main sûre un tracé connu, celui du Temple de Salomon encadré des deux colonnes où le salaire a été promis à ceux qui connaissaient les signes. Puis il plante sa canne au centre au sommet de l'escalier aux cinq marches, dans la porte même du saint lieu. Il lève lentement les yeux vers maître Élia, le regarde fixement.

« Vous avez connu maître Loram. J'ai connu maître Gaëtan. À la fin de sa vie, il parlait d'une troisième colonne. La colonne invisible, que maître Jacques a placée devant la porte du Temple pour en interdire l'entrée à qui n'en était pas digne. L'équerre et le compas ne suffisent pas.

— Et qu'en disait-il, de cette troisième colonne, maître Rombau ?

— "Malheur à qui s'approche de la colonne de Dieu sans connaître le mot et le chiffre. Car elle a mesure du taillant et de la main qui le tient." Qu'entendait-il par là, maître Élia, le savez-vous ? Qu'est-ce que le taillant qui complète l'équerre et le compas ?

— Je l'ignore. Maître Loram ne m'en a jamais parlé. Sans doute est-il mort trop tôt pour achever mon initiation.

— Et voilà pourquoi vous nous avez menés dans cette quête du trésor, qu'aucun maître n'avait entreprise jusqu'à vous. Vous avez cru qu'il nous était destiné, maître Élia, parce que vos informations étaient incomplètes. Vos prédécesseurs étaient mieux informés, et plus circonspects.

— Je respecte votre savoir, maître Rombau, respectez ma fonction. »

Le vieux maître se rassied, sans cesser de fixer celui qui les a lancés trop tôt dans cette folle aventure. La discipline lui ferme la bouche, mais ses pensées traversent ses yeux et planent dans la salle. Bien des compagnons s ont saisies. La question a été formulée : à quel salaire avons-nous droit ? Le partage proposé par le moine n'est-il pas légitime, s'il détient une partie du secret auquel les compagnons n'ont pas eu accès ? La partie matérielle pour les bâtisseurs, la partie spirituelle pour les religieux ? Les deux colonnes ont répondu.

Deux colonnes, deux trésors... Sans doute... mais la troisième ? Maître Élia, qui a senti la question passer à travers la salle, comprend alors qu'il reprend l'avantage. Sans doute, l'unique mot, l'unique chiffre qu'il connaît ne lui donnent-ils accès qu'à la colonne de droite, au trésor matériel. Mais frère Andréas n'a parlé que de deux trésors... La conclusion s'impose.

« Le prêcheur nous a menti.

— Que voulez-vous dire ?

— Il a parlé de trois secrets, de trois ordres, de trois nations. Mais de deux trésors. Nous l'avons cru : qu'avons-nous à faire des reliques, s'il nous abandonne l'or et l'argent ? Mais qu'y a-t-il dans la troisième colonne ?

— La colonne de Dieu ne peut contenir qu'un secret terrible. Qui en serait digne ?

— Peut-être cette héritière à laquelle le frère prêcheur faisait allusion ? Lui-même ne voulait pas y toucher. Rappelez-vous l'histoire du chevalier de Quarantaine, qu'il nous a racontée. Celui-là avait osé le sacrilège, et en a été sévèrement puni. Ce trésor n'est pas pour nous, maître.

— Ni pour lui. Il nous a menti, je vous dis, et en connaissance de cause. Quel peut être ce secret si terrible que ses gardiens n'osent pas même en dévoiler la nature ?

— Avec votre permission, maître, notre légende d... "Elle a mesure du taillant." Nous sommes les se...

œuvrer du marteau taillant. Cette partie du trésor nous est destinée. L'équerre mesure la terre ; le compas mesure le ciel. Mais seul le taillant œuvre pour réunir le haut et le bas, l'âme et le corps, l'esprit et la matière. Ce sont nos mains, maître, qui le tiennent.

— Si cela est, le secret est trop lourd pour le prêcheur lui-même. Il n'appartient qu'à celui qui a réussi à unir le ciel et la terre, le compas et l'équerre, par le travail du taillant. Nous en sommes loin encore, mes frères.

— Et qu'en déduisez-vous ?

— Qu'il faut nous défier du menteur. Il peut nous conduire vers le trésor, mais il a la langue et l'esprit d'un voleur. Qu'il prenne ce à quoi il a droit, et nous ce qui nous est destiné. Mais malheur à celui qui s'approche de la colonne de Dieu. La colonne invisible contient une menace. Maître Gaëtan le savait, qui nous a mis en garde de façon couverte. Il nous faudra interroger encore nos légendes : sans doute a-t-il inscrit ailleurs la nature de cette menace, et de ce trésor. Alors seulement, nous pourrons prendre la décision qui s'impose. »

Maître Élia est soucieux lorsque se séparent ses ouvriers. La situation s'est éclaircie dans son esprit, mais de nouveaux doutes ont surgi, et le trésor s'éloigne au fur et à mesure qu'il en approche. Pour la première fois, son devoir ne lui apparaît pas avec la netteté de l'épure. Et que peut bâtir un maître d'œuvre s'il ne peut plus inscrire le tracé dans le sable d'une main qui ne tremble pas ?

« C'est bien, ils sont revenus.

— Je comprends mal, monseigneur… mon frère…

…t pour les faire partir que vous m'avez demandé de

renvoyer les soldats du roi à Paris. Pourquoi vous réjouissez-vous à présent de les revoir à Coulommiers ?

— Mais pour qu'ils puissent revenir sans la menace permanente de cette surveillance. À présent, ils se croient à l'abri du roi, et à l'abri de vous-même, puisqu'ils ont trouvé à se loger en dehors de la commanderie. Ils ne se méfieront plus et reprendront leur quête le cœur léger... et inattentifs.

— Mais nous les tenons à l'œil, rassurez-vous.

— J'y compte bien. Si le dominicain les a fait venir, c'est qu'il se sent proche du trésor. Et s'il a envoyé un tailleur de pierre à leur recherche, c'est qu'ils ont passé accord pour le partage avec les Écossais. Dans ce cas, nous avons peut-être un atout supplémentaire.

— De quelle manière ? »

Le gros homme ferme à demi ses petits yeux bouffis en suçant rêveusement un loukoum. Voilà quelques années qu'il recherche, lui aussi, le trésor du Temple, et ses fonctions au sein de son ordre lui ont ouvert certaines portes, avec le prétexte évident de restituer intégralement à l'Hôpital l'héritage qui lui a été attribué. N'est-ce pas la mission qui lui a été confiée lorsqu'on l'a nommé grand visiteur pour la chrétienté occidentale ? Il s'agit d'une fonction importante, qui donne accès aux plus grands de ce monde.

À Londres, l'année dernière, il a entendu parler des tailleurs de pierre de Kilwinning qui, lors du coup de filet de 1307 contre le Temple, ont recueilli en leur sein un haut dignitaire de l'Ordre. Le roi Édouard ne s'en est pas formalisé : la chasse aux templiers n'a jamais été ouve... dans son royaume, et il a d'autres soucis à présent ... convoite la couronne de France. Mais l'hospit...

appris à cette occasion que des rivalités naissaient parmi les compagnons tailleurs de pierre de Bretagne la Grande. Depuis la victoire de Robert Bruce, lorsque le nord de l'île s'est constitué en royaume indépendant, Anglais et Écossais se regardent avec défiance.

Ces divisions, le grand visiteur a commencé à les utiliser à son avantage. En promettant son soutien à la faction anglaise, il a établi certains contacts au sein même de la confrérie. Son argent n'est pas étranger à l'accession de maître Élia à sa tête, à la place de maître Rombau qui avait pour lui l'ancienneté, la tradition de maître Gaëtan, et le soutien de la faction écossaise. Certains compagnons savent encore gré au grand visiteur des hospitaliers de cette victoire du parti anglais. Grâce à eux, il garde un œil sur les accords passés avec le dominicain.

« J'ai appris que le messager envoyé au Mesnil pour faire revenir les filles n'avait pas été insensible aux charmes de la Levantine. Cela peut nous aider à garder contact avec la prétendue héritière. Il nous faut favoriser ces amours.

— Mon frère ! Quel rôle nous faites-vous jouer !

— Ou, si vous préférez, ne rien faire pour les contrarier. Je ne vous demande pas d'abriter sous votre toit un couple illégitime de tourtereaux, mais de ne pas être trop vigilant sur les sorties du jeune Peter. Grâce à lui, et sans qu'il s'en doute, nous serons tenus au courant de ce que trament le dominicain et ses amis. »

Le prieur fait une moue dubitative. Tout cela ne lui ît pas trop. Sans doute a-t-il baigné tout jeune dans les ux proches du pouvoir où les intrigues politiques onnaie courante. Mais la première chose qu'on lui a apprise est de n'y tremper que pour son propre compte. Ici, ce n'est pas lui qui tire les ficelles, et il risque surtout, si cela tourne mal, de se voir attribuer toute la responsabilité de l'échec tandis que le grand visiteur tirera son épingle du jeu. On n'hésitera pas à punir un petit prieur de campagne pour épargner un haut dignitaire.

D'un autre côté, si tout fonctionne comme il le souhaite… Après tout, que risque-t-il ? On lui demande de fermer les yeux sur ce qui se passe dans sa commanderie. Amours profanes, négociations douteuses, meurtres… Peut-être passera-t-il pour un incapable, mais non pour un complice. En cas d'échec, le poste de maître pour la province de France s'éloignera un peu plus ; en cas de réussite, il l'obtiendra à coup sûr.

Et s'il se retire aujourd'hui ? Le grand visiteur trouvera un autre complice et le poste lui échappe à jamais. Il sourit et accepte un loukoum. Il a fait son choix. Et il se rend compte que la trahison est comme ces pâtes trop sucrées : on a d'abord la nausée, puis on s'y habitue, et on finit par y prendre goût.

La forêt qui s'étend en direction de Meaux, dans la vallée du Liéton, a des sous-bois touffus bien défendus par des buissons épineux. Cela fera leur affaire. La jeune fille est déterminée. Depuis leur départ, c'est elle qui marche en tête, furetant du regard à la recherche de l'endroit idéal. Fénice a du soleil dans le sang. Le retour du printemps a fait briller ses yeux d'un éclat sauvage que Peter ne lui connaissait pas.

Lui non plus n'est pas resté insensible aux premières chaleurs qui ont suivi les giboulées. Quand Fénice est venue le trouver, sur le chantier, à la pause de sixte, elle n'a pas eu besoin de prononcer un mot. Il s'est levé, il l'a suivie. Mais dans sa tête, un devoir contradictoire le torture. Il ne peut manquer la reprise du travail, son absence ne passerait pas inaperçue. Le sens du devoir est une seconde nature chez les compagnons. Il n'ose s'en ouvrir à la jeune fille. Ne passerait-il pas pour un rustaud, qui ne pense qu'à soulager ses sens avant de reprendre son boulot ? Ne va-t-elle pas se vexer qu'il cherche à écourter les quelques instants qu'ils peuvent passer ensemble ? Dans ces scrupules qu'il n'a jamais ressentis auprès des autres filles qu'il a connues, Peter est en train de découvrir l'amour.

« Ici, ce sera bien. »

Le chemin, rétréci par un roncier qui déborde des sous-bois, ne semble plus guère utilisé. Ils ont dépassé la partie fréquentée de la forêt, en bordure du village. Personne ne viendra les déranger. D'un pas décidé, Fénice gravit le talus, tirant le garçon par la main. En écartant un peu les branches basses, elle découvre un tapis de mousse dont elle éprouve l'humidité d'une main prudente. Le garçon rougit. Nul n'a osé dire un mot sur le but de leur promenade ; il ne faisait de doute pour aucun des deux. Mais ces gestes précis, presque techniques, lui semblent soudain indécents.

Fénice se retourne, satisfaite de son examen. Ses yeux noirs aux pupilles dilatées par la pénombre ont un éclat presque insoutenable. Elle saisit dans ses deux mains le visage à la peau laiteuse du jeune Écossais.

« J'ai envie de toi », confirme-t-elle d'une voix grave, rendue rauque par le désir. Et elle mord violemment les lèvres charnues du jeune homme. Peter pousse un petit cri de surprise, qui s'achève en un grognement de volupté. Sa main puissante de tailleur de pierre se referme sur la nuque de la jeune fille, qu'il attire à lui d'un bras glissé sous ses reins. Il tente de maîtriser ses gestes, de contrôler sa force, tout son corps tremble de l'effort surhumain qu'il fait pour contenir la poussée de désir qui l'envahit. Elle-même se glisse sous cette masse robuste comme sous un chaud édredon. Les oiseaux se taisent, comme pour ne pas les déranger. À moins que le chant du monde ne parvienne plus à leurs oreilles. Le sang y bat le lourd tambour qui prélude aux combats.

Lorsque les pépiements reprennent dans les branches, l'éclat a changé dans les yeux de Fénice, mais son regard effraie toujours le garçon, un peu penaud, mais heureux comme s'il venait de créer le monde. Le sang qui bouillonnait dans leurs tempes retombe lentement. Et le monde à nouveau fait irruption en eux.

« Je ne peux trop m'attarder, finit-il par lâcher. Ils s'apercevront de mon absence.

— Tu n'es pas dans un couvent ! Tu n'as pas à courir à l'appel de la cloche…

— Notre discipline est stricte, s'excuse-t-il en la couvrant de légers baisers comme pour tempérer la brutalité de son discours. Plus stricte peut-être que chez les moines : les peines en tout cas sont plus sévères.

— Et les miennes, ne les crains-tu pas ?

— Je t'aime, Fénice…

— Tu sauras bientôt ce que cela signifie, aimer Fénice… Attends ! »

La jeune fille s'est relevée sur un coude, en alerte. En tendant l'oreille, effectivement, Peter perçoit un lointain bruit de chevaux, au plus profond de la forêt. Ce diable de fille a décidément tous les sens en éveil ! Le bruit est encore ténu : ils auront le temps de se vêtir avant que les cavaliers ne soient à leur hauteur. D'ailleurs, l'épaisseur du buisson les dissimulera à leur regard.

C'est compter sans la curiosité de la jeune fille, qui s'est lacée à la hâte et qui s'est déjà postée sur l'enfourchure d'un arbre surplombant le chemin, bien dissimulée derrière le tronc et dérobée par l'épais feuillage.

Lorsque la troupe s'approche, elle est obligée de ralentir pour écarter les ronces basses débordant sur le chemin. Ce sont des soldats en armes, dépenaillés, menés par un géant brusque et impatient qui taille à grands coups d'épée dans les ronces qui barrent son passage. Fénice pâlit et se colle au tronc de l'arbre.

« Mon oncle », a-t-elle juste la force de murmurer lorsque la troupe a repris son chemin vers le village.

« Ton oncle ? Tu délires ! Ne m'as-tu pas dit qu'il était mort en Orient, qu'un chevalier t'avait apporté sa tête ?

— Je sais… Ce n'est pas lui… Mais c'est son armure, c'est son regard, c'est sa folie. J'ai peur, Peter, tout peut recommencer.

— Que veux-tu dire ? Tous les soldats se ressemblent, même si ceux-ci semblent plus des fantômes ! Leurs bliauts sont déchirés et leurs manteaux en lambeaux.

— La croix, ils portaient la croix du Temple.

— Tu en es sûre ?

— Je l'ai eue sous les yeux depuis ma naissance. Elle était tellement présente à tous, dans notre famille, que mon cousin est né avec la même croix imprimée sur l'épaule. Je la reconnaîtrais entre mille.

— Il n'y a plus de templiers depuis près de vingt ans !

— Il n'y a plus que ceux qui ont refusé la condamnation et la dissolution de l'Ordre. Mon oncle était de ceux-là. Et c'est sa folie que j'ai vue dans le regard du géant qui conduisait ceux-ci.

— Qu'est-ce que cela signifie ?

— Une seule chose est capable de donner ce regard à un homme. Le trésor du Temple. Il l'a approché de trop près. Il a hérité la même malédiction que mon oncle de Quaranteine.

— Où allaient-ils ?

— Comment le saurais-je ? Les gardiens ne quittent jamais leur trésor. Quelque chose de grave se prépare, Peter. Retournons vite à Coulommiers, peut-être est-il déjà trop tard. »

Les jeunes gens redescendent le talus, inquiets. Au milieu du chemin, un objet brillant attire leur attention. Ils croient d'abord qu'il a été perdu par les soldats qui viennent de passer. Mais le couteau piqué de rouille qu'ils ramassent est visiblement égaré depuis plusieurs jours. Peter pousse une exclamation sourde en le reconnaissant.

« C'est celui de James ! J'en suis sûr. Regarde, il y a ses initiales sur le manche.

— Qu'est-ce que cela signifie ?

— Qu'il a été tué ici, ou qu'il a été traîné par ici. Tiens, là ! »

Sur les buissons épineux qui encombraient le sentier et que le templier fou a tranchés dans son impatience, un morceau d'étoffe est resté accroché. Le doute n'est plus permis. Le meurtrier a dû emprunter le chemin, le corps sur son épaule, et s'empêtrer dans les ronces de ce resserrement. Le vêtement du mort s'est déchiré, et son couteau a dû tomber à ce moment. Dans la nuit, l'agresseur n'a pas dû y prendre garde. Sans les coups d'épée du soldat, d'ailleurs, le couteau serait resté invisible.

135

Dans ce cas, n'y aurait-il pas un rapport entre le meurtre et les soldats passés tout à l'heure ? Fénice est convaincue que le templier fou est le gardien du trésor. James l'aurait-il surpris ? Sans se concerter, les jeunes gens se sont mis à courir vers la commanderie.

Leur pressentiment était justifié. Aussi surprenant que cela semble, la petite poignée de templiers dépenaillés, aux épées ébréchées et aux bliauts déchirés, a entrepris l'assaut de la commanderie hospitalière, aux murs sains et aux soldats bien équipés. Et, aussi étrange que cela paraisse, ils sont en passe d'y réussir.

Leur succès tient sans doute à l'incroyable énergie qui émane du colosse qui les mène. Hurlant comme une bête fauve, vociférant des injures mêlées au cri de guerre du Temple, il se démène comme un diable, on le voit partout à la fois : à la porte que des guerriers tentent de briser à coups de hache, au mur que d'autres s'apprêtent à escalader sur des cordes pendues à de lourds crochets, à la poterne qu'un petit groupe tâche d'enfoncer avec un bloc de pierre destiné au chantier. Puissant comme un tigre et souple comme une panthère, il se glisse entre les flèches avec un art diabolique. La victoire rayonne de sa personne avant même qu'il ne combatte.

Dès qu'un filin a été accroché à un créneau, il est le premier à escalader la muraille, sans se soucier des flèches et des pierres que les défenseurs, affolés par cet assaut inattendu, tentent en vain de lui opposer. Et dès qu'il a posé le pied sur le chemin de ronde, son épée maniée d'une main ferme maintient à distance les hospitaliers, qu'il dépasse d'au moins deux têtes. Il la fait tournoyer sur les remparts d'un geste ample de triomphe qui tient ses ennemis à distance.

« Vive Dieu Saint-Amour », hurle-t-il à ses hommes pour leur indiquer le chemin qu'il déblaie à grands moulinets, comme si les têtes et les bras qu'il tranche n'étaient pas plus que le roncier qui tout à l'heure lui barrait le chemin. La porte cède au même moment sous les coups de hache, et cette horde de vieux soudards, dont le plus jeune a passé les quarante ans, envahit la commanderie comme un déferlement de fantômes à la grande nuit de Walpurgis.

Les cris de victoire jaillissent des poitrines et se mêlent aux hurlements des hospitaliers terrifiés par cette apparition surhumaine. Les plus vieux des templiers ont connu la commanderie à l'époque où elle appartenait encore à leur ordre, et leur victoire est une reprise de possession des lieux. Fénice et Peter, qui étaient restés à distance, sidérés, s'approchent de la forteresse sur laquelle règne soudain un inquiétant silence.

« Mon oncle, Peter, je te jure que c'est mon oncle. C'est ainsi qu'il s'est emparé de la forteresse de Quaranteine. » Et plus bas, avec un triste sourire, elle ajoute : « Le pauvre homme.

— Que veux-tu dire ?

— Tu as vu comme il se jetait au milieu des soldats, comme il se précipitait au-devant des flèches, toujours présent là où le danger se précisait ? Cet homme-là cherche sa mort, et il n'est pas près de la trouver.

— Que me racontes-tu là ? C'est impossible, tu le sais bien.

— Mon oncle était pareil. Tout seul, il est retourné en Palestine occupée par les sarrasins, il a délivré la femme qu'il aimait et toute sa famille, tombées entre leurs mains. Tout seul, il s'est installé dans le château de Quaranteine,

137

entouré d'ennemis qui ne cessaient de le harceler. Et depuis que je suis en âge de marcher, je partais à Jérusalem défier pour lui les plus terribles chevaliers du monde dans un combat à outrance. Le lendemain de la joute, je repartais sur ma mule accrocher les armes du vaincu aux remparts de la cité sainte. Cet homme-là est invincible, comme mon oncle, et pour la même raison. Il est maudit à tout jamais pour avoir approché le trésor interdit des templiers.

— Mais que veut-il aux hospitaliers ? Pourquoi avoir attendu si longtemps, si son but était de leur reprendre la commanderie templière ?

— Il n'y a qu'une seule façon de le savoir : entrons.

— Tu n'y songes pas ! Nous allons nous faire massacrer.

— Je n'ai jamais eu peur de mon oncle. Et il n'a jamais touché un cheveu d'une demoiselle ni d'un artisan. »

Dans l'enceinte de la commanderie, le spectacle est hallucinant. Des nombreux corps étendus dans la cour, surtout tombés des remparts, la plupart sont hospitaliers. La surprise autant que la véhémence de l'assaut expliquent la rapidité de leur déroute. Les survivants se sont réfugiés dans l'église, dont ils n'osent plus sortir. Quant aux Écossais, ils se sont dès le début du combat retranchés dans la chambre du trait, où les templiers, dédaignant les moines-soldats, ont à présent porté le siège. C'est bien aux maçons qu'en ont les assaillants, et leur chef, dont la victoire n'a pas apaisé la rage, les apostrophe avec une sainte vigueur.

« Par le Dieu Saint-Amour, allez-vous sortir de votre terrier, ou je vous enfume comme des renards ! Aucun mal ne vous sera fait, sauf à celui que je suis venu chercher. Mon épée est au service des artisans, mais aussi de ma justice. »

La porte s'ouvre doucement, et maître Élia apparaît, pas très rassuré, mais digne.

« S'il vous faut une victime, messire, je suis celui que vous cherchez.

— Je ne suis pas venu chercher une victime, mais un coupable. Qui es-tu ?

— Je suis maître Élia, qui commande aux tailleurs de pierre de Kilwinning. Et vous ?

— Peu importe mon nom. On m'appelle le templier de Montebise, et l'un d'entre vous sait qui je suis. C'est celui-là que je veux.

— Quel est son nom ?

— Je l'ignore, et je ne l'ai jamais vu. Mais je le reconnaîtrai. Il n'échappera pas à mon regard.

— Que lui voulez-vous ?

— Il a assassiné dans mon domaine un homme qui s'était mis sous ma protection et sous celle de saint Jacques. Cet homme mérite la mort.

— Si l'homme qu'il a tué est un des nôtres, notre jugement sera conforme au vôtre. Nous ignorons qui est le coupable. Si votre sagesse peut le désigner, nous nous inclinerons. »

Maître Élia est rentré dans la chambre expliquer la situation à ses hommes. Quelques instants passent, lourds de menace. Voyant que le géant s'en prenait aux tailleurs de pierre, Peter, tremblant de peur, s'est dissimulé derrière le mur de l'église, sous le regard méprisant de Fénice. Décidément, elle n'attire que les pleutres et les lâches. Debout au milieu de la cour, elle regarde fixement le vieux templier haut comme une statue d'église.

Celui-là est un homme. Mais il n'est pas pour elle. Comme son oncle, il appartient déjà, et depuis longtemps, à la Mort.

Un à un, avec appréhension, les compagnons sont sortis de la chambre. Les uns crânent, la plupart gardent la tête baissée, risquant à peine un regard vers celui qui en quelques minutes a investi un château et massacré sa garnison. Maître Élia les fait aligner contre le mur, les compte, et n'a qu'un imperceptible moment d'hésitation en remarquant qu'il lui manque un ouvrier. Il ne dira rien.

Dans un silence lourd de menace, le templier scrute un à un les hommes, fouille les regards, cherche un tressaillement, un clignement des yeux, un tremblement des mains qui lui dénonce l'assassin. Dans sa tête, depuis le jour où il a juré protection à l'artisan en fuite, le masque du meurtrier s'est dessiné jour après jour dans la brûlure de son remords et de son honneur bafoué. Aucun, dans ceux qu'il voit, ne correspond à l'image.

Ou tous. Oui, c'est cela. Chacun d'entre ces hommes pourrait être le coupable. La peur, la convoitise, la haine se lisent en filigrane dans tous ces yeux qu'il n'en finit pas d'interroger. Le meurtre est en toutes ces mains fébriles, dans ces tics de nervosité, dans ces lèvres pincées. Le templier laisse échapper un soupir de découragement. Le monde n'a pas changé depuis qu'il l'a quitté.

Un visage cependant le retient. Pourquoi ? Il ne contient pas plus de peur, de haine ou d'envie que les autres. Il n'a pas tressailli davantage quand il s'est senti observé. Mais ces traits lui sont curieusement familiers. Si seulement sa mémoire ne le trahissait pas. Il s'approche du garçon et tâche d'adoucir sa voix pour ne pas l'effrayer.

« Quel est ton nom ?

— John.

— D'où viens-tu ?

— D'Édimbourg.

— Es-tu jamais venu dans la région ?

— C'est la première fois. »

Le géant soupire, ferme les yeux, comme s'il cherchait à retrouver dans sa mémoire blessée le son d'une voix, l'éclat d'un regard. Mais rien ne surnage de son passé.

« Est-ce votre homme ? demande maître Élia.

— Non... Peut-être... Je n'en sais rien... Pas plus qu'un autre. Tous vos hommes sont-ils ici ?

— Tous.

— Je ne sais plus. Dieu ne m'aidera pas non plus dans ceci. La vengeance aurait été le début du pardon. Même cela m'est interdit. Qui me dira ce que je peux encore faire, encore espérer ? »

Il se retourne brusquement et pousse un formidable cri de désespoir. Puis il se calme aussi subitement, considère la cour, les cadavres tombés du chemin de ronde, ses hommes interdits, pauvres gueux du Temple, hâves et en guenilles, la joue creuse et râpeuse, le regard vide. Ils le regardent sans comprendre – mais lui-même, que peut-il saisir de cette situation qu'il a provoquée et qui lui échappe ?

« Quel gâchis », prononce-t-il tout bas.

Il avance d'un pas lourd, sans se retourner. Les Écossais déconcertés se regardent, esquissent un geste que maître Élia interrompt de la main. Le géant brisé s'arrête devant Fénice.

« Que me veux-tu ?

— Je sais qui vous êtes.

141

— Personne ne le sait plus. Pas même moi.

— Qu'importe votre nom ? Je sais pourquoi vous êtes maudit. Je vous aiderai à trouver celui qui vous tuera.

— Puisses-tu dire vrai ! Si tu le connais, jeune fille, je t'en conjure, amène-le-moi très vite. Je suis si las, si tu savais…

— Cela aussi, je le sais. »

Le gardien est reparti, suivi par son armée d'ombres. D'autres ombres sont alors sorties de l'église, timides, inquiètes, stupéfiées comme des morts ramenés à la vie. Le prieur de la maison est parmi eux.

« Connaissez-vous cet homme ? lui demande maître Élia.

— Tout le monde le connaît dans la région. Ou plutôt, on connaît sa présence sans le connaître vraiment. Nul ne sait où il habite. Il apparaît avec ses templiers, comme jailli de nulle part, pour prendre le parti du plus faible dans la moindre escarmouche. Cet homme est fou, et jusqu'à présent invincible. Mais c'est la première fois qu'il s'en prend à un château. Que cherchait-il ?

— Un homme. L'un de nous. Celui que nous cherchons tous. Et j'aurais préféré qu'il le reconnaisse… »

Maître Élia est songeur. Il regarde un à un ses hommes, avec le même air soupçonneux que le templier fou qui vient de repartir. Il sait pourquoi il est venu. Le coupable est-il parmi eux ? Ils sont au complet, à présent. Peter, l'air de rien, a regagné leurs rangs, le front bas. Le sourcil de maître Élia se fronce quand son regard s'arrête sur lui.

Le coup de force des templiers contre la commanderie a bouleversé le petit village. C'est comme si le passé soudain demandait des comptes au présent, comme si les morts ressuscités sortaient en masse de leurs tombeaux pour reprendre leur héritage. Près de vingt ans après l'abolition de l'Ordre, chacun croyait avoir tourné la page. On a tout à coup l'impression que la grande chronique de l'humanité peut se lire dans les deux sens, et que les frontières entre les âges sont bien plus mouvantes qu'on ne le pensait.

L'aspect dépenaillé de ces fantômes a marqué les esprits : comment ces hommes ont-ils pu survivre si longtemps en manquant de l'essentiel ? Où trouvent-ils encore la force de se battre, ces épouvantails qui n'ont plus que la peau sur les os ? Et leur chef, ce géant tout en muscles qui rayonne d'une force surhumaine, comment a-t-il pu braver le temps et la mort ? À la réflexion, il ne doit pas être aussi vieux qu'il en a l'air. S'il avait vingt ans lors de l'arrestation des templiers, il a à peine dépassé la quarantaine aujourd'hui. Mais cette époque est déjà si loin, tant de rois et tant de papes ont passé depuis, qu'elle appartient déjà à un autre âge.

La légende, qui s'était déjà emparée des templiers fous, s'est développée depuis quelques années et s'est répandue à une vitesse incroyable. Dans les châteaux, dans les chaumières, il n'est question que de leurs exploits. On les a vus partout, on les appelle à l'aide dans la forêt, on en menace les enfants dans les villages. Un bruit de branches suffit à les faire repérer le même jour à vingt lieues de distance, et on ne tarde pas à identifier leur horde hallucinée à la mesnie Hellequin, à la chasse maudite ou au cortège de dame Abonde. Dieu ou le diable doit les transporter à la vitesse de l'éclair aux quatre coins de la forêt champenoise.

Mais dans la conscience générale, ces vétérans du Temple qui ont bravé la mort sont des forces bénéfiques venues protéger les indigents contre les excès des seigneurs, les marchands contre les guets-apens des brigands, les orphelins contre les exactions des puissants. S'ils survivent et se battent comme des lions malgré leur terrible maigreur, si leur chef semble doté d'une énergie inépuisable, c'est qu'ils ont la garde du Graal dont la seule vue rassasie les plus féroces appétits et guérit les plus cruelles blessures. À ceux qui croient qu'à travers eux Gog et Magog déferlent sur l'humanité pour annoncer la fin des temps, les petites gens répondent qu'eux aussi ont enfin trouvé leur Robin des Bois pour les défendre contre la cupidité des puissants. On les aime comme des génies tutélaires de la forêt.

Chez les hospitaliers, cependant, on chante une tout autre antienne. La garnison de Coulommiers, lourdement ponctionnée par l'assaut, a compris qu'elle n'avait été attaquée que pour fournir l'accès à la loge des tailleurs de pierre écossais. Quel est ce justicier qui massacre les innocents pour chercher un coupable, et qui repart sans même s'excuser de ne pas l'avoir trouvé ? « Quel gâchis ! » Voilà le seul éloge funèbre qu'ont reçu leurs frères d'armes. Dieu nous garde d'une telle justice ! Ici, on sait que c'est la Folie, et non Dieu ou démon, qui a guidé la troupe vers Coulommiers.

Et l'on s'interroge, bien sûr, sur les activités de ces Écossais qui ont motivé pareille irruption. Personne jusque-là ne se souciait des meurtres rituels en leurs rangs. Tout au plus le prieur était-il soucieux d'éviter un scandale trop ouvert en ses murs, tout en accomplissant les ordres de son mystérieux hôte. À présent, les hospitaliers se rendent compte que leur indifférence peut sembler une protection offerte à l'assassin, et leur être implicitement reprochée comme une complicité. Dans l'esprit du justicier fou venu réclamer son coupable, les moines-soldats le protégeaient contre sa vengeance, et leur massacre était légitime.

C'est de cela qu'ils tiennent d'abord à se garder. Avant même que les derniers devoirs aient été rendus à leurs frères morts, le prieur de la communauté a convoqué maître Élia. Sa mine est sévère et son ton dur.

« Maître Élia, je vous ai fait venir parce que l'expansion de notre commanderie nécessitait l'agrandissement de son église. Grâce à vous, l'édifice est déjà trop grand pour les hommes qui me restent. Mais ce n'est pas dans ce sens que j'espérais votre concours.

— Pouvez-vous nous tenir pour responsables de la folie d'un homme ? Nous ne connaissions pas même son existence avant de venir ici. C'est vous au contraire qui nous devez protection contre les dangers que nous fait courir ce chantier. Vous aviez omis de nous préciser qu'une horde de fous sévissait dans la région.

— Elle ne sévit, comme vous le dites, que depuis votre arrivée. Le templier fou n'était qu'une légende de nos forêts que vous avez fait sortir du bois. Entendons-nous bien : je ne confonds pas la cause et la responsabilité. Je ne me mêle pas de vos affaires, maître Élia. Si vous cachez un assassin dans vos rangs, tant qu'il ne s'en prend qu'à vos hommes, je ne peux rien y faire. Mais s'il croit trouver protection en nos murs, vous me faites votre complice, et vous attirez sur mes hommes les représailles. C'est cela que je ne peux tolérer.

— Précisez votre pensée.

— Sans doute n'êtes-vous pas responsable de l'incident d'hier. Mais vous en êtes la cause, et si je ne veux pas qu'il se reproduise, cette cause doit disparaître.

— Vous voulez arrêter le chantier ?

— Un contrat a été signé, et il sera respecté. Mais vous ne logerez plus dans l'enceinte de la commanderie.

— Mais notre sécurité…

— Contre ceux qui nous ont attaqués, aucun mur ne pourrait l'assurer. Vous protéger ne signifie pas nous faire massacrer à votre place.

— Les brigands…

— Que peuvent-ils vous dérober ? De toute façon, le chantier est à l'intérieur de nos murs, et vous pourrez y laisser sous notre garde vos outils et tous les biens que vous souhaitez. Qui s'intéresserait à vos personnes seules ? Si vous avez des démêlés avec les templiers fous, avec l'Inquisition, ou – que sais-je ? – avec la justice du comte, les armées du roi, les forces de Baligant, Dieu ou diable, cela ne nous concerne pas. Notre protection ne s'étend qu'à vos biens et à votre activité sur le chantier.

— Quand souhaitez-vous que nous partions ?

— Aujourd'hui même. Vous pouvez construire vos loges contre notre enceinte si vous le souhaitez, et vous reprendrez aussitôt le chantier.

— Nous n'avons guère le choix.

— Une dernière chose. Je ne puis retenir contre vous les morts qu'a entraînées votre négligence. Mais vous réparerez en priorité et sans supplément les dégâts occasionnés à nos remparts. »

Lorsque le maître a quitté son logis, le prieur va frapper à la porte de son hôte. Il craint d'avoir été un peu plus loin qu'il n'aurait dû. Mais il lui fallait reprendre un peu d'autorité et montrer qu'il a le sens de l'initiative. Sa position reste délicate, entre l'incompréhension de ses hommes rudement affectés par l'assaut et le rôle ambigu que lui fait jouer le grand visiteur.

Celui-ci pourtant semble satisfait de l'entretien, qu'il a suivi de sa chambre.

« Ce n'est pas mal joué, prieur. Les tailleurs de pierre ont les coudées plus franches en dehors de l'enceinte, mais nous continuerons à les surveiller sur le chantier. Et vous avez réussi à dégager votre responsabilité.

— C'est cela qui semble vous déplaire le plus. »

Le gros homme rit franchement. La situation semble l'amuser au plus haut point.

« Peut-être. Moins vous êtes impliqué dans cette affaire, moins j'ai de prise sur vous. Vous voyez, je joue franc jeu. Mais rassurez-vous, ce ne sont pas les prises qui manquent, et je ne voudrais pas, effectivement, que la justice mette son nez dans cette histoire. Il y a encore, hélas, quelques juges intègres.

— Vous êtes cynique, monseigneur.

— Pas plus qu'il ne le faut pour éviter l'amertume. Je vous le répète, prieur, vous avez bien joué et je saurai m'en souvenir. »

Le prieur est soulagé, et presque content. Il a démontré à son hôte qu'il gardait une certaine indépendance, et qu'on pouvait lui faire confiance pour faire progresser l'affaire sans lui dicter systématiquement sa conduite. Ce sera utile pour la suite de sa carrière. Il a également prouvé qu'il ne se laissait pas manœuvrer si facilement et qu'il avait assez d'astuce pour repérer les pièges, assez d'autorité pour les déjouer.

En revanche, maître Élia est d'humeur sombre lorsqu'il regagne le chantier. Il y trouve une agitation inaccoutumée, proche de la panique. Les ouvriers se pressent autour de lui, parlent tous en même temps, on le cherchait partout, ils ne veulent plus rester ici, l'endroit est maudit. Le matin même, tandis que le maître était convoqué par le prieur, un troisième compagnon a été découvert mort sur le chantier, la gorge tranchée et le cœur arraché. Mais cette fois, son crâne a été défoncé avec un marteau taillant abandonné auprès du corps. Le sien. Il ne peut donc s'agir de l'instrument du crime, mais d'un geste symbolique accompli après coup sur un homme déjà mort.

Maître Élia est effondré, et soucieux. Il ne faut surtout pas que le prieur soit au courant de cette nouvelle affaire en son enceinte. Il ferait appel à la justice comtale et les ouvriers seraient bloqués sur le territoire pour une durée indéterminée. À moins qu'ils ne soient aussitôt bannis avant d'être arrivés à leurs fins.

« John, Peter, tâchez de dissimuler le corps jusqu'à cet après-midi. Maître Rombau, prenez quatre hommes et regroupez les outils dans la loge. Nous ne travaillerons pas sur le chantier aujourd'hui. Pour tout le monde, dans une demi-heure, je veux vous voir dans la chambre du trait. »

Les maçons se calment et se taisent. Ils n'attendaient qu'un acte d'autorité de leur maître pour laisser la discipline endiguer la frayeur. Face à ce nouveau meurtre dans leurs rangs, ils craignent d'y passer les uns après les autres, et les interprétations les plus irrationnelles trouvent des oreilles complaisantes.

Frappés par l'irruption du templier fou la veille, certains ont cru que cet homme aux pouvoirs surhumains avait juré leur perte et qu'il défendait le trésor du Temple.

D'autres ne lui attribuent que le dernier crime, puisqu'il avait juré de venger son honneur bafoué par la mort de James. Mais personne ne s'explique sa présence dans l'enceinte, et ces Écossais familiers d'un commerce plus naturel avec l'au-delà sont prêts à lui octroyer le pouvoir de traverser les murs.

D'autres penchent plutôt pour le fantôme du fondateur, ce maître Jacques pour eux resté mythique et qui, selon leur légende, avait dressé dans cette région même deux colonnes destinées à recevoir son trésor. Entend-il à présent le contester à ses héritiers ? Ceux qui soutiennent que leur prétention n'était pas légitime auraient alors raison.

Et le jeune Tobias, qui a été assassiné cette nuit, était de ceux-là, rappellent les plus pondérés. Hier soir, il a ouvertement prêché une collaboration plus directe avec le dominicain pour en finir avec cette affaire qui sème la discorde entre eux et qui les oblige à travailler sous une menace permanente. N'est-ce pas plutôt cela qui a causé sa mort ? N'y a-t-il pas, parmi les opposants à un rapprochement avec frère Andréas, des acharnés qui iraient peut-être jusqu'au meurtre ?

Les esprits sont encore échauffés lorsque les compagnons se retrouvent dans la chambre du trait. Malgré l'ordre qui règne à présent dans les rangs, où les habitudes et les gestes rituels ont repris le dessus, maître Élia comprend qu'il va devoir rassurer ses enfants.

« Compagnons, mes frères, notre réunion répond à une double urgence. D'abord, et cette nouvelle réjouira certains d'entre vous, nous ne resterons pas plus longtemps dans l'enceinte de la commanderie. Ce n'est pas une bonne nouvelle, quoi qu'en pensent ceux qui parlent de lieu maudit. Nous perdons la protection des hospitaliers, et c'est le prieur qui exige notre départ.

— Et le chantier ?

— Le chantier sera poursuivi de jour. Nous nous établirons de nuit contre le rempart extérieur. Nous ne serons pas plus protégés des fantômes, et nous serons une proie aisée pour les brigands ou les templiers fous. Il nous faudra organiser des tours de garde, et prendre l'habitude de ne rien laisser durant le jour dans nos cantonnements. Cela ne facilitera pas notre travail.

— Quand devons-nous partir ?

— Sur-le-champ. Et le corps de notre malheureux frère sera censé avoir été découvert à l'extérieur de la commanderie. C'est la seule façon d'éviter qu'il ne soit fait appel à la justice du comte de Champagne.

— Et l'assassin ? »

Maître Élia se mord la lèvre inférieure. Comment rassurer ces jeunes gens dont beaucoup n'ont pas vingt ans, loin de leur patrie, séparés de leur famille, et qui se sentent pris au piège ?

« Ce meurtre sera le dernier, je vous le promets.

— Qu'en savez-vous ?

— N'avez-vous pas remarqué que l'assassin avait fait allusion, dans l'ordre, aux trois outils qui dans nos légendes ont servi à tuer maître Hiram ? La main en équerre, la main en compas, le marteau taillant ? Ce sont les trois outils qui servent d'emblème à notre confrérie et qui résument symboliquement la totalité du monde.

— Quelle conclusion en tirez-vous ?

— Qu'il n'a pas l'intention d'aller plus loin. Son message est terminé, de même que le monde se résume à ses trois composants, la terre, le ciel et les hommes.

— Mais de quel message parlez-vous ?

— À nous de le comprendre. Nous n'avons pas affaire à un meurtrier traditionnel, c'est ce qu'a bien compris l'Inquisition qui nous a délégué frère Andréas. Le mobile de tous ces meurtres nous échappe parce que la cupidité ou l'amour ne sont pas à la base de cette affaire. Quelque chose de plus grave est en jeu qu'il nous faut comprendre. Nous en avons désormais les éléments.

— Sauf votre respect, maître Élia... »

Maître Rombau s'est levé, le front soucieux. Tous les regards convergent vers l'ancien, que maître Estamer avait jadis formé pour sa succession avant que maître Loram et maître Élia ne s'imposent, profitant du suicide d'Estamer. Tous respectent encore sa sagesse et son savoir et, lorsqu'il lui arrive d'être en désaccord avec leur maître, les compagnons se sentent déchirés entre deux devoirs contraires, la fidélité et l'obéissance.

« Je voudrais de tout mon cœur croire à votre version des faits, qui nous garantirait au moins la fin de ces sordides assassinats. Mais je ne vois pas le message comme vous qui nous serait délivré par ces gestes. En revanche, nous savons que plusieurs des compagnons assassinés, et peut-être tous, étaient partisans d'une collaboration plus étroite avec le délégué de l'Inquisition. Cela expliquerait beaucoup de choses et pourrait nous orienter vers le coupable.

— Cette hypothèse n'a pas été exclue, maître Rombau. Mais je ne vois pas quel intérêt nous aurions à inquiéter les compagnons, ou une partie d'entre eux, avec la menace de nouveaux meurtres.

— Et je ne vois pas plus l'intérêt qu'il y aurait à endormir leur méfiance en annonçant la fin de la série. Notre vigilance est notre seule arme.

— Moi je sais qui est coupable, interrompt un compagnon, et je ne veux pas mourir pour lui. Le templier l'avait bien dit : "Je reconnaîtrai le coupable." Et il ne l'a pas reconnu. Et tous, nous savons… nous savons qu'il manquait quelqu'un hier…

— Dis son nom si tu l'oses, espèce de lâche, interrompt Peter, qui s'est aussitôt senti visé.

— Du calme, compagnons. Nous ne sommes pas ici pour nous quereller sur de vains soupçons. Le templier n'a pas vu l'assassin de James ; il ne l'aurait pas reconnu. C'est sa folie qui l'a porté à croire qu'il lirait sa culpabilité dans un regard, dans un tremblement des mains. Et c'est folie de croire qu'il avait raison. Celui qui a commis ces meurtres a prouvé son sang-froid. Croyez-vous qu'un homme capable de défoncer le crâne d'un mort, d'arracher par trois fois le cœur à un cadavre, de porter un corps sur plusieurs lieues, peut-être, soit incapable de soutenir le regard d'un géant fou ? Si le meurtrier est parmi nous – et rien ne nous l'a encore démontré –, il est de taille à affronter le diable en personne s'il venait l'accuser.

— Alors qu'il nous explique pourquoi il ne s'est pas montré hier.

— J'avais peur, c'est vrai. Comme vous tous. Mais moi j'étais caché. Vous pouvez m'en vouloir, vous pouvez me punir, mais vous ne pouvez pas m'accuser de meurtre pour si peu.

— Et qu'il nous explique aussi où il était cette nuit. »

La stupeur des assistants impose un silence immédiat. Tous les regards se tournent vers John qui, en sa qualité de gardien, dort non loin de la porte de la loge. Il n'a pas été réveillé par le départ de Peter, mais il a entendu la

152

porte se refermer à son retour et il a vu le jeune homme rejoindre sa paillasse à l'aube. Il a cru à un besoin naturel et s'est rendormi sans se poser de question. Mais à présent, il se la pose, et il la lui pose.

« Mais à présent, tu es le gardien. Mais à présent, tu es éveillé. Et à présent, tu te souviens comme par hasard qu'un compagnon serait sorti, et que ce compagnon, ce serait moi ! Et tu ne te souviens pas qu'hier, comme par hasard, nous nous sommes disputés, parce que hier, moi aussi, je me suis posé des questions, et je te les ai posées. Pourquoi le templier t'a-t-il reconnu, dans la cour ? Et qui est le mieux placé, par sa fonction, pour sortir la nuit sans éveiller les autres ?

— Accuser n'est pas une défense, Peter.

— Précisément. Et n'est-ce pas toi qui m'accuserais pour te défendre ?

— Je dis ce que j'ai vu.

— Et tu n'as rien vu. Tout le monde connaît la profondeur de ton sommeil, John. Tout le monde s'en gausse dans le chantier et te surnomme le gardien de Morphée. Qui s'est levé cette nuit pour satisfaire un besoin naturel, compagnons ?

— Moi », risque une voix, puis une autre, et une troisième.

« Tu vois ? conclut Peter. Il n'y en a peut-être qu'un qui ne soit pas sorti, John, et c'est moi. Excusez-moi, compagnons, mais cette nuit, je n'avais pas besoin. Tu es le gardien de tes rêves, et c'est en rêve que tu m'as vu rentrer. Dans ton rêve, ou dans ta malveillance.

— Silence, interrompt maître Élia. Tout cela devra être tiré au clair. Mais par des juges impartiaux et non dans le feu de la dispute. Dorénavant, compagnons, lorsque vous aurez des soupçons, avertissez-moi plutôt que de vous disputer entre vous. Vous voyez à quoi cela nous mène. Et prenez vos dispositions le soir pour ne plus devoir sortir la nuit. Quant à toi, John, tu seras personnellement responsable de tous ceux qui sortiront la nuit. C'est ta fonction, tu l'as acceptée.

— Je dormirai juste devant la porte », bougonne le jeune homme, mécontent qu'on ne l'ait pas cru.

La discussion en tout cas aura troublé les esprits plus qu'elle ne les a rassurés. Malgré les appels au calme de maître Élia, chacun est convaincu désormais que le coupable est dans leurs rangs, et chacun soupçonne son voisin. Quant à la collaboration avec le dominicain, elle est de plus en plus discutée. Certains y voient la seule solution pour arrêter les meurtres, ou pour arriver plus rapidement au trésor convoité.

D'autres se demandent si effectivement, parmi ces reliques, il n'y aurait pas des pièces inestimables dont la vente leur rapporterait bien plus que tout l'or du Temple. Beaucoup, aussi, répugnent à mêler l'Inquisition à leurs affaires. On ne sait jamais où s'arrêtera l'enquête, et le petit prêcheur en sait déjà beaucoup trop sur leurs rites.

Tandis qu'ils démontent leurs baraquements pour les installer à l'extérieur des remparts, les langues vont meilleur train que les bras. John et Peter, qui se sont mutuellement accusés d'être l'assassin, en paient à présent le prix. Dans le doute, ils sont tous deux mis en quarantaine.

Mais leurs gestes sont surveillés. Et après la pause de sixte, plusieurs compagnons viendront discrètement signaler à maître Élia que Peter a disparu du chantier.

« Fénice, il faut que tu me sauves.

— Peter, tu n'es qu'un lâche. Je croyais te l'avoir dit assez clairement cette nuit.

— Mais tu m'aimes malgré ma lâcheté, tu me l'as montré assez clairement cette nuit.

— Mon corps t'aime. Mon corps a besoin d'un garçon, et tu es un bon amant. Mais mon esprit a besoin d'un homme, et pas d'un lâche.

— Qu'est-ce que tu imagines ? Oui, j'ai eu peur. Tout le monde a eu peur. Jamais je n'ai eu peur d'un homme. Mais devant ce qui dépasse l'homme, qui n'aurait pas peur ?

— Moi, je n'avais pas peur.

— Ça t'était facile ! Combien de fois n'as-tu pas dit que c'était ton oncle. Moi non plus, je n'ai pas peur de mon oncle. Pour nous, c'était un géant doué d'une force surhumaine et qui dévastait à lui tout seul une commanderie qui aurait résisté à une armée bien équipée.

— Avoir peur des géants est tout aussi lâche.

— La lâcheté, c'est aussi de s'en prendre à qui ne peut se défendre. Crois-tu qu'il soit courageux, ton templier, s'il est aussi invincible qu'il le dit ? Si je me savais invincible, moi, je saurais dompter ma force. Ce serait ça, le vrai courage.

— Il ne s'agit pas de courage, mais de malédiction. Sa force est divine, je te l'ai dit.

— Et la peur de Dieu est le commencement de la sagesse.

— Et aujourd'hui, de quel dieu as-tu peur, dis-moi ?

— Il ne s'agit pas de peur. Personne n'osera m'accuser des meurtres, et je ne les ai pas commis. Mais les soupçons sont bien ancrés dans les âmes. Il s'agit d'honneur, Fénice, et je ne le permettrai pas. Tu les aurais vus, ce matin, tous ces regards posés sur moi, qui fuyaient dès que je les remarquais. S'il y avait des accusations, je pourrais me défendre. Je provoquerai la terre entière, si elle met mon honneur en doute. Mais les soupçons sont comme une huile grasse. Ça te coule entre les doigts et, plus tu serres, plus tu ne réussis qu'à te tacher.

— Qu'attends-tu de moi ? »

Elle le sait bien, pourtant, elle l'a deviné dès qu'il est arrivé au village où elle loge avec ses deux amies et Thibaut. Mais elle ne veut pas y croire. Quel gentilhomme accepterait de compromettre sa dame, de lui faire avouer qu'ils ont passé la nuit ensemble, quand bien même sa vie ou son honneur seraient en jeu ? Lanval n'a-t-il pas préféré être soupçonné de pédérastie plutôt que de révéler sa liaison ? Voilà le pire affront qu'on lui ait jamais fait !

Mais elle ne peut exiger que le tailleur de pierre écossais respecte le code de l'honneur mis au point dans les petites cours provençales et françaises. Si elle avait voulu un amant courtois, elle serait restée au Louvre, où sa beauté n'était pas passée inaperçue. Mais après sa mésaventure avec Thibaut, Fénice ne veut plus entendre parler de *fin amor*. Alors, en bonne logique, elle doit aussi renoncer aux règles des cours galantes. À ce point-là, pourtant…

« Ose le dire, que je devrais aller devant tes compagnons et leur dire en face : moi, Fénice, j'ai passé la nuit dernière dans les bois avec Peter ! Et je pourrais même ajouter que c'était agréable, et que tu es le meilleur amant que j'aie jamais connu ! Et puis m'enfuir sous les quolibets pendant que tu échangerais avec eux quelques plaisanteries bien grasses ! C'est ça que tu veux ? Ose le dire !

— Tu sais bien que non… Je n'en demande pas tant.

— Mais une simple allusion, c'est cela ? Quelques œillades complices et un sourire entendu au lieu des remarques ordurières. Ne comprends-tu pas que c'est tout aussi infamant ? Et tout cela pour quoi ? Combien de temps cela prend-il de tuer un homme ? Qui croira que tu ne l'as pas tué en partant, ou en revenant ? Ce n'est pas moi qui suis allée te chercher dans la loge, je te le rappelle, et je ne t'ai pas reconduit par la main jusqu'à ta paillasse.

— Ne raille pas, Fénice.

— Ne me pousse pas à bout, c'est ma seule défense. Ne vois-tu pas, pauvre idiot, que le plus stupide des compagnons serait plus soupçonneux encore si tu présentais un alibi aussi miteux ? Tu as l'avantage de n'avoir pas à te défendre. Si tu y renonces, prends garde que ta défense soit solide, ou elle deviendra une preuve de culpabilité.

— Tu as raison. Mais que puis-je faire ?

— Prouver que tu es un homme, si tu veux mériter encore mon amour. Un homme ne s'abrite pas derrière une femme quand il est attaqué. Il se défend. Si tu n'as pas peur de l'assassin, prouve-le-lui : démasque-le. »

Facile à dire… Le jeune homme se détourne, pour que Fénice ne voie pas la peur traverser son regard. Oui, la peur. Il ose se l'avouer à lui-même, et il ne sait pas comment la faire admettre à Fénice. Il l'aime, pourtant, et ce n'est pas seulement son corps, comme elle dit, qui est amoureux d'elle. Jamais il n'a ressenti un tel besoin d'une femme, et jamais un tel déchirement lorsqu'il la quitte, comme s'il laissait réellement la moitié de sa chair et de son âme à ses côtés.

Et plus elle le harcèle, plus elle l'insulte, plus elle le maltraite, plus il l'aime. Allez expliquer cela ! Peut-être a-t-il besoin qu'on secoue un peu sa peur pour la faire tomber de son corps, comme une poussière lentement accumulée sans qu'il s'en rende compte.

Il se secoue. Oui, il vaincra sa peur, pour l'amour de Fénice. Une lueur de défi traverse son regard, il a une idée, et l'excitation de l'enquête le fait rayonner. Il se retourne vers la jeune fille, surprise de ce changement dans son amant.

« Je sais ce que je vais faire. Contrairement à ce que croit maître Élia, un meurtrier ne peut avoir des nerfs d'acier. Il doit être sur le qui-vive. Si je laisse entendre que je sais de qui il s'agit, il tentera de me tuer. Mais moi aussi, je serai sur mes gardes.

— D'après ce que tu me dis, tu as déjà fait part de tes soupçons… Qui te croira si tu en inventes d'autres, moins précis encore ? On s'imaginera que tu tentes d'écarter les soupçons de ta personne. Non, il y a mieux à faire. »

Fénice a montré à frère Andréas le couteau qu'elle a trouvé avec Peter à l'endroit où le chemin se resserre, en direction de Meaux. Et elle lui a confié avoir vu passer le templier fou avec sa troupe. Cela n'a fait que confirmer l'hypothèse qu'il avait déjà émise en découvrant sur le corps de la première victime une médaille portant le signe secret du Temple. James a bel et bien été assassiné sur le lieu où est conservé le trésor. Le templier fou en est le gardien et il a pris comme un outrage personnel le meurtre commis dans un endroit sacré sous sa protection.

Mais, manifestement, le meurtrier n'en sait rien. Sinon, il y serait déjà retourné pour tenter d'ouvrir la crypte. Andréas refuse de le dire à maître Élia, craignant que les compagnons, attirés par le trésor, ne promettent l'impunité au coupable s'il les mène à l'endroit de son crime. Il suffirait en revanche que l'information circule dans le chantier pour que le meurtrier se dénonce lui-même : il ne résistera pas un jour à l'envie de retourner à la crypte, Fénice en est convaincue. Et elle se charge de l'attendre toute la nuit et toute la journée, sans dormir, auprès du buisson où a été perdu le couteau. Elle est sûre qu'il y passera.

« Ensuite ?

— Tu poses la question ? Tu es un homme. Tu t'arrangeras avec lui. Je me donnerai au survivant. Fais en sorte que ce soit toi. »

Le garçon sourit. Fénice baisse sa garde. Il l'attire contre lui, et de la sentir si frêle contre sa poitrine lui insuffle une force qu'il ne se connaissait pas. Il lui embrasse doucement le front, et c'est elle, s'agrippant brusquement à sa tunique, qui s'empare de sa bouche, la mordant violemment comme au premier jour. Une bouffée de désir le saisit aussitôt. Mais il écarte doucement son amie. Il ne veut pas lui donner l'impression qu'elle le gouverne par les sens. Son amour est au-delà.

« C'est ainsi que tu embrasserais l'assassin ? Mon assassin ?

— Oui. Et je lui ferais bien plus encore, si tu veux le savoir, avant de le tuer de mes propres mains.

— Tu ne penses donc qu'à la mort, mon amour. Et tu n'aimes les hommes qu'avec du sang sur les mains.

— J'ai été élevée ainsi. C'est ainsi qu'il faut me prendre.

— Et hier, c'est un vieux templier trempé de sang qui avait ta préférence. Faut-il un concours de cruauté pour te séduire ?

— Le templier, c'est autre chose. Je l'aime comme j'ai aimé mon oncle. Et je lui ferai le même cadeau qu'à mon oncle : je lui trouverai un homme qui le tuera et le délivrera.

— Ton amitié est plus dangereuse encore que ton amour ! Et qui peut vaincre un invincible ?

— Celui qui viendra au nom de l'héritière.

— Thibaut ?

— Son temps est passé. Thibaut était là pour tuer mon oncle, le faux gardien d'un faux trésor. Celui-ci garde le véritable. Il faut le double masculin de Marie pour le vaincre.

— Le quoi ?

— Son frère jumeau. Il n'a pas eu le temps de recevoir la bénédiction de son père, mais c'est la moitié noire de l'héritière, la moitié combattante, pour qu'elle n'incarne jamais que la douceur et la paix. C'est lui qui tuera le templier.

— Pourquoi alors n'est-il pas venu avec sa sœur ?

— Il a disparu, voici huit ans. Mais je le trouverai. Sa fiancée le cherche. Elle est venue d'Allemagne pour le trouver. Et ce matin elle m'a dit qu'elle avait peut-être une piste. »

Fénice et Isabeau se sont longuement parlé, ce matin, lorsque la jeune Levantine a raconté à ses amies l'intrusion des templiers dans la commanderie. Le vieux templier est connu d'Isabeau. Elle a souvent entendu Jean, le jumeau enfui de Marie, lui en parler. Il l'a croisé dans son enfance, et il a compris qu'il s'agissait du gar-

160

dieu du trésor. Si le templier est dans la région, Jean ne peut être loin. Et Isabeau a sa petite idée. Elle n'a pas voulu en dire plus, mais, dans la matinée, elle est partie pour la commanderie.

« Elle doit y être à l'heure actuelle.

— Qu'y cherche-t-elle ?

— Nous ne tarderons pas à le savoir. C'est dans les prochains jours, peut-être dans les prochaines heures, que tout peut se dénouer. »

Trois coups impérieux frappés à la porte interrompent leur conversation, et les désenlace. Peter s'est levé comme piqué par une aiguille. Il a reconnu la manière de frapper des tailleurs de pierre. Deux coups rapprochés, et un isolé. La porte, qu'ils n'avaient pas fermée au verrou, s'ouvre d'ailleurs aussitôt, et maître Élia apparaît dans l'embrasure, hors de lui.

« Que fais-tu ici ? Nous t'avons cherché partout.

— Pardonnez-moi, maître, cela ne se reproduira plus. Mais il y allait de mon honneur. Je… Je ne peux accepter que mes frères me soupçonnent des meurtres, et peut-être… peut-être trouverai-je ici… de quoi me disculper.

— Cela m'étonnerait. Dès que tu disparais, Peter, un de nos frères se fait assassiner.

— Quoi ?

— Andrew vient d'être retrouvé mort. Et je ne vois pas, cette fois-ci, comment tu pourras expliquer que tu n'y es pour rien. Aucun de nos frères ne s'est absenté du chantier, et crois-moi qu'ils se surveillaient les uns les autres.

— Je vous jure, maître…

— Ne jure rien et suis-moi. Nous réglerons cette affaire entre nous. »

161

Et, saisissant le garçon par le collet, il l'arrache littéralement à la maison sous le regard horrifié de Fénice. Le maître entrave les mains de son prisonnier et le pousse rudement vers la commanderie. La jeune fille passe un manteau sur ses épaules et les suit, le cœur battant la chamade. Est-ce parce qu'il est soupçonné de meurtre qu'elle se prend à l'aimer ?

# 5

# JOHN

« Les voilà !
— Traître !
— Assassin !
— On n'attendra pas que tu sois mort pour t'arracher le cœur !
— Un couteau ! »

Le retour de Peter et de maître Élia provoque une véritable émeute dans le camp des Écossais, et le maître a toutes les peines du monde à empêcher qu'on ne massacre son prisonnier sans autre forme de procès. Lui-même n'est pas tendre, et il jure qu'il vérifiera de ses propres mains si le coupable a bien un cœur dans la poitrine, mais il veut être équitable. On le jugera avant de le condamner, et si possible, on l'entendra auparavant.

Peter continue à protester de son innocence, mais la peur lui bloque le gosier, et la marche forcée que lui a imposée le maître, les mains entravées, l'a épuisé. Dans le regard de Fénice, surtout, il ne lit pas son innocence, mais un étrange mélange de répulsion et d'admiration qui le désespère. Il le sait, les deux sentiments clament sa culpabilité. C'est là que se jouent son procès et sa vie, et, s'il tient à démontrer son innocence, c'est moins pour sauver sa peau que son amour. Que son image au moins reste intacte dans l'esprit de la Levantine.

Maître Élia a poussé rudement le jeune homme contre la muraille, entre deux cantonnements. Les Écossais ne peuvent plus se réunir à couvert, dans la chambre du trait, selon leur habitude, pour juger l'un des leurs. Celle-ci est désormais en dehors de leur camp, dans l'enceinte des hospitaliers, et le prieur s'opposerait sans nul doute à leur entrée. Mais ils savent que personne n'oserait venir troubler leur réunion. Fénice l'a compris aussitôt et, malgré son angoisse, reste à l'écart, tout en prêtant une oreille attentive aux propos des maçons. Une salle aux murs invisibles s'est constituée autour du tribunal improvisé. L'amour en est la seule fenêtre.

Peter est apostrophé sans ménagement ; il ne se laisse pas faire.

« Où étais-tu, cet après-midi ?

— Où vous m'avez pris.

— Que faisais-tu chez les trois dames ? »

Des rires gras fusent des rangs, et Peter repense soudain aux paroles de Fénice. Non, il ne peut exposer celle qu'il aime à ces quolibets infamants. Il ne peut laisser réduire son amour à un désir bestial. Il les déteste, soudain, ces compagnons capables de sculpter l'esprit dans la pierre et tout aussi prompts, hélas, à rabaisser l'âme au niveau de la matière. Ce n'est pas cela qu'il a vécu, ce n'est pas pour cela qu'il veut mourir. Avec les maçons de Kilwinning, il a appris que la matière avait une âme. Avec Fénice, il a découvert que l'homme aussi en avait une. Même lui. Et cela, quoi qu'il arrive, il ne pourra jamais plus l'oublier. C'est cela, son trésor, et il est prêt à tout sacrifier pour le garder intact.

Mais que répondre à ces regards haineux, à ces mains avides de plonger dans sa poitrine pour arracher son cœur comme ils piétinent déjà, et sans vergogne, son amour ?

« J'étais allé chercher conseil. Nous avons besoin de leur aide pour retrouver le trésor. Je ne suis pas de votre opinion, maître Élia.

— Traître !

— Vendu !

— Si je mérite la mort pour cela, donnez-la-moi. Et donnez-la aussi à tous ceux qui partagent mon opinion. Mais ne me tuez pas pour des meurtres que je n'ai pas commis.

— Menteur !

— Assassin !

— Notre confrérie est tout pour moi, comme pour vous. Rien n'est plus sacré qu'un frère. J'ai juré sur mon sang de le verser jusqu'à la dernière goutte pour un frère en détresse. L'idée même de ces meurtres est pour moi un sacrilège.

— Quand es-tu arrivé chez les dames ?

— Je n'en sais rien. J'étais déjà là depuis un bon moment quand les cloches ont sonné la neuvième heure.

— Il ment. À none, Andrew était encore en vie. On a même plaisanté parce que son estomac pensait qu'il était déjà l'heure de souper.

— Il dit vrai. »

Fénice sort de sa cachette pour voler au secours de son amant. Les murs invisibles du tribunal s'écroulent. L'amour en était la fenêtre ; la vérité en sera la porte. Non, il n'est pas coupable, puisqu'elle ne l'a pas quitté depuis l'heure de none au moins, et qu'Andrew a été tué après. Elle le sait, elle le dit. Un silence lourd, suspicieux et menaçant, accueille ses paroles, accueille sa présence que personne ne soupçonnait. Elle n'en a cure. Elle sait que Peter est innocent ; elle sait aussi qu'il peut être courageux, qu'il ne s'abrite pas derrière une femme pour se protéger, elle le lui dit. Alors, elle, elle lui servira de bouclier contre la haine et la calomnie. Elle seule peut en témoigner, mais elle n'hésite pas à le faire. Il lui est plus précieux que son honneur. Peter est heureux, il peut mourir.

Les autres n'ont pas compris son discours passionné, mais nébuleux. Sous-entend-elle que le garçon est resté deux heures pleines avec elle, et elle seule ? Les rires graveleux reprennent, et les allusions obscènes. « Si c'est son cœur que tu veux, on te le donnera au lieu de le placer dans sa bouche. » « Et si c'est autre chose, n'hésite pas, c'est le même prix. » Fénice les brave. Du temps où elle défiait les plus fiers chevaliers pour son oncle, à Jérusalem, elle ne craignait pas d'affronter la foule, les sarcasmes et les insultes. Elle les toise avec mépris, et plus d'un baisse la tête.

« C'est le cœur d'un innocent que vous m'offrez, et je vous jure que mes mains sauront bien trouver celui du coupable.

— Que vaut ton témoignage, femme ? Tu l'aimes, tu veux le sauver, c'est normal. Nous ne te croyons pas. C'est logique.

— D'autres vous le diront ! Le prêcheur. Andréas. Il était là aussi, quand Peter est arrivé. Demandez-le-lui !

— Si cela est vrai, Peter ne peut être coupable, souligne un maçon. J'ai vu Andrew parler avec le prêcheur. Il a quitté le village avant la mort d'Andrew.

— C'est peut-être pour cela qu'il est mort, insinue un autre, comme James.

— Nous en aurons le cœur net. Le prêcheur est auprès du prieur. Maître Rombau, demandez-lui s'il a croisé Peter chez les dames. Et surtout, ne lui parlez pas du meurtre, qu'il ne tâche pas de le couvrir. »

Le vieux maître, qui n'avait pas pris part au débat, se dirige vers la commanderie. Les compagnons sont perplexes, un peu honteux. Même s'ils doivent attendre confirmation, ils commencent à comprendre qu'ils se sont trompés de coupable et qu'ils étaient prêts à massacrer un innocent. Et même s'il se révélait coupable, si le prêcheur ne confirmait pas son alibi, ils n'ont pas attendu la preuve pour juger. Ils savent désormais qu'ils sont capables de tuer sur une idée sans fondement, qu'elle soit vraie ou qu'elle soit fausse. Sans se donner la peine de vérifier. Comme des bêtes.

Ou plutôt, comme une seule Bête, une hydre à plusieurs têtes dont les veines charrient, en guise de sang, la haine. Ils savent depuis longtemps que dans les meilleurs moments, dans leurs chaînes d'alliance ou lors du vin qu'ils partagent le soir, leur communauté devient comme un immense corps, comme si l'amitié qui les unit coulait tel un fluide précieux, tel le sang d'une entité supérieure. Ils doivent désormais admettre que la haine aussi est le sang d'un dragon qui se reconstitue quand une foule a renoncé à toute individualité et désigné son coupable, son bouc émissaire. Celui, tout simplement, qui lui permettra de se libérer de la peur.

Maître Rombau ne tarde pas à revenir. Son visage décomposé trompe un moment les assistants. Mais c'est la découverte de la même Bête qui le bouleverse à ce point. Lui aussi a cru à la culpabilité de Peter et était pr à le faire mettre à mort. Il s'est trompé, et a failli rougir ses mains d'un sang innocent. Il ne le supporte pas. Le moine a confirmé les dires de Fénice. None n'avait pas encore sonné quand il a croisé le tailleur de pierre chez les dames. Et, contrairement à ce que Peter a courageusement soutenu, il n'y a eu aucune trahison.

Les compagnons sont effondrés, ils ne savent comment expliquer leur attitude, comment se faire excuser par celui qu'ils délient de ses entraves. Mais lui n'a cure d'eux. Sitôt libre, il est allé vers Fénice, l'a prise entre ses bras.

« Fénice, ce que tu as dit, tu le pensais ?

— Et bien plus encore, mon amour. Tu es courageux. Ce n'est pas la mort que tu crains. C'est de blesser ta dame. Bien des chevaliers qui se piquent de *fin amor* n'en feraient pas autant. Je t'aime, Peter. Et je t'ai menti, tout à l'heure, c'est mon cœur qui a besoin de toi. »

Leurs lèvres se joignent, et un tel bonheur irradie de leurs corps soudés que pas un compagnon ne risquerait une plaisanterie ou un sifflement ironique. Ils ne pensent même pas à se détourner par pudeur, car ce qu'ils voient est aussi beau que les cathédrales qui naissent de leurs mains.

Quand l'étreinte se relâche et que la magie du moment s'estompe, les regards se détournent, gênés. Les deux amants se désunissent comme un parchemin se déchire et les tailleurs de pierre ont l'air de n'avoir rien vu de la scène.

« Mais alors, qui a tué Andrew ? » lance l'un d'eux, autant pour rompre le charme que pour exprimer l'inquiétude de chacun.

Et le cercle, effectivement, redevient grave. Le mystère est plus grand, si le seul compagnon dont on avait constaté l'absence cet après-midi ne peut être soupçonné. Ils se regardent, à nouveau méfiants, anxieux, surtout, car tout cela ne paraît pas naturel.

C'est maître Rombau, encore une fois, qui propose une solution logique pour calmer les esprits. Personne ne sait quand Andrew est mort. Peut-être peu de temps après sa disparition, peut-être aussi peu de temps avant la découverte de son corps. Et si sa mort remonte à la fin de l'après-midi, à moins d'une heure, peut-être, un compagnon peut l'avoir tué en quittant les baraquements. Il ne faut pas tant de temps pour tuer un homme, et le meurtrier n'a pas pris la peine d'organiser une macabre mise en scène comme pour les précédents assassinats. Cela seul prouve qu'il n'en a pas eu le temps.

« Mais alors… qui ?

— Il n'y a qu'une seule personne que nous n'ayons pu surveiller constamment. Celui justement qui est chargé de surveiller les autres.

— Tu veux dire… John ?

— En tant que gardien, il était plus souvent autour des baraquements qu'avec nous. Il a pu remarquer le départ d'Andrew et le tuer discrètement sans qu'on remarque son absence. Après tout, c'était son rôle de faire des remontrances à un compagnon qui s'éclipse.

— John… soupire maître Élia, visiblement attristé. C'est vrai, c'était un des adversaires les plus acharnés à une collaboration avec le prêcheur. Il disait qu'il nous cachait les véritables reliques. Est-il possible que cela ait suffi…

— Mais lui aussi nous cachait quelque chose. Rappelez-vous, maître, c'est lui qui nous a conseillé de venir à Coulommiers. Comment connaissait-il cet endroit ?

que sait-il réellement sur le trésor du Temple ? Peut-être voulait-il le garder pour lui-même, ne croyez-vous pas ?

— Peut-être même est-il entré dans notre société uniquement pour cela, pour avoir notre secret. Ne croyez-vous pas, maître Élia ?

— Si cela est, c'est en vain. Seul le maître connaît le nom et le chiffre. Mais pourquoi n'est-il pas là ? Où est John ? »

John a disparu. Et pour les ouvriers qui viennent de condamner eux-mêmes leur hâte à transformer leurs soupçons en preuve, la fuite de John n'en a pas moins l'allure d'un aveu.

Isabeau n'aurait jamais cru qu'elle aurait la force et le courage d'assommer un homme. Elle ne croyait plus guère qu'il lui serait donné de retrouver Jean, le petit frère Crapaud dont elle n'a jamais oublié l'amour, huit ans après son départ. Les miracles ne viennent jamais seuls : elle l'a retrouvé, et elle a trouvé au fond de son amour intact la force de le délivrer. La belle Thuringienne est heureuse. Huit ans de patience viennent d'être justifiés.

Dès qu'elle a rencontré les tailleurs de pierre de Kilwinning, son attention a été attirée par une silhouette familière, une façon de se tenir un peu courbé, la tête inclinée sur le côté comme pour guetter un bruit ténu. Derrière la barbe qu'il s'est laissé pousser, malgré les cheveux qu'il a rasés, elle a cru discerner un regard familier. Était-il possible que Jean se cache derrière le nom de John ?

Elle l'a cru, a failli aller à sa rencontre, s'est retenue : si c'était lui, il aurait déjà couru dans ses bras. Les dernières paroles, haineuses, qu'il lui avait crachées au visage étaient : « Tu as tué ma sœur. » Et Isabeau avait juré ce jour-là de retrouver sa sœur, persuadée qu'il ne tarderait pas à lui revenir. Elle a cherché longtemps, elle a trouvé Marie. Un an plus tard, Jean était là. C'était normal. Mais pourquoi faisait-il semblant de ne pas la reconnaître ? Que voulait-il de plus que la réunion des deux femmes ?

Elle a vécu longtemps dans le doute. Mais hier, lorsque Fénice lui a raconté l'assaut des templiers, lorsqu'elle a évoqué le long arrêt du colosse fou devant la figure familière de John, elle a compris qu'elle ne s'était pas trompée. Le géant lui aussi a reconnu le petit garçon à qui il a sauvé la vie dans sa jeunesse. Les années ont beau passer, les traits s'empâter ou se durcir, un certain air qui ne trompe pas les amoureux demeurera toujours. Le templier fou n'a pu aller au bout de son souvenir ; elle a fait le chemin pour lui.

Alors, ce matin, elle a décidé d'en avoir le cœur net. Elle est retournée à la commanderie et a cherché le gardien des Écossais. Il s'est d'abord dérobé à ses questions, a prétexté sa surveillance, son travail, a fui, même, ou a cru pouvoir le faire. A-t-il oublié la longue quête d'Isabeau sur les routes d'Allemagne ? Croit-il qu'elle est femme à renoncer à son amour après l'avoir arraché aux mains des dominicains, huit ans plus tôt ? La croit-il incapable de le retrouver dans un petit village quand elle l'a déniché dans la métropole grouillante de Cologne ? On ne fuit pas Isabeau. Il a capitulé. Après le repas, il n'a pas repris sa surveillance, sinon, de loin en loin, pour ne pas attirer la suspicion.

Les retrouvailles ont été prudentes, comme de grands blessés, après un accident, esquissent des caresses avortées de peur de réveiller des blessures qu'ils ignorent. L'un et l'autre avaient quinze ans quand la vie les a séparés. Ils sont devenus adultes, à présent, avec d'autres expériences, d'autres espoirs, d'autres échecs. D'autres amours, peut-être ? À mots couverts, d'abord, comme on éprouve du bout du pied la solidité de la glace ; puis à cœur ouvert, et avec un soulagement ému, ils constatent qu'il n'en est rien. La petite flamme que chacun avait allumée dans le cœur de l'autre a trouvé un bois noble dont se nourrir pendant huit ans, malgré la distance. Ils en ont eu les larmes aux yeux. Si l'amour a résisté si longtemps à l'absence et à l'éloignement, les hommes et la vie elle-même ne pourront plus l'user.

Alors, lentement, les caresses sont revenues. Isabeau a retrouvé tout naturellement sa place sur l'épaule de Jean, et la main du garçon a reconnu d'emblée la nuque d'oiseau de la jeune fille. Ils se sont racontés, longuement, comme si la chronique de leur séparation n'attendait qu'un seul lecteur pour s'ouvrir en grand. Tristes annales de deux cœurs orphelins, que soutenait seul l'espoir de cet instant. Mais, chaque jour, une peur grandissante venait troubler ce petit espoir : s'ils se revoient, se retrouveront-ils ? C'est cette peur qui a paralysé le garçon, lorsqu'Isabeau est apparue un jour à Coulommiers.

Et puis, Jean se sentait toujours coupable. Comment expliquer à Isabeau que huit années avaient été perdues pour leur amour, si une mission plus noble ne l'avait occupé ? Cette mission bientôt allait toucher à son but. Sur les maigres informations jadis recueillies au Mesnil, il avait compris que la tapisserie brodée par sa mère pour sa sœur Marie contenait le plan du trésor, et il l'avait interprétée correctement. Il avait réussi à convaincre les Écossais de chercher du côté de Coulommiers.

« C'était donc cela… Andréas se demandait comment ils connaissaient le lieu.

— Et jamais il n'a imaginé qu'un autre que Marie avait vu la tapisserie ?

— Il aurait du. J'aurais dû. Mon pauvre Jean, étais-tu sorti à ce point de nos mémoires ? »

C'est mieux ainsi, estime le jeune homme. Bientôt, il aurait pu rentrer la tête haute, créer la double surprise, celle de son retour et celle du trésor qu'il aurait déposé aux pieds de sa sœur. C'est un peu pour cela, aussi, qu'il avait essayé de se cacher d'Isabeau. Il aurait tant aimé lui revenir triomphant, et non les mains vides.

« Mon pauvre Jean, tu as tellement douté de mon amour ? »

L'après-midi n'a été qu'une suite de brefs rendez-vous discrets, le jeune homme ne pouvant s'absenter trop longtemps du chantier. Mais ces moments d'exaltation et de rêves d'avenir avaient leur revers : les absences de Jean, finalement repérées, ont nourri les soupçons de ses compagnons.

Isabeau sait pertinemment que Jean ne peut avoir tué Andrew. Elle ne l'a pas quitté des yeux tandis qu'il remplissait ses fonctions de gardien, et quand il s'écartait des baraquements, c'était pour la rejoindre. Et Jean ne s'était pas enfui. Lorsque après un dernier baiser il a regagné le campement, il a été tout surpris d'être maîtrisé par ses frères, ligoté et mis sous bonne garde dans une loge en attendant d'être interrogé par maître Élia. Isabeau, qui le surveillait de loin, a assisté à tout. Horrifiée, elle s'est informée discrètement et a compris la

173

méprise. Mais c'est une femme d'action : plutôt que de plaider, elle a décidé de délivrer le jeune homme.

Cette conviction, hélas, elle ne peut la partager avec personne. Qui croirait une amoureuse qui fournit un alibi à l'amant retrouvé après huit ans de recherches désespérées ? On se moquerait d'elle, au mieux. Elle ne veut pas même se fier à ses plus intimes amies, à Fénice ni à Marie, avant que l'innocence de Jean soit pleinement établie. Les deux amants se sont réfugiés dans la forêt pour étudier la situation.

« Je ne puis rejoindre mes compagnons ni ma sœur sans être totalement blanchi, Isabeau. Nous allons devoir nous séparer. Mais je sais à présent combien j'ai été injuste avec toi. Rassure-toi, nous nous retrouverons bientôt, et ce sera pour la vie.

— J'ai attendu huit ans. Que sont quelques jours, quelques semaines encore, s'ils doivent assurer les fondations de notre amour ? Et pourtant, j'ai tant besoin de t'avoir à mes côtés, à présent que je te sais vivant.

— Courage, mon aimée, le but est proche. Nous avons mérité le trésor.

— Toujours ce trésor entre nous… Jean, si tu m'aimes…

— Il ne le sera plus longtemps. Je dois le rendre à son héritière légitime, ma sœur. Mais moi seul peux le conquérir.

— Pourquoi toi ?

— Parce qu'il faut se battre, et que ce n'est pas la place de Marie. Les rôles ont été déterminés à notre naissance, et j'ai mis longtemps à m'en apercevoir. C'est moi qui ai pris tout le malheur, toute la violence, toute la dureté pour qu'elle ne soit que joie, paix et bonté. Je me battrai pour lui conquérir son héritage, pour qu'il

174

parvienne pur entre ses mains. Mais lorsque ce jour viendra, tant de douceur se répandra sur le monde que notre amour en sera inondé, je te le promets.

— Mais Thibaut peut se battre, Andréas connaît les mots. Pourquoi ne pas les laisser achever la quête ?

— Ils n'ont pas été désignés. Rappelle-toi, seule l'union des trois ordres de la société et des trois nations de la chrétienté donne son sens au trésor du Temple. On a longtemps cru qu'il fallait au moins trois hommes pour accéder au trésor. Mais il suffit peut-être d'un seul qui incarne la totalité du monde.

— Et cet homme, crois-tu l'être ?

— J'ai été adoubé chevalier, j'ai terminé mon noviciat chez les dominicains, et pendant sept ans j'ai taillé la pierre. Je suis né en France, j'ai été éduqué en Allemagne, j'ai travaillé en Écosse et dans tous les pays de la chrétienté. Et surtout, je n'ai plus la moindre ambition personnelle. La main sur le cœur, mon amour, je ne veux pas de ce trésor. Je t'ai retrouvée, et cela me suffit. Les épreuves sont terminées, Isabeau, il est temps de cueillir la palme.

— Mais que sais-tu de cette palme, de ce trésor ?

— Rien, je n'en sais rien.

— Personne n'en sait rien ! Et les rares à l'avoir su se taisent ou sont morts ! Ce que j'en sais, c'est qu'il est inutile à tous ceux qui ne sont pas rois, et donc à toi, à moi et à ta sœur.

— Cela est juste. Nous en sommes les gardiens, non les propriétaires. Que sais-tu d'autre ?

— Il donnerait la légitimité et le pouvoir absolu au roi qui le détiendrait. Et dès qu'il sera entre tes mains, l'Angleterre, la France, l'Empire et la papauté voudront te le reprendre. Tu n'auras plus un jour de tranquillité, et moi non plus.

— La légitimité ? Tu es sûre ? Mais alors, le conflit entre la France et l'Angleterre pour la succession de la couronne de France ?

— Il n'aura plus de raison d'être. Si Philippe VI ou Édouard III s'en empare, l'autre devra s'incliner. La puissance divine est liée à ce trésor. Le sacre n'en est qu'un pâle reflet.

— Mais voilà l'explication ! Je me demandais pourquoi les Écossais voulaient ce trésor. La partie matérielle doit assurer le chemin de Saint-Jacques, mais plusieurs d'entre eux revendiquaient aussi la partie spirituelle. Je les appuyais, puisque je devais remettre le dépôt le plus sacré à ma sœur, mais eux, quel était leur but ?

— Assurer la légitimité de leur roi ?

— Ce n'est pas nécessaire. Elle n'est pas contestée. Robert Bruce a délivré l'Écosse, et ses armes lui suffisent. Mais notre confrérie est née d'artisans travaillant pour le Temple, et le Temple ignorait la toute récente constitution du royaume écossais. Il n'y avait qu'une seule langue pour toute l'île.

— Tu veux dire que parmi les tailleurs de pierre de Kilwinning…

— Il y a des Anglais, bien sûr. C'est ce qui nous permet d'obtenir des travaux dans le royaume d'Édouard. La plupart d'entre nous ne s'intéressent pas à la politique, sinon la vie commune serait impossible. Nous manions le marteau taillant, pas l'épée. Mais l'un d'entre nous est un fervent partisan d'Édouard dans le conflit qui l'oppose à la France.

— Lequel ?

— Maître Élia.

— Votre maître d'œuvre ? C'est impossible !

— Pourquoi ? Lui seul, de par sa fonction, a pu avoir connaissance de tout ce que tu viens de me dire sur le pouvoir de cette relique. Pour tout le monde, jusqu'à notre rencontre avec Andréas, il n'était question que d'un trésor matériel.

— Mais il a négocié avec Andréas.

— En apparence. Jamais il n'a donné son avis dans la chambre du trait. Il s'arrangeait pour que soit entendue la parole de ceux qui refusaient cet accord, moi en premier. Le jeu était habile, et je m'y suis laissé prendre. Rappelle-toi, d'ailleurs, c'est lui qui devait mener les négociations et en fixer les conditions. Elles n'ont pas encore abouti.

— Et tu crois qu'il n'aurait pas hésité à tuer ses propres hommes ?

— Pour le roi Édouard ? J'en suis sûr. Tous ceux qui sont morts étaient écossais, et partisans d'une collaboration plus étroite avec Andréas. Et en tant que maître d'œuvre, il avait sa loge à part. C'est à lui qu'il était le plus facile de s'absenter, la nuit, sans risquer de réveiller un frère.

— Mais Andrew ? Maître Élia n'a pas pu quitter les baraquements cet après-midi : tout le monde avait les yeux fixés sur lui. Son absence aurait été remarquée plus que toute autre.

— C'est maître Rombau qui a raison. Le meurtre peut s'être produit à n'importe quelle heure, il n'a pas fallu beaucoup de temps pour le commettre. Lorsque maître Élia est parti à la recherche de Peter, il a pu tuer Andrew et cacher le corps en quelques minutes. C'est pour cela, sans doute, qu'il a renoncé aux macabres mises en scène des précédents.

— Tu as raison, tout se tient. Et comme il exigeait que tout soupçon, toute information lui reviennent, il savait aussitôt qui était prêt à entrer en contact avec Andréas. C'est monstrueux, Jean, comment peux-tu le démasquer ?

— Aucun témoignage ne suffira. Il faudra qu'il baisse son jeu. Et il ne tardera pas à le faire. De plus en plus d'entre nous sont partisans d'une collaboration avec Andréas.

— Plaise au Ciel qu'il n'y ait pas besoin pour cela de nouveaux meurtres. »

Mais Jean se méfie tout autant d'Andréas et de Thibaut, à présent qu'il connaît le pouvoir du trésor. L'un ne risque-t-il pas de travailler pour l'empereur, et l'autre pour le roi de France ? Tant de gens ont besoin de légitimité !

« Isabeau, je dois retrouver le trésor avant eux. Sinon, Marie risque d'en être spoliée. Il faut que tu m'aides.

— Que connais-tu du secret de la crypte ?

— Rien. J'ai échoué en tout. J'ai été chevalier sans savoir qui détenait le premier code. J'ai vu mourir entre mes bras le seul homme qui ait recueilli le code des clercs. Et je n'ai pas eu accès à la maîtrise parmi les artisans. Quant au lieu, je sais seulement qu'il est près de Coulommiers.

— Mon pauvre Jean, comment espères-tu le trouver sans autre information ?

— C'est pour cela que j'ai besoin de ton aide. Ce que je sais, c'est que tous ceux qui ont tenté de l'atteindre en se refermant sur leur petite part de secret n'y sont jamais arrivés. Voilà au moins une tentation dont je reste éloigné. Il faut parfois se baisser pour passer de

178

vieilles portes trop basses. Celle que je cherche est la plus vieille de toutes, et je suis déjà bien bas.

— Je n'ai que peu d'éléments, mais je te les donne de bon cœur. Thibaut a le code des chevaliers : "Pierre est saint."

— Qu'est-ce que cela signifie ?

— Je l'ignore. Mais Andréas prétend l'avoir compris. Il dit que les autres devraient l'éclairer tout à fait.

— Il a les autres ?

— Aucune révélation, mais il croit qu'avec un peu de logique il pourrait entrer dans l'esprit de celui qui les a inventés et de ceux qui les ont transmis. Frère Henri a dû laisser un signe en mourant, et les rites des tailleurs de pierre doivent en contenir un autre. C'est en tout cas sa conviction.

— Alors j'en sais plus que lui. J'ai vécu plus longtemps avec frère Henri, et j'ai partagé les rites des Écossais. Et le lieu ?

— Une direction, c'est tout. Par le chemin du nord-est dans la forêt de Meaux. Tu vois, même pour nous, tout ça reste bien vague. Et pourtant, Andréas croit le but proche.

— C'est qu'il l'est. S'il a pu trouver, j'y parviendrai. Isabeau, je ne reviendrai qu'avec ce trésor. Mais je ne veux plus te perdre. Viens avec moi.

— Sans hésiter. Mais il me reste un devoir à remplir. Je ne partirais pas sans cela le cœur léger. »

Le sort des compagnons écossais importe peu à la jeune femme. Mais elle sait que Fénice, derrière ses bravades et ses révoltes, est profondément éprise de Peter. Et le jeune homme est en danger si maître Élia a décidé d'éliminer tous ceux qui sont tentés d'entrer en contact avec frère Andréas. Peter est de ceux-là, et sa liaison avec une fille de leur groupe le désigne comme victime prioritaire. Le cœur de la Levantine a assez souffert de la légèreté de Thibaut. Il ne résisterait pas à une nouvelle déception amoureuse.

« Tu comprends, je dois l'avertir du danger que court Peter. Et lui dire, aussi, que je t'ai retrouvé. Elle aussi te cherche.

— La Levantine ? Et pourquoi ?

— Elle a promis à un templier fou de le délivrer d'une malédiction. Et toi seul, selon elle, peux le faire.

— Le templier fou… Oui, je l'ai reconnu, hier, à la commanderie. Et j'ai bien vu que mon visage lui était familier. Mais j'avais sept ans quand il m'a sauvé la vie. Si je puis le lui rendre… Que dois-je faire ?

— Je n'y ai rien compris. Mais il faut que tu la voies, elle t'expliquera.

— Non ! Pour tout le monde, désormais, et tant que je n'ai pas démontré mon innocence, je suis l'assassin des tailleurs de pierre. Il ne faut dire à personne que tu m'as reconnu, tu m'entends ? Pas même à ma sœur.

— Mon Jean, si tu savais, pourtant, combien elle en serait heureuse. Nous avons passé des heures à parler de toi.

— Ce n'est plus qu'une question de jours, mais trop de précipitation peut tout faire échouer. Ne me trahis pas, Isabeau, je t'en conjure.

— Te trahir ? Comment peux-tu le penser une seule seconde ? J'ai trahi mon père, pour toi, et je viens de trahir la confiance qu'ont placée en moi Andréas et mes deux plus chères amies. Te trahir ? Mais je me trahirais plutôt moi-même, si cela pouvait te sauver. Jean, tu te rappelles comment maître Eckhart parlait de l'amour, quand nous étions à Cologne ?

— "S'il était possible qu'un chien soit à moitié infidèle à son maître, il se haïrait lui-même avec l'autre moitié." Moi aussi, je me souviens de ses mots. Nous sommes les deux moitiés du même chien, Isabeau. Les deux moitiés du même amour. Nous avons mis trop de temps à le découvrir. »

Leurs lèvres se sont jointes désespérément. Leurs corps ont mûri, mais c'est le même baiser adolescent qui leur ouvre à nouveau un paradis qu'ils croyaient perdu. Isabeau regarde son Jean partir dans la forêt, comme il s'est enfui jadis dans la forêt de Thuringe. Mais ce n'est plus un fou courant au hasard pour fuir son destin : c'est un homme mûr, qui a trouvé son chemin dans la jachère de son cœur, et le sens de sa vie, dans la forêt des significations. Où qu'il aille de par le monde, il ne peut plus se perdre, il ne peut plus la perdre.

« Je serai ici tous les jours à cette heure-ci, jusqu'à ce que tu y sois toi-même », murmure-t-elle, comme pour elle-même. Mais elle est sûre qu'il a entendu.

« Que me dites-vous là ? Le prisonnier des tailleurs de pierre s'est enfui ? N'en sortirons-nous donc jamais, de ces meurtres absurdes !

— Et j'ai peut-être des nouvelles plus importantes le concernant, monseign… mon frère. Les courriers que vous m'avez demandé d'envoyer en Écosse sont revenus. John vient bien d'Édimbourg, comme il le prétend. Mais il n'y est pas né. Il est arrivé très jeune, voici huit ans. Nous avons retrouvé la famille qui l'a accueilli. Il ne parlait alors qu'allemand, et français.

— Intéressant.

— Il n'est resté qu'un an là-bas, le temps d'apprendre le dialecte écossais qui lui permettrait de se forger une fausse identité pour rejoindre les tailleurs de pierre de Kilwinning.

— Et sa véritable identité, vous l'avez découverte ?

— Il s'appelle Jean, et il voyageait sous l'habit de Dominique.

— Voilà qui reste vague.

— Si l'on s'en tient là... Mais l'homme de confiance à qui j'ai remis cette affaire a poursuivi son enquête. Il est aussi rusé que dévoué. Il s'est dit que le prénom de Jean suffisait à expliquer pourquoi il parle français.

— Sans doute est-il né dans le royaume.

— Et s'il parle la langue de l'Empire, c'est donc qu'il a été éduqué. Il n'a pas été très difficile de retrouver un jeune dominicain du nom de Jean, qui s'est enfui de Cologne où il avait mené une vie si scandaleuse qu'il n'a même pas pu prononcer ses vœux définitifs. Et savez-vous qui est ce novice indocile ?

— Ne faites pas tant de mystère.

— Le frère de Marie de Bosquentin.

— Que dites-vous ? Dans ce cas, il n'y a plus un instant à perdre. Il est lié directement au trésor du Temple, et, s'il a le secret des compagnons, celui du dominicain, et peut-être celui de sa sœur, il le trouvera rapidement.

— Mais comment savoir où il est parti ?

— Le moment est venu de mettre bas les masques. Ses amis nous renseigneront.

— Le dominicain ?

— Trop dangereux. Il est protégé par l'Inquisition. Leur point faible est Thibaut, s'il est celui que vous m'avez décrit. Son oncle a perdu sa trace et ne le cherchera pas ici.

— Mes hommes l'aiment bien. Il a vécu à Rhodes dans notre ordre et les éblouit en leur parlant des hauts dignitaires qu'il y a côtoyés. »

Le gros homme sourit. Lui aussi vient de Rhodes, et il en connaît plus long qu'il ne veut bien dire. Il ne sera pas difficile de retourner la sympathie dont se prévaut le chevalier auprès des hospitaliers. Il est l'ami des hauts dignitaires de l'ordre ? Dans son discours seulement. Il se fait apporter une écritoire et du parchemin.

« Souhaitez-vous un secrétaire ?

— Non pas, cela doit rester entre nous. Vous prendrez note sous ma dictée. Ou plutôt non, vos gens connaissent peut-être votre écriture. Et je sais encore former les lettres ! »

Au nom du grand maître Hélion de Villeneuve, le grand visiteur prie toutes les commanderies occidentales de se mettre en quête de Thibaut de Bois-Aubert, chevalier d'une vingtaine d'années qui a profité de l'hospitalité de l'ordre, à Rhodes, pour s'emparer d'un collier précieux dont il décrit la forme avec précision.

« Je connais ce collier, effectivement, il l'a déjà montré à nos hommes en prétendant l'avoir rapporté d'Orient.

— C'est le cas. Et vous y avez vu inscrit ce signe ? »

Le grand visiteur tire des plis de son manteau une médaille portant au revers la croix templière dont la branche supérieure se tord en une petite flamme. Le prieur confirme que chaque maillon de la chaîne représente ce symbole dont les flammes rayonnent à l'extérieur, les petites croix d'or étant réunies par leurs bras. Ses hommes n'ont pas manqué de l'apercevoir : ils se sont inquiétés de sa signification. L'ordre a repris dans ses armes la croix des templiers, et le signe qui la parodie leur a semblé curieux.

« C'est la preuve qui les convaincra. Nous joindrons cette médaille à la lettre. »

Et, après avoir donné l'ordre de garder Thibaut prisonnier et soigneusement gardé jusqu'à l'arrivée d'un haut dignitaire, le grand visiteur signe et appose au bas du parchemin le sceau de son doigt. Le prieur a un fin sourire.

« Nul doute que votre signature seule suffise à discréditer le chevalier parmi mes hommes. Votre nom est plus célèbre parmi nous que celui du grand maître Hélion de Villeneuve. Dès ce soir, je vous le garantis, le jeune coq sera sous bonne garde. »

Le grand visiteur est visiblement contrarié. Il ne contrôle plus la situation. Il s'était appuyé sur le clan anglais au sein de la corporation de Kilwinning pour accéder au trésor. Maître Élia n'était pas le plus chaud dans cette tractation, sa fidélité à Édouard III étant plus grande que son amitié ou que son besoin d'argent. Mais il s'arrangeait de l'appui que lui assuraient au plus haut niveau les hospitaliers. Au point de le cacher à frère Andréas, quand celui-ci avait révélé en pleine assemblée des maçons que les travaux entrepris à Coulommiers n'étaient peut-être qu'un prétexte pour les y attirer. Pauvre inquisiteur, avec ses secrets à deux sous ! S'il savait que, loin d'avoir été manœuvré, c'est maître Élia qui avait appris au grand visiteur le lieu où il fallait chercher le trésor !

Mais la collaboration entre le maître et le haut dignitaire s'arrêtait là. Chacun se défiait de l'autre. C'était avec quelques compagnons anglais plus discrets que l'hospitalier avait gardé contact. Les meurtres qui s'accumulent dans leurs rangs compromettent à présent ces rapports. Trop longtemps, l'autorité du grand visiteur a

184

retenu le prieur de s'en mêler directement. Il est difficile, cependant, de les couvrir plus longtemps sans en être éclaboussé. Le haut dignitaire n'a aucune idée du meurtrier, mais il se doute bien qu'il doit figurer parmi les contacts qu'il a établis au sein de la confrérie. Cela peut se révéler compromettant si on le découvre.

Il va lui falloir se dégager progressivement de toute l'affaire, quitte à sacrifier le prieur qui en sait un peu trop et qui s'est laissé compromettre plus que nécessaire. La prudence voudrait même qu'il reparte dès à présent en Orient. Mais il veut tenter un dernier coup pour récupérer le trésor. Sans les compagnons, désormais, et sans le prieur de Coulommiers.

Thibaut n'a pas compris pourquoi ses amis hospitaliers se sont soudain retournés contre lui et se sont emparés de sa personne, sans un mot, sans même daigner répondre à ses questions, dès qu'il s'est présenté à la commanderie. Bien sûr, il sait que sur le fond du problème, le trésor du Temple, les intérêts de l'ordre s'opposent toujours aux siens, mais il est prêt à parier que les moines-soldats ne connaissent ni l'existence du trésor, ni les liens qui l'unissent à son héritière.

Sans doute, aussi, sait-il que les amitiés qu'il invoque à Rhodes sont bien minces, et un peu trompeuses. Mais qui penserait, dans la maison mère, à venir le chercher ici ? Et pourquoi, de Coulommiers, prendrait-on des renseignements là-bas sur son compte ?

Aujourd'hui, le voilà enchaîné dans un cachot exigu, dans la prison des moines-soldats. Qu'est-ce que cela veut dire ? Et comment en sortir, si ses amis eux-mêmes ne savent pas qu'il est ici ? Car l'amitié des hospitaliers fait partie des plans de Thibaut, qui ne s'en est ouvert à personne. Le chevalier français se défie du dominicain allemand autant que des compagnons écossais. S'il trouve le trésor du Temple, c'est pour le remettre à son oncle, conseiller de Philippe de Valois. Il n'est pas question qu'un empereur d'Allemagne – ou pire, un roi d'Angleterre –, jouisse du fabuleux pouvoir qu'on lui prête.

Alors, il comptait sur l'amitié des hospitaliers français pour maîtriser le dominicain, après la découverte. Il leur aurait proposé la même répartition qu'Andréas a obtenue des Écossais : le matériel pour agrandir leur commanderie, le spirituel pour lui. Il n'a pas même eu le temps de les sonder sur ce point.

« Eh bien, Thibaut, sans doute te demandes-tu ce que tu fais ici ? Tu ne dois pas t'attendre à m'y trouver. »

Les yeux du prisonnier ont eu le temps de s'habituer à l'obscurité, mais la brusque clarté de la torche les fait cligner, et l'ombre obèse de son visiteur ne lui est pas familière. Cette voix, pourtant, lui est connue. Et cet accent chantant du Midi… Ce n'est pas possible !

« Tu ne me reconnais pas ? Aurais-je tant changé en deux ans ? Toi, pourtant, tu es resté tel que je t'ai connu. Il est vrai que nos régimes n'ont pas été les mêmes. Tiens, prends un loukoum, ça te rappellera notre amitié.

— Dieudonné !

— Eh oui, Dieudonné ! Tu m'as fait peur un moment. Je craignais d'être méconnaissable.

— Tu l'es ! Tu t'es empâté comme un chanoine. C'est toi qui m'as fait emprisonner ? Que me veux-tu ?

— Tu le sais bien, Thibaut. Pourquoi jouer au plus fin avec moi ?

186

— Nous nous étions mis d'accord à Quaranteine. Tu as pris l'or et les joyaux du Temple, plus d'argent qu'il n'en fallait pour tes ambitions ! Tu ne m'as laissé que la relique, qui n'était même pas dans le pendentif.

— Le marché tient toujours, ou presque. Nous avons parlé du trésor du Temple, et non de celui de Quaranteine. Et aujourd'hui, je sais comme toi que celui que nous avons trouvé n'était que le hors-d'œuvre. Tu es tout près du plat principal, et tu voudrais le garder pour toi tout seul ? Ce n'est pas très gentil, ni très correct. Alors j'ai décidé de te rappeler les termes de notre marché.

— Ce n'est pas moi qui suis sur sa voie. C'est frère Andréas. Et je comptais sur les hospitaliers pour m'aider à lui ravir le trésor.

— Sur les hospitaliers et non sur moi ? C'est pourtant avec moi que tu avais conclu l'accord.

— Comment aurais-je pu savoir que tu étais à Coulommiers ? J'ai parlé de toi avec les hospitaliers, Dieudonné, tu es très populaire parmi eux, et plus d'un se montre déjà convaincu que tu succéderas à Hélion de Villeneuve. Je t'assure, si j'avais su que tu étais si proche…

— Garde tes serments, j'en connais la valeur.

— En quoi t'ai-je manqué ? Si tu as autant de pouvoir sur les hospitaliers, et grâce sans doute à ce que nous avons trouvé ensemble, notre marché tient toujours. Je te laisse la partie matérielle, elle ne m'intéresse pas.

— Sans doute me sera-t-elle bien utile. On dépense plus d'argent que tu ne crois pour conquérir la confiance de ses frères. Mes caisses sont à vide, à force d'avoir fait agrandir des commanderies, construire des églises, fortifier nos châteaux d'Orient… et d'avoir graissé quelques pattes haut placées.

187

— Tu auras de quoi construire un rempart tout autour de la chrétienté, si tu le souhaites ! Et de quoi acheter le pape lui-même, s'il est à vendre.

— J'aurai tout cela, sans doute. Mais cela ne me suffit plus.

— Que veux-tu dire ?

— Je connais un peu mieux le trésor du Temple depuis notre dernière rencontre. Je ne connais toujours pas sa nature, mais je sais à quoi il peut me servir. Il légitime tout pouvoir, m'a-t-on dit.

— Tu ne te contentes donc plus de devenir grand maître ? Tu voudrais reconquérir la royauté de Jérusalem ?

— Un bout de terrain en Orient ? Fi donc !

— Alors quoi ? L'Empire ?

— Je suis un ambitieux, Thibaut, tu le sais bien. Et l'ambition ne se contente pas d'un trône temporel.

— Tu veux dire… Le Saint-Siège ?

— Et pourquoi pas ? Avoue que j'ai toutes les chances. Ma famille est en Avignon, au pied du trône pontifical. J'aurai l'appui du dernier ordre militaire puissant, les hospitaliers. Je disposerai de richesses incalculables et, en plus, de la légitimité sur tous les trônes temporels, ce qui manque encore aux papes prisonniers d'Avignon ! Et je suis prêtre, bien sûr, encore que ce ne soit pas indispensable…

— Le trésor n'est pas destiné à couronner l'ambition, mais à confirmer la légitimité d'un pouvoir déjà établi. Rappelle-toi le chevalier maudit de Quaranteine : c'est le même sort qui t'attend.

— Garde tes conseils pour les femmes qui t'accompagnent, Thibaut. Tu as toujours su leur parler. Maintenant, on va voir si tu sais parler aux guerriers.

— Je n'ai rien à leur dire.

— Rien ? Je gage qu'avant ce soir tu nous auras dit tout ce que nous voulons savoir sur le trésor et la façon de retrouver le tailleur de pierre qui est sur sa piste. »

Le jeune homme tente de se précipiter sur son ancien ami, mais les chaînes sont courtes, et solides. Dieudonné se tient à bonne distance du prisonnier, que sa haine impuissante fait trembler de la tête aux pieds.

« Tu me le paieras un jour, Dieudonné. Mon oncle est puissant. Il me fera rechercher jusqu'ici, et tu répondras de tes actes.

— Je serai loin, alors, avec le trésor. Et même si ce n'était pas le cas, je sais que tu ne me dénonceras pas à ton oncle.

— Qui m'en empêcherait ?

— Toi-même. »

Dieudonné s'approche en fixant Thibaut dans les yeux, comme le dompteur entrant dans la cage d'un fauve mal apprivoisé. Le chevalier aspire un grand coup, mais sa rage est retombée. S'il garde son sang-froid, il ne risquera rien. Le grand visiteur sourit, une douceur triste passe dans son regard.

« Ne te rappelles-tu pas la Terre sainte ? Tu m'as sauvé la vie, là-bas, et j'ai sauvé la tienne. Quoi qu'il arrive, Thibaut, nous nous appartenons pour l'éternité. Parce que nous l'aurions déjà rejointe, l'un et l'autre, sans l'amitié qui nous a liés en un autre temps, en un autre lieu.

— Et c'est cette amitié que tu trahis aujourd'hui. Crois-tu cela pardonnable ?

— Nous n'y pouvons rien, ni toi ni moi. Comme tu ne peux empêcher que je connaisse ton secret, et toi le mien.

— De quel secret parles-tu ?

— Tu sais que tu n'as pas tué le chevalier de Quaranteine. Tu t'es contenté de couper la tête à un cadavre et de la pendre à la selle de ton cheval. En masquant par la plaie du couteau celle de l'arbalète. Et la flèche qui lui a transpercé la gorge quand il allait t'abattre, qui l'a tirée ?

— Toi. Et alors ?

— Que dirait Fénice si elle l'apprenait ? Que l'Élu à qui doit revenir le trésor puisqu'il en a tué le gardien, c'est moi. Et que dirait Marie si elle savait cela ? Que le lâche qui se vante d'exploits qu'il n'a pas accomplis, c'est toi.

— Ce sera ta parole contre la mienne.

— Certes, mais ce n'est pas la justice qui devra trancher. Je ne convaincrai aucun juge, mais les femmes sauront qui a raison. Songe à ce que tu seras désormais dans le regard des autres, dans le regard de Marie. Et si tu me dénonces comme l'auteur de ta séquestration, ce sera aussi ta parole contre la mienne. Sauf que la tienne, tu l'as trahie deux fois déjà, et que la mienne est celle de tout un ordre. »

Thibaut se rue à nouveau sur son visiteur, sa haine intacte, mais celui-ci s'est reculé et se tient hors de sa portée, assis sur la dernière marche de l'escalier. Le chevalier secoue ses chaînes de rage. Elles sont solides.

« Nous nous retrouverons devant le tribunal de Dieu, si celui des hommes m'est fermé. Et notre parole alors sera jugée à l'aune de notre cœur. Crains ce jour-là, Dieudonné, car si mes lèvres ont quelquefois masqué ma pensée, jamais elles n'ont trahi mon cœur.

— Tant de choses ont changé en un an… Combien peuvent encore changer en une éternité ? Tu n'as pas voulu que nous soyons unis par l'amitié, Thibaut, alors nous le serons par la haine. »

Le gros homme s'est relevé sans que Thibaut ne tressaille. Avec un sourire suffisant, il a quitté la geôle, assuré du silence de son prisonnier devant la justice du roi, et convaincu qu'il ne tardera pas à parler sous la torture.

Les femmes sont sur le pied de guerre. Leurs hommes sont en danger, et c'est à elles de prendre la situation en main. Isabeau est rentrée tout alarmée à Coulommiers. Elle ne peut annoncer à ses amies qu'elle a retrouvé Jean, et ne parvient pas à cacher le bonheur qui fait resplendir son visage et qu'elle tente de masquer sous l'inquiétude qu'elle ressent pour l'ami de Fénice.

Quand elle a compris que maître Élia était sans aucun doute le meurtrier recherché par tous les compagnons, et qu'il s'en prenait à ceux que tentait l'alliance avec le dominicain, Fénice a immédiatement pensé à Peter. Le jeune tailleur de pierre est le premier en danger. Depuis plusieurs jours, il plaide pour une union des forces plus étroites qui, selon lui, permettrait de retrouver plus vite le trésor et de mettre fin aux meurtres. Et sa liaison avec Fénice est désormais connue de tous.

Mais Marie n'en est pas moins inquiète pour Thibaut, disparu depuis le matin. C'est Andréas, cette fois, qui lui a appris la mauvaise nouvelle. Le dominicain loge toujours avec les moines-soldats, et il a assisté fortuitement à l'arrestation du chevalier. Il a aussitôt compris que la trêve implicite avait pris fin et a rejoint les trois amies, préoccupé lui-même pour son propre sort. Seule la puissance de l'Inquisition, qu'il représente, le protège, il le sait. Pour combien de temps ? Ceux qui n'ont pas hésité à retenir le neveu d'un conseiller du roi doivent avoir des appuis haut placés. Il leur sera facile de discréditer Andréas auprès des dominicains de Paris. D'autant que plus d'une fois, c'est vrai, il en a pris à son aise avec sa mission.

« Que pouvons-nous faire contre les hospitaliers ? se lamente la jeune femme. Nous ne pouvons investir la commanderie.

— Il nous faudrait retrouver le templier de Montebise, suggère Fénice. Lui nous aidera.

— Je ne pense pas, tempère Isabeau. Il est intervenu parce que son honneur était en jeu, mais ce n'est pas un justicier. Et puis, comment le retrouver ? Je crois que l'oncle de Thibaut est le seul à pouvoir le sauver. Les troupes royales pourront faire plier le prieur.

— Mais notre fuite aura été vaine si nous retombons volontairement en son pouvoir, se lamente Marie. De quoi ne sera-t-il pas capable si nous retombons en son pouvoir ? D'autant que nous serons bien gardés !

— Avons-nous le choix ? »

Marie se tait. Elle sait que, pour elle, le sacrifice est facile. Elle n'a jamais voulu pour elle le trésor dont on la dit héritière. Elle le remettra sans hésiter au roi si cela peut sauver Thibaut. Mais si l'analyse de Fénice est exacte, le dominicain lui aussi convoite le trésor pour d'autres fins, et il n'y renoncera pas aussi facilement, surtout pour un garçon qu'il méprise à moitié. Elle ne peut attendre de lui un tel sacrifice.

Le prêcheur a perçu sa perplexité, et il sait qu'il en est la cause. Son regard hésite, déchiré entre deux devoirs contradictoires. Il s'est doucement approché d'elle et a posé sa main sur son épaule. Marie tressaille. Jamais Andréas ne s'est permis un tel geste de tendresse. Mais elle sent que ce n'est pas à elle qu'il s'adresse. Le jeune garçon puise pour lui-même un sursaut d'énergie auprès de la seule personne qui lui ait fait regretter son vœu de chasteté.

« Marie, si nous demandons au cardinal d'intervenir auprès des hospitaliers, cela ne signifie pas seulement qu'il pourra s'approprier le trésor. Cela veut dire aussi qu'il repartira avec Thibaut et qu'il vous sera probablement impossible de le revoir. Dans une semaine, il sera marié.

— Que m'importe, s'il est vivant ! Je ne le reverrai pas plus si les hospitaliers le gardent dans leur prison, ou s'ils...

— Ne pleurez pas, Marie, et n'imaginez pas tout de suite le pire. Si vous êtes capable de renoncer à l'amour par amour, croyez-vous que je ne sois pas prêt à un tel sacrifice ?

— Que voulez-vous dire ?

— Le trésor des templiers n'a pas de signification s'il n'assure la paix dans les cœurs. Je ne veux pas le conquérir au prix de votre malheur, et du mien. Que le cardinal l'emporte, si cela peut sauver Thibaut.

— Andréas, vous pensez réellement ce que vous dites ?

— C'est mon cœur qui parle, mais aujourd'hui j'ai décidé qu'il était plus important que ma raison. Mon père est mort pour ce trésor, vous le savez. Et tant d'autres après lui. Je crois que nous serions pardonnés s'il contribuait à sauver au moins une vie. »

Fénice et Isabeau se sont rapprochées, sans rien dire. Elles aussi ont conscience du sacrifice que représente pour le moine le renoncement à une mission qu'il portait en lui bien avant sa naissance, quand son père, le premier tailleur de pierre à avoir trahi son devoir, a été égorgé dans les rues de Cologne.

Marie ne sait que répondre, que décider. Du bout du pied, elle amasse en un petit tas la paille hachée qui jonche le sol. Elle a froid, de l'intérieur, et blottit ses pieds gelés dans la paille qui réchauffe la terre battue. Tout le sang a quitté ses extrémités pour lui faire battre douloureusement les tempes. Sans quitter le sol du regard, elle parle d'une voix sourde.

« Dans ce cas, vous avez raison, frère Andréas. Je vais de ce pas à Paris tout raconter au cardinal Godefroy.

— Ce n'est pas à vous d'y aller. Comment pourra-t-il vous croire ? Vous êtes son ennemie depuis que Thibaut s'est enfui. Il vous séquestrera au Louvre et nous ne serons pas plus avancés.

— Que proposez-vous, alors ?

— J'irai. De moi, il ne peut se défier.

— Vous n'y pensez pas ! Le temps presse. À pied, vous mettrez plusieurs jours à rejoindre Paris !

— Marie, je prendrai un cheval. »

Un silence stupéfait succède à ces paroles. Le dominicain est prêt à rompre le vœu qu'il se faisait un point d'honneur de respecter depuis son entrée dans l'ordre. Sans doute est-ce là un sacrifice plus lourd que celui de l'or ou des reliques du Temple. C'est presque une virginité qu'il offre à Marie, car rien ne pourra ensuite défaire ce qui a été fait.

La main du garçon est restée sur son épaule. Doucement, Marie pose sa propre main sur elle, en un accord tacite, en un remerciement qui ne peut être prononcé. Jamais leur intimité ne pourra être plus forte, car aujourd'hui, ce sont les âmes qui se sont parlé. Marie aime Thibaut, qui ne le mérite guère. Et tout le mérite d'Andréas ne pourra le lui faire aimer. Ils repartiront tous deux solitaires, dépouillés de leur héritage, dépossédés de leur amour, mais ils auront connu un instant de plénitude, un instant infime de cette paix des cœurs qu'ils n'espéraient que dans une autre vie. Qui sait alors, lorsque les âmes et non les cœurs se retrouveront, avec qui Marie partagera son éternité ? Tel est le dernier espoir de celui qui en un instant vient de tout sacrifier pour elle. Isabeau interrompt leur rêverie.

« Si vous voulez sauver Thibaut, c'est tout de suite.

— Tu as raison. Et toi, Fénice, si tu espères sauver Peter, il n'y a sans doute plus un instant à perdre. »

La jeune fille, émue un moment par la scène, est brutalement rappelée à la réalité. À sa réalité. C'est son Peter, pour l'instant, qui est en danger. Elle se hâte vers le chantier, en s'efforçant de ne pas trahir son inquiétude. Les compagnons sont sur leurs gardes, il sera difficile à maître Élia de frapper en plein jour, sur un chantier qu'il doit diriger de près.

Mais les compagnons se méfient de tous, sauf précisément de maître Élia. C'est vers lui qu'ils se tournent pour calmer leurs angoisses, exposer leurs doutes. C'est lui qu'ils vont trouver pour demander qu'on en finisse avec ce trésor et tous les meurtres qui lui sont liés, pour suggérer qu'on collabore plus étroitement avec le dominicain. Ils ne savent pas que, ce faisant, ils vont au-devant de leur mort.

Lorsqu'elle arrive sur le chantier, Fénice remarque immédiatement l'absence de Peter, et de maître Élia. Elle fait le tour des compagnons, saluée par les demi-sourires et les *lazzi* des ouvriers, complices, et dont plus d'un envie Peter.

« Où est Peter ? demande-t-elle en tâchant de poser sa voix.

— Ne t'inquiète pas, ma belle, il est en lieu sûr.

— Ne sois pas jalouse ! C'est maître Élia qui a demandé à le voir.

— Où cela ?

— Dans la chambre du trait. Je suppose qu'il avait un détail à lui préciser. Nous sommes presque au bout de nos peines, comme tu vois. Et si tu as envie de repartir avec nous… »

Mais la jeune fille n'a pas entendu la fin de la phrase. Elle court déjà vers la loge, sans plus chercher à cacher sa peur. Les compagnons, interloqués, se regardent perplexes. Quelques-uns interrompent leur travail pour la suivre. Que lui prend-il, à cette jolie brunette ? A-t-elle peur que son galant ne s'envole ? À moins qu'elle n'imagine quelque infamie sur le compte du maître ! « Empêchez-la d'entrer dans la chambre du trait, voyons, c'est un endroit sacré. » Nulle femme n'y a jamais mis les pieds. Seule la robe d'un dominicain, un soir, l'a violée, et plus d'un en porte encore la blessure.

Ils n'entendront qu'un cri, un « non » déchiré qui les a cloués sur place. Lorsqu'ils réalisent que quelque chose de grave s'est passé, ils se ruent vers la porte laissée béante.

Lorsque Fénice est entrée dans la salle, Peter était occupé à rectifier un trait sur les conseils de maître Élia. Il avait tendu une corde entre ses doigts et, d'un geste précis, la faisait claquer sur le sable pour y imprimer une ligne droite entre les deux points où il avait posés ses doigts. Mais le maître ne se contentait pas de diriger le trait. Il avait saisi une lourde masse et s'apprêtait à l'abattre sur le crâne du compagnon.

196

C'est à ce moment que Fénice a poussé un cri désespéré qui a un bref instant suspendu le geste meurtrier. Surpris, maître Élia a tourné la tête, et Fénice, dans un réflexe, a juste eu le temps de se précipiter sur son amant accroupi sur le sol. La masse, trop lourde, n'a pu arrêter son mouvement. Elle s'est abattue de tout son poids sur la tête de la jeune fille, qu'elle a fracassée. Maître Élia, tremblant des pieds à la tête, a regardé avec stupeur l'œuvre de ses mains. Lui qui n'hésitait pas à fouiller les poitrines des cadavres ne comprend pas comment il a pu tuer une jeune fille.

C'est à ce moment que les compagnons sont entrés dans la loge. En un éclair, ils ont tout compris. Mais ils n'ont pas eu le temps de réagir. Pas même la volonté, peut-être. Peter était toujours par terre, sous le corps inerte de sa compagne. Le temps de réaliser qu'elle lui avait sauvé la vie, qu'elle était morte pour lui, et, d'un coup d'épaule, porté par une terrible vocifération de désespoir, il se dégageait, envoyant rouler la jeune morte au milieu du tracé de la chapelle. Les cheveux roux, les cheveux rouges, font flamber l'édifice esquissé dans le sable.

Maître Élia n'avait pas bougé, la masse ensanglantée à ses pieds, regardant toujours ses mains trembler sans comprendre ce qui leur avait pris. En criant toujours sa rage et sa douleur, le jeune garçon a tiré un couteau de sa ceinture et bondi sur le meurtrier. Personne n'a fait un geste pour l'en empêcher. Et lorsque les deux hommes ont roulé dans le sable, effaçant dans leur étreinte les fondations du chœur, les compagnons jureront que maître Élia n'a pas fait un geste pour se défendre. Peter s'est retrouvé à califourchon sur le maître, qui a ouvert sa main droite en équerre, la paume à l'air, et sa main gauche en compas, la paume tournée vers le sol. Il a offert sa gorge au couteau du garçon fou de douleur. Mais celui-ci a frappé au cœur.

Alors seulement, les compagnons qui assistaient à la scène sont intervenus, avant que le jeune homme ne retourne contre lui l'arme dont il avait frappé le maître.

« Peter, trop de sang a coulé sur ce chantier. Celui-ci sera le dernier. »

Doucement, maître Rombau a désarmé le jeune homme, qui s'est relevé, le regard vide, sans même jeter un œil sur le cadavre du maître étendu à ses pieds. Il fait un pas en arrière, bute sur le corps de Fénice, dont un compagnon a précipitamment recouvert la tête écrasée. C'est inutile. Peter ne la remarquera pas davantage. Les rangs se sont ouverts et il est sorti, hébété, suivi par maître Rombau, qui l'a confié à deux compagnons sûrs. Qu'on le raccompagne aux baraquements. Maître Rombau doit régler l'affaire.

Pour lui aussi, c'est une page qui se tourne. Avec maître Élia, c'est le clan anglais tout entier qui a été décapité au sein de la corporation. Il va falloir tout reconstruire, renouer avec la tradition de maître Estamer et de maître Loram, interrompue par le coup de force de maître Élia et de quelques rebelles. Il va surtout falloir réconcilier les deux clans, apaiser les rivalités, permettre que le travail à nouveau prenne le pas sur la politique.

Ce ne sera pas facile. Les compagnons désemparés semblent une ruche qui a perdu sa reine. Lorsque maître Rombau rentre dans la chambre, personne n'a osé bouger. C'est lui qui doit rompre le charme, fluidifier à nouveau le temps qui s'est figé à la mort du maître.

« Prions pour maître Élia, commence-t-il. Il a rejoint maître Jacques, de qui nous tenons notre légitimité et notre filiation avec le Temple de Jérusalem.

— Que celui qui a créé le monde selon compas et mesure accueille son âme à sa droite.

— Il a rejoint maître Gaëtan, de qui nous tenons notre règle et de qui nos descendants tiendront leur filiation de Kilwinning.

— Que celui qui a créé le monde selon compas et mesure accueille son âme à sa droite.

— Il a rejoint maître Estamer, de qui nous tenons notre rectitude dans l'ouvrage, dans les mœurs et dans la tradition.

— Que celui qui a créé le monde selon compas et mesure accueille son âme à sa droite.

— Il a rejoint maître Loram, de qui nous tenons la continuité dans l'effort et la conscience de son but.

— Que celui qui a créé le monde selon compas et mesure accueille son âme à sa droite.

— Mes frères, prions tous pour maître Élia, de qui nous tenons notre rêve et la force de le réaliser.

— Que celui qui a créé le monde selon compas et mesure accueille son âme à sa droite. »

Les compagnons ont à nouveau chaud au cœur. Les mots ont canalisé la peine ou la haine, la peur ou le soulagement. Ils sont à nouveau unis dans la prière et dans le souvenir du mort. Ceux qui avaient soutenu maître Élia savent que leur nouveau maître ne leur en tiendra pas rigueur, et qu'il y a place pour eux dans le pardon qu'il a accordé à la mémoire du mort. Ceux qui avaient condamné le coup de force des Anglais savent qu'ils n'ont pas été associés aux mauvaises actions de leur maître.

Et la chaîne de la mémoire ne sera pas interrompue par le maillon qui vient de se briser. Maître Rombau a su trouver les mots pour intégrer son prédécesseur dans la commémoration des anciens. C'est vrai que maître Élia avait donné un rêve aux tailleurs de pierre. Grâce à lui, leurs mains ne travaillaient plus pour élever un à un des bâtiments sans lien les uns avec les autres, mais construisaient déjà le chemin de Saint-Jacques, comme une longue chaîne d'églises, d'auberges et d'hôpitaux entre l'Écosse et la Galice.

Et si lui-même ne partageait pas ce rêve, ou s'il l'avait inféodé à un but moins noble, puisque au service d'un roi et non d'un saint, il avait su le formuler et l'ancrer dans le cœur des compagnons. C'est cela qu'ils retiendront de lui. Le rêve survit à celui qui l'a imaginé, à celui qui l'a trahi, et dans leur mémoire, au fil des générations, s'effacera la trahison. Par les mots qu'il a su trouver pour saluer la mort de son prédécesseur, maître Rombau a été tacitement élu à sa place, bien plus que par son âge ou par la tradition qu'il tient de maître Estamer.

Le vieux maçon l'a compris à la densité du silence qui a suivi la prière. Il est allé chercher, au fond de la salle, le couvre-chef de maître Élia et s'en est coiffé cérémonieusement. Puis il a tendu les mains, et la chaîne s'est formée autour des deux morts. Le sable a bu le sang sur le tracé du chœur.

# 6

## AU NOM DU ROI

« Vous avez agi comme une folle ! »

L'oncle de Thibaut ne décolère pas. Mais Marie ne sait pas si c'est l'inquiétude pour son neveu ou la perspective de perdre le trésor qu'il a promis au roi de France qui le met dans cet état. Dès que frère Andréas lui a appris que Thibaut était prisonnier des hospitaliers à Coulommiers, il est parti lui-même avec une petite troupe et a donné des ordres pour qu'un bataillon plus important les rejoigne au plus vite sur place.

Depuis la disparition du jeune homme, le cardinal a envoyé des émissaires à travers tout le royaume, dans tous les endroits en tout cas où son neveu était susceptible de se réfugier avec Marie. À Bosquentin et dans tous les villages dépendant du château du Mesnil, bien sûr, mais aussi auprès de tous les parents de la jeune fille et des amis susceptibles de prêter asile aux fugitifs, ainsi que, plus discrètement, dans tous les couvents dominicains de la région où frère Andréas aurait pu trouver appui.

Marie est effarée. Elle ne se connaissait pas tant de parents et d'amis, la petite orpheline dont personne ne voulait lorsque sa mère a été massacrée et son château brûlé. Les généalogistes de la Couronne ont bien travaillé ; c'est leur métier. Mais sans le moindre bon sens : un lien familial sur parchemin ne signifie pas qu'on est prêt à porter secours contre les troupes royales !

Et pourtant, le cardinal n'a jamais pensé au plus évident des refuges : dans la gueule du loup. Comment songer que Thibaut et Marie seraient là où on aurait dû les chercher en premier, là précisément où l'on a perdu leur trace ? Peut-être est-ce tout simplement à cela que fait allusion le vieil oncle en parlant de folie. Marie est folle de s'être cachée au beau milieu du village. Mais cette folie, en fin de compte, est le comble de la sagesse, puisqu'elle s'est révélée d'une prodigieuse efficacité.

« Vous êtes folle, répète-t-il, mais courageuse. Et j'apprécie, croyez-le, que vous ayez renoncé à mon neveu pour lui sauver la vie.

— Ce n'est pas la mort de Thibaut que je veux, ni son malheur.

— Mais votre folie est plus grande que votre courage. Vous m'avez fait venir trop tard. Que voulez-vous que je fasse contre une commanderie qui détient mon neveu en otage ? Contre un ordre qui dépend directement du pape ? Vous n'avez pas idée des complications diplomatiques que votre attitude inconsciente a entraînées. »

Marie se tait. Elle ne sait qu'une chose : il faut délivrer Thibaut. Et si elle avait à ses ordres l'ost du roi de France, elle le précipiterait contre les murs de la commanderie. Elle laisse le gros homme déambuler nerveusement à travers la chambre et se replie, butée, sur cette seule idée.

Il est plutôt comique, le cardinal, en hauts-de-chausse et en cuirasse, avec sa calotte pourpre et des gants assortis pour rappeler discrètement sa dignité. Il ne fait pas la guerre, bien sûr, puisque l'Église a décrété son *horror sanguinis*, son horreur du sang, et qu'elle laisse désormais aux laïcs le soin de combattre, de saigner ou de torturer. Mais, en tant que conseiller du roi, il commande le petit détachement chargé de régler cet épineux problème, par la force s'il le faut.

Il s'arrête devant la cheminée et pince sa lèvre supérieure à l'endroit où, plus jeune, il portait la moustache. Il a conservé le tic de la lisser, dans ses moments de perplexité, longtemps après l'avoir rasée. Il regarde Marie avec un sourire en coin. Elle l'agace, mais son opiniâtreté lui plaît. C'est vrai que ç'aurait été l'épouse idéale pour son mollasson de neveu, si elle avait d'autres alliances et d'autres richesses qu'une gentilhommière et quelques villages en Normandie. Il n'a pas trouvé mieux titré qu'un baron dans le nuage de petits cousins soulevé par les généalogistes.

Il sait aussi qu'elle a eu l'honnêteté de refuser un mariage clandestin, et il lui en sait gré. Une fille racée, sans aucun doute, qui rendrait un peu de sang neuf à sa famille qui ne produit plus que des Thibaut fatigués de naissance et pourris par les intrigues de la cour. Allons, il n'y faut pas songer. Ils ne peuvent être alliés ; ce n'est pas une raison pour être ennemis.

Marie a perçu ce demi-sourire et en a bien compris la signification. Le vieil homme inquiet pour son neveu la touche. Il n'est pas si diable qu'il est noir, disait jadis sa nounou quand son garnement de frère prenait un air angélique pour se faire pardonner une grosse bêtise. Car elle répondrait bien aux reproches du gros homme : « Si vous n'aviez pas tâché de contrarier notre amour,

nous n'aurions pas été obligés de nous cacher de vous. »
Elle préfère se taire. Inutile d'envenimer la situation.

« Bien, conclut le cardinal. Nous allons voir ce que
veulent les hospitaliers. Peut-être n'y aura-t-il pas besoin
de recourir à la force. Mais vous avez bien conscience
qu'après une intervention quasi officielle, il nous sera
difficile de cacher plus longtemps l'existence du trésor,
et que cela ne facilitera pas notre recherche.

— Thibaut me préoccupe plus que le trésor.

— J'en prends bonne note. Vous avez aussi conscience
qu'il repartira avec moi et qu'il vous sera impossible de
l'approcher ?

— La vie de Thibaut m'est plus précieuse que son
amour.

— Voilà qui est clairement raisonné et exprimé. J'espère que les rapports avec les hospitaliers seront aussi
limpides. »

Et le cardinal, sans prendre autrement congé de la
jeune fille, est remonté à cheval et s'est dirigé vers la
commanderie avec son escorte. L'enseigne fleurdelisée
s'est déployée derrière lui.

L'accueil qu'on lui réserve chez les hospitaliers est
encore moins chaleureux, mais le prieur est visiblement
mal à l'aise et ne peut lui faire grise mine. Il croyait que
Thibaut était en froid avec sa famille et que son oncle, en
particulier, ignorait où il se cachait. Comment la détention du jeune homme a-t-elle été connue aussi vite à
Paris ? Car, d'emblée, aucun doute ne lui est laissé sur le
but de cette visite impromptue.

Dès qu'il a été averti que le cardinal Godefroy, à la
tête d'une petite troupe royale, était à la porte de la commanderie, le prieur s'est empressé à leur rencontre. Il a
laissé les gens du roi pénétrer dans la cour, mais les

moines-soldats, discrètement, se sont postés tout alentour. Malgré les nombreux morts occasionnés par l'assaut du templier fou, ils sont plus nombreux que les soldats du roi, et ils tiennent à le montrer.

Discrètement, bien sûr, l'agressivité est prématurée. Mais la présence même de troupes en armes au sein de la commanderie n'est-elle pas en soi une menace ? Quelques hommes de l'escorte royale se replient par précaution vers la porte, pour garder les arrières au cas où la discussion tournerait mal, tandis que deux gardes se tiennent à l'entrée du logis pour assurer le repli de leur chef.

Aussi l'atmosphère est-elle lourde dans le logis du prieur où est accueilli le cardinal. Tous les honneurs ont beau avoir été rendus à l'hôte illustre, son autorité s'arrête aux portes de la commanderie, et on le lui a bien fait sentir. Comme il fait comprendre au prieur qu'il est inutile de biaiser longtemps avec lui.

« Des informations de bonne source me font croire que mon neveu est détenu entre vos murs, attaque-t-il en regardant l'hospitalier droit dans les yeux. Puis-je savoir pour quels motifs vous le retenez ici ?

— Votre neveu ? Thibaut de Bois-Aubert ? Il est bien passé dans nos murs, voici certainement deux semaines. Mais je peux vous jurer qu'il en est reparti le jour même, en compagnie de trois jeunes filles que nous hébergions.

— Cela, je le sais, et je sais que vous avez renvoyé sans explication les hommes que j'avais fournis pour escorte à ces jeunes filles afin qu'ils ne s'aperçoivent pas de la présence de Thibaut en vos murs. Vous vous êtes fait leur complice à ce moment, vous ne pouvez le nier.

— Complice ? Auraient-ils commis quelque crime ?

— Le fait de ne répondre de vos actes qu'au Saint-Siège ne vous permet pas de vous immiscer dans les affaires de ce royaume, mon père. Vous saviez que Thibaut était recherché, et sans doute n'ignorez-vous pas pourquoi.

— La tradition de l'Église, à laquelle nous appartenons l'un et l'autre, est de donner asile au fugitif, sans lui demander les raisons de sa fuite, vous ne l'ignorez pas.

— Je sais que je n'ai aucun pouvoir sur vous sans la permission de vos supérieurs. Cette permission, nous l'aurons très prochainement, soyez-en sûr, et votre collaboration dès cet instant sera la seule façon d'adoucir une juste colère lorsqu'elle s'exprimera par voie légale.

— Par voie légale ? Il s'agit presque d'une menace, monseigneur. De quoi m'accusez-vous ?

— Retenir un chevalier français contre son gré ne vous semble pas suffisant ?

— Le justice de Dieu ne connaît pas de frontière. Elle s'exerce ici aussi bien qu'en Avignon et nous donne le droit de détenir qui nous le souhaitons dans une affaire qui regarde l'Église ou la foi. Quant à votre neveu, je n'ai pas connaissance qu'il soit en nos cachots.

— Me permettez-vous de le vérifier ?

— À quel titre ? Notre ordre ne dépend pas de l'autorité séculière.

— Au titre d'oncle cherchant son neveu. Au titre de l'amitié qui unit nos deux familles. N'est-ce pas suffisant ?

— En l'occurrence, non. L'amitié que vous invoquez suppose la confiance. Elle disparaît dès que vous mettez en doute ma parole. »

Le cardinal a un geste d'impatience. S'il avait encore des doutes sur la présence de Thibaut en ces murs, l'attitude du prieur suffirait à les lever. Il va falloir préciser la menace s'il n'obtient rien par la négociation. Il s'approche négligemment de la fenêtre qui donne sur la cour. Ses hommes sont toujours sur le qui-vive, encerclés par la garnison de la commanderie de plus en plus nerveuse.

« Dans ce cas, la justice du roi va réclamer sa personne. S'il y a eu quelque dol contre votre intérêt, justice vous sera rendue. Mais par le roi, dont Thibaut est sujet.

— Jouons franc jeu, Éminence, nous gagnerons du temps. Vous savez que votre neveu est en quête d'un certain trésor.

— Je le sais, effectivement.

— Et à qui appartiennent juridiquement les biens du Temple ?

— À l'Hôpital, c'est exact. Pas à vous.

— Mais s'ils sont retrouvés dans le domaine de ma juridiction, c'est à moi de faire en sorte qu'ils reviennent à mon ordre.

— Sans doute. Mais cela ne vous donne aucun droit sur les hommes. La justice royale tranchera sur ce cas.

— Quand bien même ma confiance serait totale dans la justice d'un roi qui s'est empressé de confisquer pas mal de biens du Temple qui nous revenaient, je vous ferais remarquer qu'une partie de ce trésor est de nature spirituelle, et que l'Église a priorité pour décider de sa compétence en ce domaine précis.

— Est-ce ainsi que vous comptez défendre votre position ?

— Nous n'en sommes pas là. À ma connaissance, le trésor est loin d'être découvert, et votre neveu n'est pas chez nous. Nous parlons dans le vide.

— Dans ces conditions… »

Adossé toujours à la fenêtre, le cardinal fait un large signe aux soldats postés dans la cour. À cet ordre qu'ils attendaient, la petite troupe se regroupe en carré, boucliers levés.

Mais les hospitaliers n'ont pas le temps de s'en prendre à eux : des archers royaux sont apparus comme par miracle sur le chemin de ronde et prennent les hospitaliers à revers. La faible escorte du cardinal n'était qu'un leurre. Le reste de sa troupe, profitant de la concentration des forces dans la cour, a discrètement escaladé le rempart à l'endroit où il avait été affaibli par le précédent assaut.

La pluie de flèches a surpris la garnison, qui au cri de « trahison » se replie sur le corps principal, sur l'église ou sur le logis des invités. Une demi-douzaine de moines-guerriers sont déjà étendus sur le sol, et une petite partie est acculée à l'enclos du jardin, où elle ne pourra guère se protéger.

Quant aux soldats du roi, ils s'assurent rapidement les points stratégiques, gardant grande ouverte la porte d'entrée pour qu'on ne puisse couper la route aux renforts. Les soldats en faction devant le logis du prieur ont maîtrisé les gardes hospitaliers et sont montés au premier étage, où ils s'emparent du prieur.

« Ainsi, Éminence, vous étiez prêt à la trahison. Est-ce votre neveu ou le trésor du Temple qui vous fait à ce point oublier vos devoirs envers un ordre libre et envers un hôte ?

— Disons que je m'attendais à ce que notre négociation tourne court.

— Vous savez ce que vous coûtera cette félonie. Nous sommes sous la protection directe du Saint-Siège.

— Si je me suis trompé, sans doute. Mais personne ne vous soutiendra si nous trouvons mon neveu dans vos cachots. Et cela, vous le savez pertinemment. Croyez-vous que je ne sache pas lire sur les visages ? »

Dehors, la situation reste cependant confuse. L'effet de surprise passé, la garnison s'est organisée. Les hospitaliers sont bien entraînés, et stimulés par la honte de leur récente défaite face à la horde dépenaillée des templiers. Le petit carré royal au centre de la cour est en mauvaise posture, et, des bâtiments où ils se sont réfugiés, les moines-soldats peuvent sans risque les harceler de flèches.

« Au nom du roi, arrêtez ! »

Le cri a suspendu un instant les hostilités. Un héraut royal est apparu dans l'encadrement de la porte et, du haut des remparts, le cri se répand soudain dans toute la commanderie : « Le roi ! » La troupe qu'avait demandée le cardinal en quittant Paris a fait diligence. Elle est à présent aux portes de la commanderie, et le roi lui-même en a pris la tête. À ses côtés, on reconnaît aux houppes de son large chapeau un légat pontifical en grande tenue et au visage sévère.

Quand il comprend la situation, le prieur perd soudain de sa superbe. Il ordonne à ses hommes de poser les armes et descend en hâte à la rencontre de ses visiteurs. La troupe officielle s'est avancée dans la cour, l'air consterné. « Quelle pitié ! » murmure le roi Philippe, et le prieur croit entendre le templier fou repartant en soupirant : « Quel gâchis ! » C'est le même ton ennuyé par les conséquences de l'acte plus que par les morts eux-mêmes.

Le prieur s'empresse auprès de l'envoyé pontifical, qu'il aide à mettre pied à terre, tandis que le cardinal

Godefroy va au-devant de son souverain. Dans le silence effaré qui succède au combat, chacun se demande ce qui a pu attirer dans une petite commanderie de province des personnages de cette importance. Le logis du prieur avale leur secret.

« Eh bien, cardinal Godefroy, il me semble que nous arrivons à temps pour éviter un massacre dont nous nous serions bien passé. Lorsque nous avions évoqué cette affaire, vous ne m'en aviez pas annoncé le prix.

— Majesté…

— Taisez-vous ! Nous nous expliquerons de tout cela. Et vos explications auront intérêt à être convaincantes.

— De quelle affaire s'agit-il ? s'enquiert le légat.

— D'une querelle de famille qui a failli devenir affaire d'État, Excellence. Le neveu du cardinal Godefroy a fui l'autorité de son oncle. Cela le regarde. Mais je ne pouvais tolérer qu'un chevalier de France soit retenu de force dans cette commanderie, même si elle échappe à mon autorité.

— Prieur, est-ce exact ?

— À dire vrai, Excellence…

— Nous allons vérifier cela immédiatement. Faites mener notre capitaine à vos geôles. Et si Thibaut de Bois-Aubert s'y trouve, amenez-le-nous. Vous aurez alors à vous en expliquer devant nous, et à être plus convaincant que vous ne vous êtes montré coopératif. »

Sur un signe du prieur, un des deux hospitaliers en faction devant la porte se charge de faire exécuter les ordres du légat. Celui-ci attend qu'il ait quitté la salle pour reprendre.

« Ce n'est pas uniquement cela qui m'a amené ici. Vos rapports avec la cour de France ne me regardent qu'indirectement, si vous ne parvenez pas à les régler vous-même. Mais des rumeurs étranges sur votre commanderie ont couru jusqu'en Avignon, et Sa Sainteté m'a chargé de lui faire un rapport sur les meurtres… disons, singuliers, qui se sont multipliés en cette enceinte.

— Justement…

— J'ai fait mon enquête. Je sais que l'Inquisition a délégué un visiteur, dont le rapport se fait attendre. Encore un qui aura intérêt à fournir une explication plausible à ses supérieurs, et j'ai mandat pour lui autant que pour vous. D'autre part, votre grand maître, Hélion de Villeneuve, était précisément en Avignon lorsque j'ai été chargé de cette affaire. Il m'a appris qu'un grand visiteur était actuellement en tournée en Champagne et qu'il devait être passé par votre commanderie. L'avez-vous reçu ?

— Bien sûr, Excellence. C'est-à-dire…

— Mais je suis toujours là. »

La porte s'est ouverte derrière les visiteurs, qui sursautent en voyant Dieudonné de Gozon pénétrer dans la pièce. Le prieur est soulagé. Il ne savait plus comment s'en tirer sans dévoiler de secrets essentiels, et le grand visiteur arrive à point nommé.

Mais sur la face mi-surprise, mi-chagrinée que s'est composée Dieudonné, le prieur lit soudain qu'il ne sera pas soutenu. L'affaire a déplacé trop de beau monde. Le dignitaire va tirer son épingle du jeu en faisant l'innocent, et en reportant sur un prieur trop entreprenant la responsabilité de l'échec. Il s'effondre sur un banc. C'est sa dernière protection qui vient à lui manquer. Son affaissement est ressenti comme un aveu de culpabilité.

Dieudonné s'est incliné devant le roi, a baisé l'anneau du cardinal Godefroy et du légat, et s'est tourné d'un air surpris et chagriné vers le prieur anéanti.

211

« Que se passe-t-il dans votre commanderie ? Je viens vous trouver pour tirer au clair une série d'assassinats, et voilà le deuxième assaut dans lequel je me trouve pris. Par les troupes du roi, à présent ! Pouvez-vous m'expliquer la situation ?

— Monseigneur, vous connaissez… les difficultés auxquelles nous sommes confrontés… et je vous ai parlé des… mystères qui entourent cette commanderie…

— Parlez clair, voyons. Je ne suis au courant de rien.

— Pas même de ma venue ? » interrompt le cardinal Godefroy, qui ne digère toujours pas l'accueil qui lui a été fait, et qui ignorait qu'un dignitaire aussi important écoutait son entretien derrière la porte.

Mais le grand visiteur ne se laisse pas démonter. Un bref regard lui a suffi pour deviner que le cardinal en sait bien plus sur le secret du Temple que le légat pontifical, et qu'il ne tient pas à ce que l'affaire soit invoquée devant lui. Tout se jouera par allusions, dans une négociation qui réunit trop d'intérêts opposés, et trop de personnages importants qui ont des connaissances bien différentes du secret en question.

« Bien sûr, Éminence, je savais que vous étiez en nos murs. Mais je ne pensais pas que votre présence était liée aux assassinats qui m'occupent. Je suis trop occupé pour prendre en charge les menues affaires de cette commanderie. Aurions-nous d'autres préoccupations communes qui nécessiteraient un entretien ?

— Je suis ici, Messire notre bon roi est ici, Son Excellence, légat de Sa Sainteté, est ici, parce que vos hommes ont enlevé et séquestré mon neveu, Thibaut de Bois-Aubert.

— Enlevé ? Séquestré ? Prieur, qu'est-ce à dire ? Apprenez que Thibaut de Bois-Aubert est mon ami. Il m'a sauvé la vie en Terre sainte, et je ne tolérerai pas que le moindre mal lui soit fait. Thibaut est-il ici ?

— Bien sûr, Dieudonné, que je suis ici. L'apprends-tu seulement maintenant ? »

Thibaut est entré, soutenu par un garde et par le commandant des troupes royales. Il n'a pas subi de sévices, mais les chaînes lui ont blessé les chevilles, et sans doute exagère-t-il un peu les souffrances d'une journée de détention. Il tient l'occasion de se venger, il le sait, et il compte en profiter.

En même temps, il en a peur. Sa vengeance a un prix lourd. Le trésor lui échappe s'il en parle devant le légat, devant le roi. Marie le méprisera si Dieudonné met sa menace à exécution. Et son oncle lui pardonnera-t-il jamais de s'être ainsi soustrait à son autorité ? Ne vaut-il pas mieux jouer sur le mouvement de pitié qu'il lit dans son regard ? Un mot de trop peut le perdre.

Avec sa perspicacité habituelle, Dieudonné a aussitôt compris les hésitations de son ancien ami. Avant même que celui-ci ait pu s'incliner devant le roi et le légat, avant même que l'oncle Godefroy ait pu prononcer un mot d'accueil ou de compassion, il s'est précipité vers lui avec une agilité surprenante pour un homme de sa corpulence et l'a étreint dans un mouvement d'affection outré qui surprend l'assistance, et le jeune homme lui-même.

« Thibaut, mon Thibaut… Crois-tu que je ne serais pas aussitôt descendu à ta geôle si j'avais su que tu était détenu ici ?

— Certes, tu serais accouru, répond le jeune homme, époustouflé par un tel culot.

— L'ordre tout entier se tient pour responsable, et moi le premier, sois-en sûr, qui étais présent dans la commanderie alors que tu croupissais dans ses prisons. Mais les coupables seront punis, fais-moi confiance, ajoute-t-il en lançant un regard noir et presque sincère au prieur.

— Sans doute, tu es aussi responsable, reprend Thibaut qui nage un peu dans les sous-entendus du discours.

— Et je m'en veux autant que tu t'en veux. Tu m'as sauvé la vie en Terre sainte, je ne l'ai pas oublié, et voilà que moi, je perds la seule occasion qui m'était offerte de te le rendre. J'en porterai toute ma vie le remords. »

Cette fois, l'allusion est claire. Dieudonné ne parlera pas du combat contre le chevalier de Quaranteine, où il a sauvé la vie de Thibaut. À charge pour lui de ne pas dire un mot sur la visite qu'il lui a faite dans son cachot, le matin même.

Le chevalier hésite. Est-il possible qu'une telle fourberie reste impunie ? Mais lorsqu'il entend le légat, qui ne comprend toujours rien à la situation, affirmer que ses informations étaient bonnes et que Dieudonné parlait de la même voix que son maître, Hélion de Villeneuve, il se rend compte que toute dénonciation serait vouée à l'échec.

Au poste qu'il a atteint, Dieudonné est presque intouchable. Il faudra un scandale retentissant pour qu'il soit lâché par les siens. S'il tient déjà Thibaut par un si petit chantage, que ne sait-il, à un autre niveau, qui lui assure une protection bien plus efficace ?

Il est désormais dans un monde dont chaque élément soutient l'autre, parce que chacun risque de tomber avec l'autre. Manifestement, le roi et le légat sont contents qu'un petit prieur, déjà déconsidéré par ses liens avec la dynastie précédente, suffise à endosser la responsabilité. On se gardera bien de chercher un responsable à un plus haut niveau. Mais tout n'est pas éclairci pour autant.

« Je suis heureux que cette affaire soit terminée, s'interpose le légat pontifical avec une ironie qui montre qu'il n'est pas dupe, et que le jeune homme soit rendu à… l'affection des siens. L'essentiel cependant a été laissé en suspens : pourquoi ce chevalier était-il détenu dans les geôles de la commanderie ?

— Ce ne peut être que pour des raisons personnelles, j'imagine », ajoute le roi, soucieux qu'on ne révèle pas au représentant du pape les recherches sur le trésor du Temple auxquelles il se trouve mêlé. Et son regard foudroie le prieur pour l'enjoindre au silence.

Le pauvre homme, qui se sent lâché par l'autorité royale après l'avoir été par celle de son ordre, comprend qu'il ne peut même pas compter sur la protection pontificale s'il doit mettre en cause pour se défendre les plus hautes fonctions civiles et régulières. Il ouvre la bouche en écartant les bras, dans un muet et émouvant appel à l'aide que personne ne semble percevoir. Et si Dieudonné vient à sa rescousse, c'est moins par un geste de pitié que pour éviter qu'un doute s'immisce dans l'esprit déjà ébranlé du légat.

« Allons, prieur, il ne sert plus à rien de cacher les raisons de votre acte, quand tout est découvert. Aucune sentence n'a été prononcée, et vous savez que la clémence de vos supérieurs dépendra de votre réponse.

— Certes, certes, bredouille l'accusé sans savoir dans quel sens il doit interpréter ces mots.

— N'y a-t-il pas un rapport avec cette jeune fille dont vous m'entreteniez hier en termes si chaleureux ?

— De quelle jeune fille s'agit-il ? s'enquiert le roi.

— Une certaine Marie… de Roquentin ? Fromentin ?

— Marie de Bosquentin ? »

C'est Thibaut qui s'est soudain dégagé des deux hommes qui le soutenaient, comme piqué par un serpent, oubliant en un instant l'épuisante détention dont il est censé porter les traces. Ceux qui le soutenaient doivent se transformer en gardes et le retenir de se précipiter sur le prieur.

Celui-ci, désemparé, semble avoir perdu pied et se laisse ballotter dans la conversation comme un fétu de paille sur une mer en furie. Devant cette attaque imprévue, il a eu un geste de repli vers Dieudonné, comme un enfant se réfugiant dans le giron de sa mère, et, s'il a su dignement réfréner son réflexe, celui-ci n'a pas échappé aux assistants.

Le grand visiteur réprime un sourire. Il n'aura pas à s'inquiéter pour le silence du prieur. Instinctivement, celui-ci sent que Dieudonné reste le dernier soutien auquel s'accrocher dans le grand reflux qui le menace de naufrage. Il enfonce alors le clou impitoyablement.

« Marie de Bosquentin, c'est cela. Vous vous en souvenez, prieur ? L'intérêt que vous preniez pour cette jeune fille me semblait dépasser le cadre de vos devoirs d'hospitalité, et je vous avais conseillé d'en parler en confession.

— Le misérable. S'il a touché à un cheveu de Marie, s'il l'a salie d'une seule pensée malhonnête…

— Calme-toi, mon Thibaut. Nos vœux stricts nous exposent parfois, hélas, à de coupables tentations, mais ils savent nous maintenir dans le respect de la pureté. Je suis sûr quant à moi qu'aucune pensée suspecte n'a traversé l'esprit de notre bon prieur, n'est-ce pas…

— N… non, non, certes non, bredouille celui-ci, et sa sincérité ne laisse aucun doute.

— Mais que de telles pensées se soient converties, pour éviter d'être formulées trop directement, en une certaine… rancœur, ou jalousie envers toi, on peut le comprendre, à défaut de l'excuser.

— Voilà, voilà… J'étais jaloux… s'empresse le prieur comme un naufragé saisit la première planche passant à sa portée.

— Et c'est cela qui aura dérangé un roi, un légat, un cardinal et un grand visiteur ? s'inquiète le représentant du pape, soupçonneux. Sans parler de deux armées et de tous les morts que nous avons vus dans la cour ? Prieur, si cela est, je pense qu'il vous faudra sans retard vous mettre en règle avec votre conscience, comme vous l'a suggéré le grand visiteur. Je vous entendrai moi-même en confession », décrète-t-il, à la consternation des assistants.

Le légat n'est pas dupe de la comédie qu'on lui joue. Il sent que, de toutes parts, des pressions s'exercent sur le prieur pour qu'il dissimule la vérité. Le cardinal Godefroy, Dieudonné de Gozon, le roi lui-même sont du complot. C'est donc à lui qu'on cherche à en faire accroire. Il en aura le cœur net.

« Excellente idée, Excellence, s'enthousiasme faussement le roi. Quant à moi, d'autres affaires bien plus graves m'attendent. Souffrez que le prieur nous montre nos logis : il se fait tard, et nous regagnerons Paris demain matin.

— Je ne sais si l'état de son âme…

— Craignez-vous que le démon de la concupiscence qui a fait son nid en lui n'en profite pour s'immiscer en nos cœurs ? Rassurez-vous, nous avons été suffisamment immunisés contre lui par votre sainte présence. Et les fatigues du déplacement suffiraient à décourager ses efforts !

— Ce n'est pas le principal de mes soucis, Majesté.

— Alors quoi ? Craignez-vous pour votre pénitent ? Son âme n'est pas si noire qu'elle ne puisse attendre la grande lessive le temps d'un Ave. Je vous le répète, Excellence, tout ceci me fatigue et j'ai des affaires plus graves à traiter pour le bien du royaume. Nous avons perdu assez de temps sur des sujets frivoles. Attendez votre pénitent à l'église, il ne tardera pas à vous rejoindre. »

Le légat ne peut que s'incliner, malgré le regard désespéré que lui lance le prieur. Il ne peut insister sans offenser gravement le roi en mettant en doute sa probité. Car ce qu'il craint, c'est que des pressions soient discrètement exercées derrière son dos contre un prieur visiblement égaré. Menaces, promesses germeront dans son esprit labouré comme le mauvais grain dans le champ. Il faudra déployer le grand jeu des sanctions temporelles et des peines éternelles pour extirper l'ivraie et laisser mûrir le bon blé de la vérité. Il soupire et se laisse conduire vers l'église de la commanderie, attenante au logis du prieur.

Il attendra longtemps. Trop longtemps. Lorsque enfin, inquiet, il se décidera à sortir de la chapelle, il comprendra que ses soupçons n'étaient pas sans fondement. Et qu'ils étaient même sous-estimés. Entre l'église et le logis, près d'un chantier désert à cette heure tardive, il bute contre un corps inanimé. En se penchant sur le visage pour l'identifier, il n'est pas surpris de reconnaître le prieur. Mais il a un brusque sursaut horrifié.

Entre les dents du cadavre, une main sacrilège a enfoncé son cœur.

La colère du légat est à la mesure de son indignation. Le meurtre d'un religieux est un sacrilège ; celui-ci était placé sous sa protection, et il est évident que l'on craignait les révélations qu'il pourrait faire en confession. Il y a complicité manifeste de tous ceux qui étaient dans la salle, et l'enquête n'épargnera personne, à quelque niveau que ce soit.

« Le meurtre est signé, Excellence, tempère Dieudonné. Comme vous le savez, j'ai été envoyé en cette commanderie pour éclaircir certaines affaires de meurtre rituel. Le prieur avait à ce propos fait preuve d'une coupable négligence et omis de faire appel à la justice du comte.

— Allez-vous accuser les tailleurs de pierre de ce meurtre ? Aucun d'entre eux n'était présent dans la salle durant notre conversation.

— Mais qui vous dit que ce meurtre a un lien avec cette triste affaire de séquestration ? Tout n'a-t-il pas été réglé en ce domaine ? Le prieur a bien accompagné le roi dans ses appartements. Mais, en se rendant à l'église où vous l'attendiez, il devait longer le chantier des compagnons. Et c'est là qu'il a été assassiné.

— Pour quel motif, selon vous ?

— Seuls les meurtriers pourront nous le dire. Mais comme je vous l'ai expliqué, l'indulgence dont il a fait preuve après les premiers meurtres fait songer à une complicité avec les Écossais. Nous savons que certains d'entre eux s'occupent de politique : les partisans de Robert Bruce, le roi d'Écosse, s'opposent dans leur sein

219

à ceux d'Édouard d'Angleterre. Est-ce cela qui a entraîné la vague de meurtres ? Et le prieur a-t-il été mêlé à ces conflits ? Ce n'est pas à exclure : le maître des compagnons a été tué hier. Le parti écossais triomphe à nouveau, et si le prieur…

— Et ces compagnons ?

— En fuite, précisément. Cela ne signe-t-il pas leur acte ? Nous avons lancé des hommes à leur poursuite, ils ne pourront pas nous échapper longtemps.

— Tout cela me paraît bien obscur. Mais vous connaissez mieux le dossier que moi. Nous saurons rapidement si vous avez raison. L'Inquisition n'avait-elle pas désigné un enquêteur pour résoudre cette affaire ? »

Frère Andréas est précisément en train d'examiner le cadavre du prieur. Et, du premier coup d'œil, il s'est aperçu que l'incision pratiquée à la hâte dans la poitrine pour arracher le cœur n'avait pas la forme d'un compas ouvert. Il ne peut s'agir que d'un camouflage grossier. Doit-il en parler au légat qui l'a convoqué ? C'est risquer de le voir s'intéresser de plus près au secret du Temple.

D'un autre côté, cela permettrait peut-être de discréditer tous ceux qui, à deux pas du trésor, tentent de le récupérer pour le roi de France ou pour leur propre compte : le cardinal, Thibaut, et ce grand visiteur apparu tout à coup comme un diable d'une boîte…

Son hésitation sera de courte durée. Un dominicain ne peut cacher la vérité au représentant du pape. C'est sa fonction, sa carrière même qui sont en jeu. Non, les compagnons écossais ne sont pour rien dans le meurtre du prieur, il en a la conviction. Il le dit.

La colère du légat, qui s'était quelque peu apaisée après les explications habiles de Dieudonné, est repartie de plus belle, avec des forces neuves puisées dans l'ultime humiliation d'avoir été berné par le grand visiteur. Il ne restera pas un instant de plus dans un lieu où l'on compte pour si peu la vie d'un prieur. Sa vie même y serait en danger. Et que l'on craigne sa colère. Ce soir il sera à Paris et, demain matin, il partira pour Avignon où Sa Sainteté sera tenue scrupuleusement au courant de tout ce qui se trame au sein de l'ordre des Hospitaliers, et en plein cœur du royaume de France.

Non, il n'acceptera pas l'escorte des soldats royaux. Il aurait trop peur de se faire égorger au coin d'un bois pour éviter que sa colère ne remonte jusqu'au Saint-Siège. Il préfère la protection des hospitaliers, dont la garnison semblait fort attachée à son prieur et qui aura certainement à cœur d'assurer sa vengeance.

Lorsque le légat est parti, la tension retombe dans le petit groupe réuni dans le logis du prieur. Mais la colère royale, qui s'était retenue tant que l'oreille du pape était présente, n'est pas moins violente et redoutable, même si Philippe de Valois préfère la menace sèche aux éclats de voix.

« Vous vous rendez compte, messieurs, de la situation dans laquelle vous m'avez mis, et vous avez mis le royaume ? J'espère que vous mesurez les conséquences de vos actes et que le résultat que vous me promettez en vaut la peine.

— Sire, vous n'aurez plus rien à craindre du Saint-Siège quand vous aurez le trésor.

— Mais à présent le temps presse. Voici deux ans que je vous fais confiance sur de belles paroles, cardinal Godefroy. Aujourd'hui, nous ne disposons plus que de quelques jours. Jean XXII sera bientôt au courant, et ses enquêteurs ne mettront pas longtemps à découvrir ce que nous cherchons. Vous connaissez le vieux pape, convaincu à la moindre contrariété qu'un complot se trame contre lui. Et cette fois, il n'aurait pas tout à fait tort…

— Quelques jours nous suffiront, sire. Nous sommes proches du but : la tapisserie qui donne l'emplacement exact du trésor a été localisée.

— Que ne le disiez-vous plus tôt ?

— Cela reste un peu vague, et nous espérions pouvoir vous la montrer en vous annonçant la nouvelle. »

Les troupes du cardinal Godefroy, lorsqu'elles cherchaient Thibaut à travers la France, se sont présentées au bailli du Mesnil, qui leur a appris que Marie cherchait à récupérer certains meubles, certaines tapisseries qui lui rappelaient son enfance. Le cardinal, informé, a aussitôt pensé qu'elle était en quête de la fameuse tapisserie où a été brodé un plan d'accès à la crypte. Le bailli n'a guère fait de difficulté pour les aider dans leur enquête. La protection royale est plus sûre que les promesses de l'héritière, s'il y a contestation des biens qui se sont retrouvés chez lui après le sac du château.

Les soldats du roi ont eu plus de facilité que Marie et ses amis pour dénouer les langues et visiter les châteaux. Ils savaient ce qu'ils cherchaient ; ils ont très vite éliminé la plupart des noms que leur a donnés le bailli. La tapisserie représentant un baptême restait introuvable. À force de chercher, cependant, ils ont appris qu'elle avait été vendue, voici plus de dix ans, à un juif dont on a perdu toute trace.

L'information sans doute est maigre, et peu encourageante. Depuis les expulsions, les confiscations, voire les massacres, ces dernières années, la communauté hébraïque se méfie des enquêteurs du roi. Chercher un bien, n'est-ce pas déjà envisager un vol ? Les soldats du cardinal Godefroy se sont heurtés à un mur de silence impossible à rompre.

Pourtant, en recoupant les maigres informations qui échappent, presque malgré eux, à ceux qu'ils visitent, ils sont persuadés que la tapisserie n'a pas quitté la région. Certains regards se sont allumés, inquiets ou méfiants, comme si la tapisserie leur était bien connue, mais qu'ils voulaient protéger son détenteur.

« Il faut les arrêter, tonne le roi. Ils finiront bien par parler.

— Je ne pense pas, Majesté. La communauté juive est très soudée, et bien organisée. L'arrestation des personnes à qui nous avons demandé des informations n'aurait qu'une conséquence : dans la journée, la tapisserie aurait disparu.

— Alors que proposez-vous ?

— Il faut envoyer chez eux quelqu'un qui ait leur confiance. On lui parlera plus facilement qu'à nous.

— Facile à dire ! Dès qu'on se présente chez eux au nom du roi, ils deviennent muets.

— Majesté, je connais la personne qu'il vous faut. »

Le roi toise le petit dominicain qui a pris la parole. Il n'a pas oublié que c'est par sa faute que le légat est parti en menaçant de tout révéler au Saint-Siège. Frère Andréas reste au mieux un adversaire, peut-être un ennemi. Soupçonné en tout cas de travailler pour l'empereur ou pour le pape, en tant que dominicain allemand, et sûrement pas pour le roi. Qu'espère-t-il en proposant son aide ?

« Depuis quand les inquisiteurs inspirent-ils confiance aux juifs ? raille le cardinal Godefroy.

— Il ne s'agit pas de moi, bien sûr, mais d'une amie de Marie et de moi-même.

— Isabeau ? s'informe Thibaut. Mais quel rapport ? »

À l'époque où Isabeau, la petite Thuringienne, parcourait l'Allemagne sur les pas de son fiancé, Jean, le frère de Marie, elle avait été recueillie par un vieux juif qui avait perdu peu auparavant une fillette de son âge. Une amitié profonde était née entre le vieil homme et l'enfante fugueuse. C'est grâce à Salomon Bonastruc qu'Isabeau avait fini par retrouver Jean, avant de le reperdre.

Salomon avait longtemps vécu en France, avant d'en être expulsé par Philippe le Bel en 1306. Et, lorsque l'amoureuse opiniâtre avait annoncé son intention de le chercher dans le royaume, il l'avait recommandée à sa famille restée à Troyes.

« Sans doute sera-t-il facile à Isabeau d'entrer en contact avec la communauté hébraïque de Champagne grâce à ces parents. Avec la recommandation de Salomon Bonastruc, qui était un rabbi respecté lorsqu'il est parti pour Cologne, elle inspirera la confiance.

— Merci du conseil. Nous lui demanderons. Croyez-vous que nous aurions besoin de vous pour la convaincre ?

— Peut-être pas. Mais un mot de moi suffirait à la dissuader de vous communiquer la tapisserie, quand elle l'aura retrouvée.

— Prends garde d'arriver vivant à ce jour.

— Vos menaces ne me font pas peur. Vous aurez besoin de moi pour déchiffrer la tapisserie. Et lorsque vous aurez trouvé la crypte, je suis le seul à connaître certains secrets de son ouverture. Dis-leur, Thibaut, le message de la chaîne que tu as trouvée en Palestine.

— Seule l'union permettra de retrouver le trésor. Un seul maillon rouillé peut le faire perdre à tout jamais.

224

« — Soit, tranche le roi après un moment de réflexion. Nous ne pouvons nous permettre le moindre retard. Nous réglerons nos comptes plus tard, frère Andréas. Nous sommes condamnés à être alliés. Pas amis.

— Un roi de France peut-il avoir des amis ? ose l'impertinent dominicain.

— Plus facilement qu'un dominicain. Surtout avec une langue comme la tienne. Nous avons besoin de toi, c'est vrai. Prends garde de n'en point abuser. »

Le roi s'est retiré, de mauvaise humeur, dans les appartements que feu le prieur a mis à sa disposition. Il doit jouer serré pour démêler toute cette histoire avant qu'elle ne parvienne aux oreilles de la papauté et n'entraîne des complications diplomatiques insondables. Et pour cela, il a besoin de faire confiance à d'autres gens d'Église, des dominicains aussi dangereux que les hospitaliers et que les légats ! Voilà trop de prêtraille autour de lui. Ses ancêtres n'en avaient certes pas toléré autant. Et ces appartements monacaux ne sont guère de nature à modifier sa méchante humeur...

En regagnant le dortoir des moines-soldats, à une heure déjà tardive, Andréas se fait héler à hauteur du jardin.

« Psst ! Andréas...

— Peter ! Tu n'as pas fui avec les compagnons de Kilwinning ?

— Fui ? Qui t'a dit qu'ils ont fui ? Ils sont partis, écœurés. On nous a attirés dans un piège, pas sur un chantier honnête.

— Et toi ?

— Pas ici. Pas si fort. Aide-moi à me cacher. »

Des bancs de nuages voilent sporadiquement la lune. Il suffit d'attendre quelques minutes pour aider Peter à sortir du jardin clos qui longe la commanderie vers le sud. Le tailleur de pierre est transi. Les soirées sont encore fraîches dans ce printemps peu clément, et il se terre manifestement depuis plusieurs heures dans l'attente d'un ami qui l'aiderait à trouver un abri plus sûr.

Les portes de la commanderie sont fermées, et les logis d'hôtes débordent de soldats du roi. Même si la culpabilité des Écossais dans la mort du prieur a été écartée, les meurtres rituels, pour l'armée royale comme pour la garnison, sont liés à la confrérie qu'ils distinguent mal d'une secte. Il ne ferait pas bon tomber entre leurs mains.

« Mets mon manteau, suggère Andréas. Si on ne nous voit pas ensemble, tu passeras pour moi. Et puis, il te tiendra chaud », ajoute-t-il en voyant le jeune homme claquer des dents. L'autre le remercie d'un sourire piteux.

Ils se dirigent vers la chapelle, l'un après l'autre. Au cas où quelqu'un verrait une robe blanche ou un manteau noir traverser la cour, il penserait que le prêcheur attend en prières la prochaine heure canoniale. Quand ils se retrouvent à l'abri de la petite église, Peter veut lui rendre son manteau ; Andréas le refuse d'un geste. L'autre est encore transi de froid. Les deux amis s'installent côte à côte dans un recoin du clocher.

« M'expliqueras-tu, à présent...

— À la mort de maître Élia, les compagnons ont été désemparés. Heureusement, maître Rombau les a repris en main, a restauré la discipline et l'unité entre les clans. Depuis le début, chacun le savait, il désapprouvait notre

226

participation au chantier de Coulommiers et notre quête du trésor.

— C'étaient paroles de sage : avec un seul secret et sans la localisation exacte de la crypte, vous n'aviez aucune chance.

— Restait le chantier. Nous n'avons jamais abandonné un chantier entamé. Question de principe. Question d'honneur.

— Mais ici, la situation est différente.

— Nous croyions avoir été engagés par la commandcric. Maître Rombau a trouvé le contrat en reprenant la succession de maître Élia. En fait, c'est le prieur qui avait agi en son nom propre, et non en celui de son ordre.

— Je sais, avec l'argent de Dieudonné de Gozon, et non avec les économies de la commanderie, qui auraient été bien insuffisantes.

— Dès lors, il devenait difficile de nous faire payer la fin du chantier par le successeur du prieur. Et avec tous les morts que nous avons eus dans nos rangs…

— Je me doute bien que vous avez dû être découragés.

— Il n'y a plus de trésor pour nous, Andréas. Il ne nous était pas destiné.

— Mais toi, pourquoi n'es-tu pas parti avec eux ?

— Je n'ai pas voulu les suivre. Fénice est morte par leur faute. Par leur confiance stupide en maître Élia. Même maître Rombau, à la fin, pour ne pas rompre la chaîne de la tradition, n'a pas voulu ternir la mémoire de maître Élia. Je n'ai pas pu le supporter. Jamais je ne pourrai pardonner. Jamais je ne pourrai oublier Fénice. Je n'ai plus rien à voir avec eux.

— Et avec nous ?

— J'aimais Fénice, comme je n'ai jamais aimé aucune autre femme. Je l'ai vengée, mais cela ne me suffit pas.

Fénice, c'était mon trésor du Temple. Toute sa vie, elle n'a pensé qu'à trouver l'Élu qui l'emporte à tout jamais et qui lève la malédiction. Et le jour où nous l'avons trouvé, voilà qu'elle meurt. Je me dois d'aller jusqu'au bout. Pour elle, pour sa mémoire, pour le repos de son âme. Et parce que sans cela je ne pourrai jamais comparaître devant elle, le jour où ce sera mon tour de monter là-haut.

— Tu nous aideras ?

— J'aiderai Fénice. Je serai fidèle à son vœu. Mais le trésor n'est pas pour moi non plus. Pas plus que l'amitié. Excuse-moi, Andréas.

— Je te comprends. »

Le jeune frère a soudain un geste de tendresse pour le compagnon effondré. Il passe son bras autour de ses épaules, et le jeune homme fond en larmes, serré contre la poitrine du prêcheur. Andréas pense qu'ils doivent former un étrange tableau, ce colosse tout en muscles sanglotant nerveusement sur l'épaule d'un religieux fluet, l'un en noir, l'autre en blanc, et aussi gênés l'un que l'autre du drôle de couple qu'ils forment.

« Excuse-moi, tente de se reprendre l'Écossais. Je ne sais pas ce qui me prend… Je n'avais pas pu pleurer à la mort de Fénice… Sur le moment, la rage l'a emporté… Je l'ai tué ! Après… C'était trop tard…

— Ou bien tu manquais d'une épaule où le faire. Je te comprends mieux que tu ne crois, Peter.

— Tu ne peux pas savoir ce que c'est, de voir celle que tu aimes mourir sous tes yeux… Mourir pour te sauver la vie…

— Non, je ne peux pas. Et toi, tu ne peux savoir ce que c'est, de rencontrer l'amour quand on a fait vœu de chasteté et que celle qu'on aime est fiancée à un ami.

228

Mais nos deux cœurs sont meurtris, et ils se sont compris.

— Toi ? Tu aimes ?

— Cela te paraît incompatible avec mon ordre ? Avec les habits que je porte ? Mais pas avec mon âge, crois-moi.

— Ce n'est pas cela... Mais depuis le départ, tu es... comment dire... si distant, toujours réfugié dans ton intelligence... qu'on se demande si tu as un cœur. Un cœur qui sache aimer.

— La première fois que nous nous sommes vus, j'étais l'inquisiteur, et toi parmi les accusés. Cela ne favorise pas la sympathie.

— Même après, lorsque je venais voir Fénice...

— La première impression compte beaucoup. Mais tu n'as pas tort. Dans mon ordre, les théologiens enseignent qu'on arrive à la béatification par la connaissance, non par l'amour. On nous l'a tellement seriné, démontré par des exemples convaincants ou par des citations bibliques, que nous avons fini par le croire. Et il suffit d'un regard pour tout remettre en question. Un regard qui vient trop tard. Le savoir n'est rien auprès de ce regard.

— Tu peux me le dire, à présent. C'était Fénice ?

— Non, rassure-toi. Tu n'auras pas à partager son souvenir. On est parfois marié à une morte plus violemment qu'à une vivante.

— Alors ? Marie ? Isabeau ?

— À quoi bon ? Nous étions sept, si tu comptes bien, trois filles, quatre garçons. Le monde finit à sept, disait mon maître Henri de Wackenhof. Pour Dieu, c'est sans doute vrai, mais pour l'homme... Combien de couples forme-t-on à sept ?

— Trois...

« — Et un laissé-pour-compte. Il fallait bien que ce soit moi.

— Je te demande pardon, Andréas. Ma souffrance est violente, parce qu'elle est brutale. La tienne dure depuis bien longtemps.

— Et pour longtemps encore. Peut-être, qui sait ? plus longtemps que la tienne. »

Le dominicain se lève du banc où ils s'étaient assis. L'émotion a un temps. Elle ne peut envahir sa vie. Dans les cloîtres, on met en garde contre l'acédie, cette étrange paresse de l'âme, cette mélancolie inexpliquée qui menace les études et le zèle religieux. Peut-être commence-t-elle ainsi : par un vague regret d'être passé à côté des choses pour vivre dans leur représentation ; à côté de la vie pour se réfugier dans son spectacle.

Jamais Andréas n'avait reconnu en lui ce péché capital que l'on disait friand de jeunes novices et plus dangereux pour les vocations que la révolte. Jusqu'ici, sa quête l'avait toujours écarté de tout ennui, de toute lassitude intellectuelle. Pourquoi, soudain, tout lui semble-t-il si vain ?

Il se ressaisit. Ne pas laisser le diable s'immiscer en soi, surtout le sombre démon du désespoir, celui qui a poussé Judas à un crime plus lourd encore que la trahison et le déicide. « Si tu veux aimer les autres, commence par t'aimer toi-même », disait maître Eckhart. Et pour aimer Marie, il faut lui rendre son titre d'héritière, et son héritage. C'est cela, désormais, la mission d'Andréas.

« Peter, j'ai encore besoin de toi. Pour la mémoire de Fénice, tu as dit que tu nous aiderais à trouver le trésor. Bientôt, si Dieu le veut, nous aurons le plan. Mais nous ne disposons pas encore des trois secrets qui ouvrent la crypte. J'en devine un, j'en ai un second, mais mal transmis. Peut-être que le troisième m'aiderait à dénouer tout cela.

— Mais seuls les maîtres le connaissent. Je ne te serais d'aucune utilité.

— Ce n'est pas sûr. Maître Gaëtan, m'as-tu dit, avait caché un certain nombre de secrets sous forme de légendes. Peut-être, dans ce que vous racontez entre vous, le secret révélé aux maîtres est-il présent sous une forme plus obscure ? Peut-être le connais-tu sans le savoir, et la révélation ultime ne consistait-elle qu'en une mise en forme d'éléments transmis sous forme voilée à tous les compagnons. Ainsi la transmission serait-elle assurée, même si un malheur arrive au maître.

— Ce n'est pas impossible. Mais comment le savoir ? Les légendes que nous racontait maître Gaëtan n'ont jamais été transcrites. Nous nous les répétions, tous ensemble, un soir après l'autre, et les souvenirs des uns s'appuyaient sur la parole des autres. À dix, à vingt, nous parvenions à entretenir la mémoire. Tout seul, je ne saurais même pas par où commencer.

— Moi, je le sais : "Il disait…" Ainsi commençait maître Estamer quand il me racontait votre confrérie. "Il disait" : c'est la clé qui libère les secrets enfermés dans le cœur. Que disait maître Gaëtan, Peter ?

— Il disait : "Dans un petit oratoire… dans la bonne terre de France… Dans un petit oratoire sont conservées les deux colonnes d'airain fondues par maître Hiram pour le Temple de Salomon. La première avait… dix-huit coudées de hauteur, et un fil de douze coudées mesurait la circonférence de la seconde."

— C'est un souvenir de la Bible. Le premier livre des Rois, chapitre 7. Elles étaient surmontées par deux chapiteaux de cinq coudées de hauteur, ornés de treillis en forme de réseaux, de festons façonnés en chaînette et de deux cents grenades.

— Il disait : "Nous sommes la colonne de droite, et travaillons à devenir celle de gauche. Notre cœur est encore enserré dans le réseau, mais nos mains s'unissent déjà dans la chaîne et nous goûterons un jour à la grenade."

— La chaîne ? La chaîne d'or que Thibaut a rapportée de Quaranteine ?

— Comment puis-je le savoir ?

— La chaîne de l'amitié... Nous avons tous cru à cette interprétation, tellement elle était évidente. A-t-elle une autre signification, au milieu de la grenade et du réseau ?

— Il disait encore : "Celui qui cherche la grenade dépassera le réseau. Et il comprendra qu'il doit marcher en lui-même."

— Mais la chaîne, que disait-il de la chaîne ?

— Rien, mon frère, il ne disait rien.

— Et que disait-il de chercher ?

— Rien, mon frère, nous ne chercherons rien.

— Est-ce vraiment ce qu'il disait, ou ce que tu inventes ?

— Il disait... Il faut... suivre, oui, "les pas d'argile, compter les membres d'or, et retrouver la colombe perdue." »

L'argile, l'or... Cela rappelle quelque chose à frère Andréas. La statue aux pieds d'argile, bien sûr. Mais aussi l'interprétation qu'il en a entendue dans la commémoration des tailleurs de pierre écossais. La statue de Nabuchodonosor était conservée dans un château de Terre sainte, disait maître Jacques. Cela désignait sans doute le fort de Quaranteine où Thibaut a cru trouver le trésor. Mais il y avait une légère différence dans la description qu'ils en donnaient. Peter s'en souvient-il ?

« Oui, attends... "Sa tête est en cristal, sa poitrine d'or, ses bras d'argent, son ventre d'airain, ses jambes de fer et ses pieds d'argile."

— C'est cela. Le cristal ! Il n'y en a pas dans le texte de la Bible. C'est donc là qu'est contenu le message de maître Gaëtan. La statue d'or serait la chaîne retrouvée par Thibaut, et la tête de cristal serait l'ampoule, les pieds d'argile sont le fermoir rouillé. N'est-elle pas brisée à la fin de la légende ?

— Maître Jacques disait : "Celui qui cherche l'or ne connaît pas le cristal. Et celui qui veut faire marcher la statue en brisera la tête."

— Je croyais, à l'époque, qu'il désignait celui qui voulait s'enrichir trop vite et qui perdait en cela la pureté de son projet initial.

— Nous l'avons tous pris dans ce sens. Mais la richesse des légendes que nous a livrées maître Gaëtan est précisément de n'avoir pas un unique sens. Tu as raison, Andréas, il parlait aussi de celui qui cherche le trésor sans en connaître la véritable nature : il se laisse éblouir par l'or et brise la tête de cristal, comme Thibaut a laissé l'ampoule se briser sur le sol.

— Mais qu'y a-t-il dans cette tête, le disait-il ?

— Rien, mon frère, il n'y a rien.

— Et qu'a-t-on perdu en la brisant ?

— Rien, mon frère, puisqu'il n'y avait rien.

— C'est bien cela. L'ampoule était vide. Le trésor reste intact, ailleurs. Jacques de Molay le savait lorsqu'il a fait enlever la relique de Chypre, en 1307. Il a sans doute dû faire confectionner alors ce faux reliquaire pour qu'on ne remarque pas la disparition. Et lorsque le chevalier de Quaranteine a repris le trésor, il ne s'est pas douté que le reliquaire était vide. Seuls les gardiens du trésor désignés par Jacques de Molay le savaient. Et maître Gaëtan en était un. Il savait où était le vrai trésor, et il savait aussi que maître Jacques avait laissé une piste auprès du faux pour retrouver le véritable.

— Une piste ? Sous quelle forme ?

— Un symbole, bien sûr, qui appartiendrait à quelqu'un d'autre. L'union, toujours, entre celui qui détient la chaîne et celui qui en connaît la signification. Sans doute y a-t-il de nombreux indices de ce genre, laissés au hasard, pour que l'un ou l'autre, un jour, arrive entre les mains de celui qui pourra le comprendre. »

Le dominicain sourit. Le secret de la chaîne a dû être révélé par Jacques de Molay au maître des frères lais, connu sous le nom de Gaëtan chez les tailleurs de pierre. Maître Gaëtan l'a enfermé dans une légende dont la signification générale cachait un message plus particulier, celle de la statue aux pieds d'argile. La statue qui brise sa tête d'or en tâchant de marcher signifie bien la chaîne dont le fermoir rouillé ne résistera pas au déplacement. L'ampoule se fracassera alors sur le sol.

Mais un détail saugrenu, incompréhensible, a été laissé dans la légende, comme un signe destiné au curieux qui ne se satisferait pas de la signification générale. Les Écossais se le sont répété durant vingt ans comme une formule rituelle dont il ne fallait pas tenter de percer le sens. Ils ont eu tort : elle en a un. Suivre les pas d'argile, compter les membres d'or, et retrouver la colombe perdue : n'est-ce pas une indication sur l'emplacement de l'oratoire désigné par la colombe ?

« Cela est impossible : il ne pouvait connaître la tapisserie.

— Mais il a pu utiliser spontanément le même symbole pour désigner Coulommiers, le colombier. Cela tombait sous le sens. La colombe perdue désignerait alors la commanderie la plus proche du trésor. Mais pour le trouver, il faut suivre les pas d'argile.

— L'argile, la terre ? Le trésor sous terre ? Toujours l'hypothèse d'une crypte… Mais à combien de pas ?

— Il faut compter les membres d'or.

— Les quatre membres de la statue ?

— Ce serait trop simple. On pourrait localiser le trésor sans détenir la chaîne… Mais les maillons, c'est évident ! Ils sont d'or, et ce sont les membres de la chaîne dont le fermoir est d'argile et le pendentif de cristal ! Peter, nous avons trouvé. Le nombre de maillons d'or nous donnera le nombre de lieues à compter à partir de la commanderie. Dès que le jour se lève, j'irai trouver Thibaut. »

La cloche ne va sans doute pas tarder à sonner prime. Les hospitaliers vont arriver à la chapelle et Andréas devra se montrer parmi eux. Peter passera la nuit dans le clocher et, à l'ouverture des portes, il reprendra le manteau noir pour sortir de la commanderie. Quant à Andréas, sitôt achevé l'office de tierce, il se rend au logis des invités à la recherche de Thibaut.

Il n'y trouve que Marie, respectueusement, mais fermement gardée dans une chambre à l'austérité monacale pour éviter qu'elle se rapproche de Thibaut. De toute façon, le jeune homme est parti ce matin avec Isabeau, explique-t-elle au dominicain. Le roi est impatient de retrouver la tapisserie, et il ne pouvait faire escorter la jeune Allemande par ses troupes sans éveiller la méfiance de la communauté juive. Et comme il était impensable d'envoyer une femme seule sur la route de Troyes, Thibaut s'est proposé pour l'accompagner. Le cardinal a accepté, trop heureux de tenir son neveu éloigné de Marie. Ils se sont mis en route peu après prime.

« Mais la chaîne, Marie, sais-tu où il l'a rangée ?

— Il est parti avec elle. Il s'est dit qu'il faudrait sans doute racheter la tapisserie un bon prix, et il comptait la monnayer à un changeur. Qu'y a-t-il, Andréas ? Pourquoi es-tu si pâle ?

— Je dois le rattraper. La chaîne nous est indispensable pour retrouver le trésor. Sans doute n'est-il pas loin.

— Tu n'y penses pas ! La communauté juive se méfiera bien plus d'un dominicain que des troupes royales !

— Nous devons courir le risque. Ou la tapisserie ne nous servira à rien. »

Et le jeune prêcheur est reparti en hâte, laissant Marie dans une profonde perplexité.


Vingt-cinq ans après son départ de Troyes, le nom de Salomon Bonastruc éveille encore des souvenirs dans la ville champenoise. De vieux souvenirs, sans doute : le banquier catalan dont la famille s'était réfugiée en France après les persécutions subies à Barcelone a laissé dans tous les cœurs la trace de sa bonté et de sa générosité. L'accueil qu'il a réservé naguère à Isabeau, quand elle était perdue sur les routes d'Allemagne, il le prodiguait jadis à tous les démunis de sa communauté.

236

Rabbi Chlomoh, comme on l'appelait, est resté le symbole de la bonté. Sa porte et sa bourse étaient toujours ouvertes. On était sûr de trouver chez lui l'écoute et le conseil et, s'il le fallait, une assiette pleine et un peu d'argent. Dans les historiettes mi-réelles, mi-légendaires, qu'on se raconte le soir à la veillée, rabbi Chlomoh a désormais sa place, et de voir un jour débarquer en son nom une jeune fille qui l'a connu, qui a habité chez lui, et qui garde comme une précieuse relique quelques lignes de recommandation de sa main, c'est un peu comme si Perceval ou Lancelot venaient frapper à la porte.

Isabeau est accueillie avec un peu d'incrédulité, d'abord, et beaucoup de cordialité, ensuite. Certains mêmes se souviennent que le vieux banquier évoquait parfois, dans ses lettres à sa communauté d'origine, la petite chrétienne qui avait pris dans son foyer et dans son cœur la place d'une fillette disparue. « Cette petite chrétienne, ce serait vous ? »

Les nouvelles plus récentes qu'on a eues à Troyes du vieux Salomon sont hélas moins bonnes. Depuis neuf ans qu'elle sillonne la France à la recherche de Jean et de sa sœur Marie, Isabeau n'avait plus entendu parler de son vieux protecteur. Sans doute, elle savait qu'il n'était pas immortel et qu'il aurait à présent près de quatre-vingts ans. Mais d'apprendre que l'annonce de sa mort est arrivée dans la communauté de Troyes voici cinq ans déjà lui fait monter les larmes aux yeux. C'est un grand-père qui disparaît, et un jalon dans une existence devenue bien vagabonde.

« Ne pleure pas, petite Isabeau, lui a dit le vieux rabbi qui l'a accueillie. L'homme est poussière et retourne à la poussière, ainsi revient-il à son être véritable, originel. Qu'y a-t-il d'affligeant à cela ? Il y aurait de quoi pleurer s'il était dit que l'homme vient de l'or et qu'il allait vers la poussière.

— Mais Salomon était de l'or, un peu de l'or dont était faite la terre avant que Dieu ne la maudisse, un peu de l'or qui m'a été donné dans la vie.

— Alors c'est sur toi que tu pleures, et tu as raison. Si tu crois détenir l'or, tu ne deviendras pas or toi-même, parce que tu te contenteras toujours de ce que tu as dans les mains. Rabbi Chlomoh ne t'a pas été donné pour cela, mais pour qu'en toi s'éveille l'envie de devenir or à ton tour. Et si tu deviens comme était rabbi Chlomoh, il ne sera pas tout à fait mort, et lorsqu'à ton tour tu seras redevenue poussière, tu ne seras pas tout à fait morte si tu as fait briller un peu d'or chez quelqu'un d'autre. Ainsi se transmet la vie, petite fille, et c'est cela le véritable trésor.

— Comment cela est-il possible ?

— On ne possède pas un trésor avant d'être devenu ce qu'il nous convie à être. Pourquoi l'or est-il plus riche que la poussière ? Parce que les hommes le désirent comme leur âme désire Dieu. C'est le désir qui fait sa valeur comme c'est la foi qui fait Dieu. Nos sages disent que chaque homme possède sa petite lumière au ciel. Lorsque deux êtres se rencontrent comme tu as rencontré rabbi Chlomoh, leurs lumières se conjuguent dans le ciel, et une troisième naît de leur réunion. Cette petite flamme devient un ange qui survit à la séparation, et à la mort. Et les grains de poussière qui viennent s'y brûler retombent brillants comme de l'or. Aujourd'hui, rabbi Chlomoh voyage de monde en monde, et sa petite flamme montre le chemin à tous ceux qui l'ont croisé. Ne laisse pas s'éteindre la tienne, ni mourir l'ange qui est né entre vous. »

238

Isabeau a séché ses larmes et remercié le vieux juif. La maison où il l'a accueillie est riche et confortable, mais semble austère par l'absence de toute décoration, de toute tapisserie figurative. Elle avait déjà remarqué, chez Salomon, cette simplicité dans la richesse si différente du luxe ostentatoire des châteaux chrétiens. Elle se disait que le banquier, habitué à changer de ville, sinon de pays, au rythme des persécutions, préférait les biens faciles à emporter, bijoux ou pièces d'or. Mais elle comprend à présent qu'il s'agit d'une discrétion plus répandue. Le refus de représenter Dieu a entraîné une suspicion plus vaste envers la figure humaine, et envers toute peinture en général. Comment se peut-il que la tapisserie chrétienne soit arrivée dans ce milieu ? Elle ose une discrète allusion au but de sa visite. Son hôte a un fin sourire, de curiosité autant que de perplexité.

« Une tapisserie à thèmes chrétiens ? Oui, je vois ce que tu veux dire. Des gens du roi aussi ont cherché à la retrouver ces derniers mois.

— Je le sais. Ils n'ont aucun droit sur elle. Elle appartenait à une amie, la fiancée de messire Thibaut. »

Le vieux juif jette un regard distrait sur le jeune homme, qui n'a pas dit un mot depuis le début de l'entretien et qui semble bien décidé à se cantonner dans son silence. On l'avait pris pour un garde du corps et, manifestement, sa petite flamme n'a pas rencontré celle de leur hôte. Celui-ci en effet reprend la conversation avec Isabeau comme s'ils étaient seuls dans la pièce.

« Ils n'ont rien appris, rassure-toi. Personne à Troyes ne se risquerait à signaler à des enquêteurs royaux l'existence d'une pièce précieuse, chrétienne de surcroît, qui pourrait entraîner de nouvelles persécutions. Sais-tu qu'il y a vingt-cinq ans on nous a chassés de France sur le simple soupçon d'avoir profané une hostie ?

— Je le sais, maître Salomon m'en avait parlé.

— Alors tu penses bien qu'aucun d'entre nous n'admettra l'existence d'une telle tapisserie au sein de notre communauté. Ce serait signer soi-même son exil, sinon pire.

— Et pourtant, elle existe…

— J'ai confiance en toi, petite fille. Et pas seulement à cause de rabbi Chlomoh. Disons que nos petites flammes ont engendré un ange que je dois nourrir à mon tour. La tapisserie que tu cherches est bien connue à Troyes, où chacun a sans doute eu l'occasion de la voir.

— Comment cela se peut-il ?

— Elle a été acquise voici sans doute plus de dix ans par un des nôtres qui venait de se convertir au christianisme. Il s'appelait Isaac ben Yehouda, mais il a pris le nom de Chrétien.

— Chrétien de Troyes ? Comme…

— Comme l'écrivain, oui. Mais ne va pas te figurer autre chose. Beaucoup de juifs convertis adoptent ce nom-là. Le nôtre était marchand de draps, et il l'est resté.

— La tapisserie… C'est pour cela qu'il l'a achetée.

— Pas tout à fait. Tu sais que nous nous défions des représentations humaines, et que celles de Dieu sont pour nous interdites. Aussi, pour donner à ceux qui l'avaient converti des gages de son zèle tout neuf, n'a-t-il rien eu de plus pressé que de s'entourer de tous les objets qu'interdit notre religion.

— Et la tapisserie représentait Dieu…

— Dieu et son Esprit, ainsi que celui que vous croyez son Fils. C'était un baptême, et son acquéreur ne pouvait trouver plus beau symbole de sa conversion.

« — Mais comment est-elle devenue aussi célèbre dans votre communauté ?

— Celui qui l'avait conçue ne s'était pas contenté d'y figurer le baptême du Christ, mais avait réuni tout autour des scènes de notre Livre sacré, que vous appelez l'Ancien Testament.

— Je sais, toutes contenaient des colombes. Sept colombes.

— L'Esprit de Dieu, dans votre religion. Nous n'en avons jamais vu que six. Or sais-tu ce que disent nos textes ? "L'Esprit de Dieu reposera sur lui : Esprit de sagesse et d'intelligence, Esprit de conseil et de force, Esprit de connaissance et de crainte de l'Éternel." Les six Esprits correspondant aux six colombes.

— Il y en a une septième, cachée.

— C'est ce qu'il prétendait. Il nous parlait des sept dons du Saint-Esprit, et prétendait que le septième était caché dans nos textes. Toute sa religion tenait à cela : il prétendait nous faire trouver la colombe cachée, le septième Esprit qui nous rendrait chrétiens. Plusieurs années durant, il a invité chez lui tous les membres de la communauté pour tâcher de les convertir en leur expliquant les histoires figurées par la tapisserie. Autant dire qu'il n'a pas réussi à en convaincre un seul.

— Et depuis ? »

Le vieil homme se rembrunit. Dans toute communauté, il y a des gens violents perdus parmi les âmes douces. Sans doute la discussion a-t-elle été plus vive, un jour, avec un de ses anciens coreligionnaires qui refusait de se laisser convaincre. Toujours est-il que Chrétien a disparu avec sa tapisserie.

« Disparu ? Ce n'est pas vrai !

— On l'a retrouvé très vite, rassure-toi, et sa tapisserie aussi. En fait, on l'a retrouvé dedans.

— Vous voulez dire…

— Il avait été égorgé, comme pour lui faire rentrer ses paroles dans le cœur.

— Et vous êtes sûr que l'assassin appartenait à votre communauté ?

— Comment en être sûr ? Il n'a jamais été retrouvé. Mais c'est l'hypothèse la plus probable. »

Isabeau reste songeuse. L'homme égorgé, avec une tapisserie qui indique peut-être l'emplacement du trésor du Temple, la coïncidence serait troublante. Elle n'ose demander au vieil homme si le cœur du bavard avait été arraché et placé entre ses dents. Mais la tapisserie, a-t-elle une chance de la retrouver ?

« Très certainement. Les biens de Chrétien sont revenus à l'Église, puisque sa femme et ses enfants avaient refusé d'embrasser sa nouvelle religion.

— Il les avait déshérités ?

— Ils n'étaient plus mariés aux yeux des autorités chrétiennes. Nos rites ne sont pas reconnus. Aussi le vieil homme était-il réputé sans héritiers. Tu vois, ma petite fille, comme tes semblables nous traitent. Mais la justice a conservé la tapisserie dans laquelle le corps avait été retrouvé. Elle a de nouveau servi à prêcher votre religion à notre communauté, tout aussi vainement, d'ailleurs. Et un jour, elle a de nouveau disparu.

— Encore ?

— Mais tout le monde, sauf l'official, savait qui l'avait dérobée. C'est un fils de Chrétien qui la détient toujours, et qui tente de la vendre pour compenser la perte de son héritage.

— Il n'a pas réussi ?

242

— À qui veux-tu qu'il la vende ? Il ne peut en parler aux chrétiens, puisqu'elle a été volée à la justice, et les juifs n'en veulent pas, car ils savent à quoi elle a servi. Aussi, si tu veux la racheter, trouveras-tu une oreille complaisante. Mais méfie-toi : le fils de Chrétien a hérité du sens du commerce de son père, à défaut d'autre chose. Et il t'en demandera le prix fort : il est devenu orfèvre et s'entend à monnayer l'or.

— Nous avons de quoi la payer », intervient Thibaut, qui se manifeste pour la première fois depuis le début de l'entretien.

Le vieux juif sourit en regardant toujours Isabeau. Il ne fait pas mine d'avoir entendu, mais il est content que ce ne soit pas la jeune fille qui évoque ces problèmes matériels. Il lui explique en quelques mots comment trouver dans la juiverie Daniel ben Isaac, le fils de Chrétien.

Ce n'est qu'après leur départ que le vieux juif a reçu la visite d'Andréas. Mais celui-ci a eu beau invoquer son amitié avec Isabeau, le nom de Salomon Bonastruc et les quelques mots d'hébreu qu'il a appris dans ses études, sa robe de dominicain a scellé les lèvres de son interlocuteur. Le jeune homme est reparti désespéré.

Daniel ben Isaac s'est montré tout aussi réticent en accueillant Thibaut et Isabeau. Le nom de rabbi Chlomoh a forcé sa porte, sans doute, et la recommandation du vieux juif qui les a menés à sa maison le rassure, mais la tapisserie réveille encore de trop pénibles souvenirs. Bien sûr, s'il peut s'en débarrasser, et à un prix raisonnable, il l'effacera totalement de sa mémoire, mais comment savoir s'il ne s'agit pas d'un piège ? Lui aussi a reçu la visite des soldats du roi, voici quelques mois, et sa méfiance est en éveil.

243

La vue de la chaîne d'or le rassure ; ce sont des clients sérieux, ils ne viennent pas pour confisquer. Mentalement, il évalue le poids de l'or, le prix qu'on en peut retirer, et celui qu'il peut demander pour la tapisserie. Il sourit.

« Attendez-moi, elle est rangée dans mon grenier depuis quelques années, mais elle est encore en bon état. Je l'ai fait nettoyer avant de chercher à la vendre. »

Thibaut et Isabeau sont sur des charbons ardents. Leur cœur bat la chamade. Est-il possible qu'ils soient si près du but ? En renonçant au seul trésor qu'il a rapporté de Terre sainte, le jeune homme comprend qu'il se dépouille de son échec, et avec lui de toute une partie de son passé. Le trésor du Temple et son amour pour Marie coïncident désormais. C'est pour le lui rendre qu'il est venu à Troyes ; c'est pour regagner Paris la tête haute qu'il était parti pour Quaranteine. Quant à Isabeau, elle a l'impression d'acheter aujourd'hui la carte qui la mènera à Jean, son véritable trésor. La colombe cachée est celle de l'amour, non de la cupidité. Fallait-il venir ici pour le comprendre ?

Lorsque Daniel ben Isaac est rentré avec la tapisserie roulée sur son épaule, les deux jeunes gens se sont levés d'un même mouvement. Il la déroule à leurs pieds. Ils reconnaissent immédiatement le *Baptême* et les quelques scènes que leur a décrites Marie : l'arche de Noé avec la colombe au rameau d'olivier, la Création, avec l'Esprit de Dieu planant sur le monde, le mariage de la Vierge avec la colombe s'envolant du bâton de Joseph, Abraham sacrifiant divers animaux parmi lesquels elle figure, la Bien-Aimée du *Cantique* saluée comme une colombe, et Éphraïm, ainsi désigné chez un prophète…

« Six colombes, soupire Thibaut. Mais la septième, celle du baptême, où est-elle ?

— Vous aussi, vous cherchez la colombe cachée ? Vous êtes aussi fou que mon père, jeunes gens. Renoncez-y, si vous ne voulez mourir comme lui.

— C'est la plus importante. C'est pour elle que nous recherchons la tapisserie.

— Bien sûr. Rabbi Moshé disait : "Tu veux du feu ? Cherche-le dans la cendre." Si vous voulez la colombe, cherchez-la où elle n'a pas été figurée. Partout ailleurs, vous trouveriez une colombe, pas la colombe.

— C'est pour cela que vous ne représentez pas Dieu ?

— Nos sages vous le diront mieux que moi. Mais celui qui est figuré ici, sur la tapisserie, c'est un Dieu, peut-être, et le vôtre, sans doute. C'est parce qu'il n'est pas le mien que tant de sang a été versé. Pour celui qui n'est pas représenté, le sang ne coulera pas. C'est cela que n'a pas compris mon père. Bien sûr, les six colombes exigent la septième, comme les six jours de la Création n'ont de sens qu'au septième, qui est celui de l'Éternel. Mais si la septième est celle de l'Esprit divin, elle ne peut être représentée.

— Alors, comment y croire ? Comment savoir si ce que nous ne voyons pas existe réellement ?

— Rabbi Moshé disait aussi : "Rien n'a été créé en vain parmi ce que possède l'homme. L'incroyance elle-même peut servir au salut. Car si quelqu'un vient te demander assistance, lui répondras-tu de se tourner vers Dieu et d'attendre le secours avec confiance ? Au contraire, tu l'aideras comme si Dieu n'existait pas et qu'il ne pouvait compter que sur toi-même. À ce moment-là, tu ne crois pas en Dieu, et tu te sauves." Cette parole m'a beaucoup aidé quand j'ai perdu mon père. Son zèle à convertir nos coreligionnaires était un manque de confiance. Il était profondément croyant, et pensait pourtant que lui seul pouvait sauver ses frères. En cela, il agissait mal, mais il agissait en juste. Comprenez-vous ?

— Pour nous, cela tient du paradoxe. Mais si cela vous a aidé, c'est que pour vous cela est vrai. Tenez, prenez la chaîne et laissez-nous emporter la tapisserie.

— Son prix serait excessif. La moitié suffira largement à la payer. Suivez-moi dans mon atelier. Je vous en ferai un bracelet, jeune demoiselle, et je fondrai le reste pour de nouveaux bijoux.

— Je ne veux plus voir cette chaîne qui me rappelle de trop mauvais souvenirs. Fondez-la tout entière, maître Daniel, et payez-nous la part qui nous revient en bons écus d'or. Ils nous seront plus utiles. »

Au même moment, Andréas, désespéré, parcourt toujours les ruelles de la juiverie à la recherche de Thibaut et d'Isabeau. Quand l'idée soudain lui vient que les jeunes gens, pour acheter la tapisserie, se seront peut-être adressés à un orfèvre pour monnayer la chaîne. La chance est mince, sans doute, mais c'est la seule qui lui reste. Les joailliers, les prêteurs sur gages, les argentiers et les doruriers sont nombreux dans le quartier. Et sa robe de dominicain suscite toujours une profonde méfiance. Mais il s'obstine à chercher d'échoppe en échoppe.

« Ne souhaitez-vous pas en garder le moindre souvenir ? s'inquiète Daniel ben Isaac au-dessus de son creuset. Le motif en est élégant, quoique bizarre. Dans un instant, il sera trop tard.

— Laissez-nous un maillon, vous avez raison, il fera une bague pour Marie.

— Elle serait incommode. Je le lui monterai plutôt en fermail pour une cape, propose l'orfèvre.

— Un fermail d'or, vous avez raison, pour oublier le fermoir de fer rouillé qui a cédé. »

L'orfèvre ne comprend pas l'allusion, mais il obtempère. C'est à ce moment qu'Andréas est entré chez lui. La femme de Daniel, dans la boutique, a eu un mouvement de recul devant la robe blanche et le manteau noir. Mais une flamme implorante dansait dans les yeux du prêcheur épuisé par sa quête. Une flamme qui a rencontré celle de la marchande, et pour nourrir l'ange né de cette rencontre, elle a accepté de le mener dans l'atelier de son mari.

Lorsque le frère, soulagé, a vu Thibaut et Isabeau en conversation avec l'orfèvre, un mince filet d'or coulait déjà du creuset dans un moule à lingots. Daniel ben Isaac ne voulait pas conserver trop longtemps ce collier aux motifs de croix dont il n'aurait pu justifier la possession. Andréas comprend aussitôt, devient blanc comme un linge.

« Suis les pas d'argile, murmure-t-il en s'effondrant désespéré sur un siège, compte les membres d'or, et cherche la colombe cachée. »

# "Confrérie secrète"

## *L'héritière des templiers*
### *tome 1 : Le Frère Crapaud*
### Renaud Chantefable

Redoutant l'importance toujours grandissante de ses ennemis, le roi de France, Philippe Le Bel, décide d'éliminer tous les membres de l'organisation secrète des templiers. Géraud de Montgérain, chevalier de l'Ordre, tente sa dernière chance pour sauver le trésor des templiers et désigne, avant de mourir, comme son héritière l'enfant que son épouse attend : Marie sera l'Élue. Mais ce que Géraud ne saura jamais, c'est que ce même jour naquit le frère jumeau de Marie, l'« enfant Crapaud »...

*(Pocket n° 11905)*

## Il y a toujours un Pocket à découvrir

## "Une chevauchée passionnée"

### *L'héritière des templiers*
### *tome 2 : Le chevalier de Quarenteine*
### Renaud Chantefable

Jean a échoué. Redevenu Crapaud, il ne lui reste plus qu'à assister, impuissant, à la recherche effrénée du secret des templiers à laquelle se livrent ses adversaires. Désormais, les Hospitaliers, le Roi de France Philippe de Valois, tous se tiennent prêts à ravir à Marie, l'Élue, cette tapisserie disparue sur laquelle est indiqué l'emplacement du fameux trésor. Seul Thibaut de Bois-Aubert, mystérieux jeune homme qui a gagné le cœur de Marie, parvient à remplir la mission qui lui a été confiée...

*(Pocket n° 11906)*

## Il y a toujours un Pocket à découvrir

# "Tu ne tueras point"

## *Les sept crimes de Rome*
### Guillaume Prévost

En 1514, à Rome, un jeune homme est retrouvé décapité sur la statue de Marc Aurèle. Peu de temps après, c'est au tour d'un vieillard. Cette fois-ci, le corps a été attaché à une échelle. Un seul indice permet aux enquêteurs de faire le lien entre les deux crimes : une mystérieuse inscription en latin accompagne les cadavres. Léonard de Vinci, accompagné d'un jeune étudiant en médecine, tente de démasquer l'assassin pour lequel la cruauté n'a pas de limites...

*(Pocket n° 11172)*

**Il y a toujours un Pocket à découvrir**

*Achevé d'imprimer sur les presses de*

**BUSSIÈRE**

GROUPE CPI

*à Saint-Amand-Montrond (Cher)*
*en avril 2004*


POCKET - 12, avenue d'Italie - 75627 Paris Cedex 13
Tél. : 01-44-16-05-00


— N° d'imp. : 41901. —
Dépôt légal : mai 2004.

*Imprimé en France*